文正公許穆八十二歲眞

미수 허목

표지화 : 정재순 화백

동애공 허자(좌)와 미수공 허목(우) 신도비(은거당 묘역 입구 경기 연천군)

은거당 별묘터에 세운 은거당 유적비(경기 연천군)

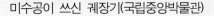

미수공이 쓰신 궤장기(국립중앙박물관)　　　　숙종대왕의 유서(수원화성박물관)

사직 상소에 대한 숙종대왕의 답서(수원화성박물관)

은거당으로 보낸 미수공 영정
(82세. 진. 수원화성박물관 · 이명기 작)

미수공 영정
(82세. 진. 삼성리움박물관)

미수공 영정(소수서원)

미수공 초상(삼척시립박물관)

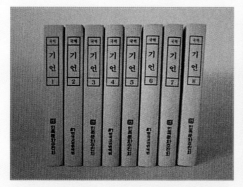

미수기언 한글판(민족문화추진위원회,2007년)

미수기언

미강서원 단소(경기도 연천군 미산면)

미천(전남 나주시)

양천 허씨 조형비(대전시 중구 뿌리공원)

미천서원(숙종 19, 전남 나주시 안창동)

미천서원 장판각
(전남 유형문화재 제217호)

미연서원 장판각 〈기언〉목판본
(경남 유형문화재 제182호)

미천사(미천서원 사우, 전남 나주시)

미연서원 전경(이의정 현판, 경남 의령군 대의면)

회원서원 사우(경남 유형문화재 제51호))

소수서원 전경(경북 풍기군, 사적 제55호)

경행서원 기적비(강원 삼척시 송정동)

정산서원(경남 함양군 지곡면)

도천서원(옛 흥법사 터)

도강영당(충남 부여읍 관북리)

동해비각(강원 삼척시)

미수사(강원 삼척시)

월산재(경남 창녕군 이방면)

배양재(경남 사천시)

학고정(경남 의령군 모의리)

죽서루(강원 삼척시 성내동, 보물 제213호)

죽서루기(미수공 글)

달청정(경남 창원시 북면)

척주동해비(강원 삼척시)

척주동해비 각(강원 삼척시 육향산)

대한평수토찬비
(강원 삼척시 육향산)

대한평수토찬비(우전각-강원 삼척시)

지덕사 전경(서울 동작구 상도동)

사육신 묘(서울 동작구 노량진동, 유형문화재 제8호)

금산 어풍대(충남 금산군 향토유적 제8호)

묵죽도(국립중앙박물관)　　　전서체로 쓴 두보의 오언시
　　　　　　　　　　　　　　　　(국립중앙박물관)

척주동해비

동해송 첩(국립중앙박물관, 보물 제502호)

월야삼청(간송미술관)

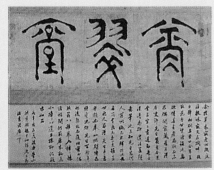

함취당(고려대 박물관, 보물 제592-2호)

애군우국(남화진 개인소장)

충효당(안동시 하회마을 류성룡 종택, 보물 제414호)

미수공의 낙관(국립중앙박물관)

청암수석(경북 봉화군 봉화읍)

예의염치효제충신
(대구시 달성군)

제일계정과 죽서루기(강원도 삼척시)

망운암, 옥설헌, 불괴침(경북 성주군 수륜면)

 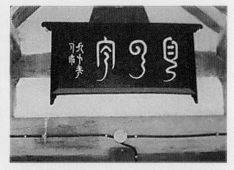

광풍제월(의성 김씨 김학봉 종가댁)   백운정(김수일이 세운 정자에 쓴 글)

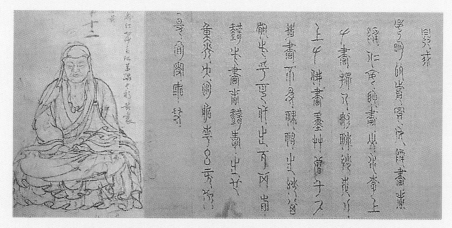

이상조 불화첩과 미수 발문(삼성리움미술관, 보물 제539호)

숙종대왕의 어필(미수공께 내린 계시)

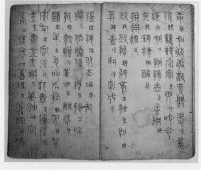

금석운부(국립중앙박물관)

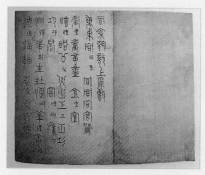

고문운부(국립중앙박물관)

제8회 미수 문화제(경기도 연천군)

본회 위원들 선영 참배 후   은거당 터에서(김경식, 연규석)
(연규석, 김경식)

연천향토문학발굴위원회 사무실 앞에서(편집을 마치고: 편집위원들)

허목한시선집

望鄕에 抒情을 노래하다

2020
연천향토문학발굴위원회

'허목한시선집' 발간에 즈음하여

연 규 석
(본회 위원장, 수필가)

초대장을 받았다.

미수선생 생신 410주년을 맞아 연천군에서 기념식을 가지니 참석해달라는 요지였다.

그날 나는 전곡에서 버스 편으로 선영(先塋)을 찾았다. 생각보다 넓은 장소에 많은 참석자들이 모였다. 그들은 종친회의 안내를 받아 선대의 묘소와 미수선생이 생전에 거주했던 은거당을 둘러보며 해설을 들은 뒤, 준비된 세미나 장소로 이동했다.

이 자리에서는 미수선생의 행적에 관해 교수가 주제발표를 하고, 토론자가 질의하는 방식으로 세미나가 진행되었는데, 나는 깊은 감명을 받았다.

그러나 개인적으로 아쉽게 느껴졌던 점은 연천군민과 관계자들만 모시고 할 것이 아니라, 전 국민을 대상으로 지방 서원에서도 같은 행사를 가졌더라면 국민생활 정서에 도움이 되지 않았을까 하는 점이었다.

돌아오면서 다짐했다.

우리 연천향토문학발굴위원회에서 지역 출신이나 거주했던 고대

19

문인의 작품을 발간하는 사업을 선정하게 될 때에는 반드시 미수선생을 첫 번째로 추천해야겠다고.

그런데 막상 금년도 사업으로 선정되어 선생의 작품을 조사해 보니 작품 모두가 한문이라 난감했다. 그래서 이를 해결하기 위해 먼저 한국고전번역원을 찾아가 자문한 결과 번역서가 있다는 것을 확인한 다음, 허씨 종친회를 찾아가 그의 업적과 작품에 대한 설명을 듣고 출간방향을 설정하게 되었다.

작품집의 구성은 고전번역원에서 나온 '미수기언'을 토대로 제1부에는 한시(漢詩)를, 제2부에는 잡학(雜學)으로 구성하고, 제3부에는 평론가들의 평설(評說)을 싣고, 부록으로 작가연보와 살아생전 교류를 했던 인사들의 문인록을 넣기로 하였다.

작품 중에는 제(題)가 없는 게 많아서 해역한 시제(詩題)를 그대로 시 제목(題目)으로 앞에 놓기로 정하였다. 혹시 이 작품집을 발간하는 과정에서 오역된 부분이 있으면 독자 분들께서 넓은 마음으로 이해해주시고 바로 잡아 주시면 추후에 게재토록 하겠습니다.

끝으로 본 사업을 할 수 있도록 후원을 주신 경기문화재단 이사장 강헌님을 비롯하여 관계자 여러분에게 진심으로 감사를 드립니다. 또한 이 작품집을 발간함에 직·간접적으로 도움을 준 위원님들에게 지면을 통해 우선 인사를 드립니다. 아울러 양천 허씨 종친회장님과 임원 여러분께도 감사의 인사를 전합니다.

감사합니다.

2020년 6월 호국의 달에
군자산 자락에서

20

조선 후기 문신 미수선생을 접하면서

김 진 희
(본회 고문, 소설가)

위원장으로부터 금년도 사업으로 '허목한시선집'이 선정되었다고 전화를 받았다.

"허목한시선집이 선정되었다구요! 잘 했어요. 늦은 감이 없지 않지만 진작에 고대 인물 중 한 명을 발굴해야 했어요."

사실 선생은 조선시대 예학(禮學)의 핵심 인물일 뿐만 아니라, 청남(淸南)의 영수로써 정계와 사상계를 이끈 인물이다. 또 학문적으로는 주자성리학(朱子性理學)을 중시하던 당대 원시유학(原始儒學)인 육경학(六經學)에 관심을 가지고 고학(古學)의 경지를 개척하였으며, 생의 후기에는 강성 정치인의 면모를 갖추었으면서도 개성 있는 학문세계를 추구한 인물이다.

그래서 조심스럽다.

게다가 선생의 작품은 시대적으로 한문으로 기록하는 시대라 우리가 선별하기는 더 어렵다. 뿐만 아니라 젊은 세대가 읽는 작품이라 토를 달아야 함은 물론이고, 해석도 한문식이 아닌 현대 문장으로 만

21

들어야 이해가 쉬울 것이기 때문에 자칫 잘못 손을 보면 아니 고친 것만 못할 것이다.

이번 작품집은 위원님들이 고생을 좀 해야 할 것 같다. 그래서 전문가의 감수가 필요하지 않을까 걱정이 된다.

아무쪼록 어떤 사람이 읽어도 손색없는 작품으로 발간이 되어야 한다. 그래야 본 회의 위상도 위상이려니와 그 동안 쌓아놓은 신의를 잃지 않을텐데.

나도 모르게 두 손 모아 성공을 빌어 본다.

끝으로 본 사업을 위해 도움을 주신 경기문화재단 이사장님과 관계자 여러분! 또 본 회 위원님들에게 지면을 통해 진심으로 고맙다는 인사를 드린다.

감사합니다.

2020년 6월 호국의 달을 맞아
홍제동 사무실에서

22

목 차

제1부　漢詩

새와 짐승조차 놀라 피하지 않는다. 산속에서 한가히 지내
며 장편의 사언시를 지었다/216   동해송/220

제 1 부

漢詩

古詩(고시)

지난 만력 말엽에
남쪽으로 사비수(泗沘水)를 유람하였네.
백제의 땅 서남쪽에는
하늘도 없고 땅도 없는 바다뿐이다.
넘실대는 그 물결 천지에 가득하고
무궁한 신비를 삼켰다 토하였다.
그 큰 우주의 전체를 포괄하여
낮은 곳에 있으면서 큰 그릇이 되었네.
아침 해와 저녁 달이
각각 그 궤도에 제 기능 지킨다.
백해가 있는 삼신산 서쪽까지
만리의 범위가 한 눈에 들어온다.
바닷가에 부경 나고
섬 오랑캐 훼복(卉服) 입네.
서주에선 빈주를 공물로 바쳤고
그곳의 고기는 제사에 제공된다.
우뚝하게 높이 솟은 전횡도를 가리켜
온 세상 사람들이 그 의리를 칭송하네.
구이 팔만 그 밖에
넓고 큰 그 상태를 다 기록하기 어려워라.
중역을 통하여 바치는 명물은

각지에서 생산된 진기한 것들일세.
온조가 세운 나라 하남의 땅은
초목이 우거졌던 일 천리였네.
호서와 호남땅이 제일 기름져
의복과 음식을 마음껏 입고 먹네.
고기잡이 소금 생산 한없이 풍요하여
많은 상인들이 이익을 추구한다.
부귀와 화려함을 숭상하는 나라여서
장부들은 오로지 유희를 좋아하네.
대체로 구주의 남쪽을 논해 보면
그곳의 풍속은 형초와 비슷하다.
지금의 나는 구십 된 늙은이
너무 혼망하여 부끄럽기 그지없다.
호서 지역 일들을 대략 열거하여
하나 둘 간추려서 보내 드리오.

昔我萬曆末(석아만력말)
南遊過淸泗(남유과청사)
百濟西南畔(백제서남반)
大壑無天地(대학무천지)
蕩漭迷六合(탕망미륙합)
噓噏吐靈異(허흡토령이)
包括宇宙大(포괄우주대)
居卑以爲器(거비이위기)

朝日而夕月(조일이석월)
兩曜各正位(량요각정위)
白海三神西(백해삼신서)
萬里收一視(만리수일시)
浮磬出海濱(부경출해빈)
島夷或衣卉(도이혹의훼)
徐州貢蠙珠(서주공빈주)
白魚供祀事(백어공사사)
崒嵂田橫島(질율전횡도)
天下誦其義(천하송기의)
九夷八蠻外(구이팔만외)
泱漭難悉記(앙망난실기)
各以名物致(각이명물치)
重譯獻珍異(중역헌진이)
河南溫祚國(하남온조국)
葆澤一千里(보택일천리)
兩湖爲上腴(량호위상유)
衣食恣好美(의식자호미)
取給饒魚鹽(취급요어염)
多賈仰幾利(다가앙기리)
國俗尚富麗(국속상부려)
丈夫喜遊戲(장부희유희)
槩論九州南(개론구주남)

荊楚俗相類(형초속상류)

今我九十老(금아구십로)

昏忘多慙愧(혼망다참괴)

略擧湖海作(략거호해작)

一二贈相示(일이증상시)

신유년(1681, 숙종 7) 경뢰절(驚雷節)에 이조 판서 이관징(李觀徵)이 지난해 귀양에서 풀려나 여러 친우들과 서해상(西海上: 호서(湖西) 지역 연안을 말함)을 유람하면서 지은 시가 서(序)까지 합쳐서 11편이다.
궁벽한 지역에서 먼 곳 친우들이 모여 놀 수 있는 즐거움이란 하늘의 뜻이라고나 할까, 사람의 일로서는 도저히 기대할 수 없는 것이다. 지금 그 시를 나에게 보여 주는데 어찌 거기에 대하여 한마디 말이 없을 수 있겠는가마는, 나 자신이 죄를 짓고 두문불출(杜門不出)하는 처지에 있으면서 다른 사람과 시를 읊는다는 것은 옳지 않은 일이다. 하지만 나도 일찍이 남부여(南扶餘) 해안(海岸) 1천여 리를 유람하였다. 그것이 지금 60년이 되었으나 기억은 어제 일같이 생생하며, 더욱이 보내온 여러 작품들이 보는 사람으로 하여금 아련한 감회를 느끼게 하는지라, 해역(海域)의 풍토(風土)·요속(謠俗)·고사(古事) 등을 대략 기술하여 저 멀리 서쪽 바다를 바라보면서 고풍(古風) 18구(句)를 지어 사의(謝意)를 표한다.

일 없이 우연히 한 수 읊다
무사우음일수(無事偶吟一首)

아마도 인생은 바윗돌이 아니거니
영원히 변치 않길 그 어이 바랄쏜가.
팽조(彭祖)나 상자(殤子)도 따져 보면 일반인데
무엇을 슬퍼하고 무엇을 기뻐하랴.

人生不如石(인생불여석)
磊磈無崩毁(뢰외무붕훼)
彭殤一壽夭(팽상일수요)
不足爲悲喜(불족위비희)

임술년(1682, 숙종 8)

회포를 불임 (1)
우회(寓懷)(1)

천승의 지위도 미련 없이 사양하고
사립문 닫아 두고 한가히 지내노라.
만종록의 부귀는 수치만 더하는 것
다만 고결한 자의 웃음거리지.

謝辭千乘相(사사천승상)
守寂掩寒扉(수적엄한비)
多慚鐘鼎貴(다참종정귀)
但取高人嗤(단취고인치)

회포를 불임 (2)
우회(寓懷)(2)

증자는 일찍이 봉읍도 사양하고
부귀에 굴하지 않고 인만을 지키었네.
차라리 헌 옷 입고 농사나 지으리
봉록을 받으면 남의 눈치 보게 된다.

曾參辭致邑(증참사치읍)
不慊以吾仁(불겸이오인)
衣弊耕於野(의폐경어야)
受施者畏人(수시자외인)

글을 보다 (1)

넓고 큰 성인 교훈 너무도 좋아하여
평생토록 읽은 것이 공자의 글.
몸이야 늙건 말건 아랑곳 없이
죽은 후에야 그만두리라.

洋洋慕聖謨(양양모성모)
說讀皆孔子(설독개공자)
不知老之至(불지로지지)
死而後乃已(사이후내이)

글을 보다 (2)

덕이 있으면 본받는 이 있나니
투도의 보답처럼 틀림이 없네.
억편(抑篇)에 경계한 것 밤낮으로 되뇌이며
늙고 흐린 정신을 일깨워 간다.

有德必有則(유덕필유칙)
不爽投桃報(불상투도보)
申申抑之戒(신신억지계)
夙夜儆昏耄(숙야경혼모)

글을 보다 (3)

세상의 환난을 성인은 걱정하여
노사에서 은근히 그 뜻을 보여 주었네.
대일통의 의의를 첫 머리에 말하여
만고에 물려 준 공문이로다.

聖人憂世患(성인우세환)
魯史示殷勤(로사시은근)
首言大一統(수언대일통)
萬古垂空文(만고수공문)

옳음도 없고 옳지 않음도 없음을 읊다

한 번 가고 한 번 옴은 정해진 법칙
온갖 것이 애당초 너와 내가 없었네.
이런 일 이런 마음 모두가 이 이치인데
어느 것이 그르며 어느 것이 옳으랴.

一往一來有常數(일왕일래유상수)
萬殊初無分物我(만수초무분물아)
此事此心皆此理(차사차심개차리)
孰爲無可孰爲可(숙위무가숙위가)

우연히 절구(絶句)를 읊어 흥을 풀다

양지 바른 언덕에 이른 봄이 찾아와
산새들 지저귀며 서로 즐긴다.
너와 나 의식 않는 자연의 경지에서
온갖 짐승 길드는 것 비로소 깨달았네.

陽阿春氣早(양아춘기조)
山鳥自相親(산조자상친)
物我兩忘處(물아량망처)
方知百獸馴(방지백수순)

수작을 삼가서 스스로 경계함

인정은 본래가 만 가지로 변하는 것
세상일 날이 갈수록 복잡해진다.
친숙한 교분도 때로는 호월처럼 멀어지니
한결같이 보기가 매우 어렵네.

人情有萬變(인정유만변)
世故日多端(세고일다단)
交契亦胡越(교계역호월)
難爲一樣看(난위일양간)

산(山) 밖의 일은 모름

아침 해가 동산에 솟아오르니
창 앞에 안개구름 뭉게뭉게 피어나네
산 밖의 일이야 알 까닭 없고
갈필에 먹 찍어 과두체를 쓰노라.

朝日上東嶺(조일상동령)
烟霞生戶牖(연하생호유)
不知山外事(불지산외사)
墨葛寫蝌蚪(묵갈사과두)

어떤 연신(筵臣: 이정영(李正英)을 가리킴)이 임금에게 아뢰어 고문체(古文體)를 금하게 하였다. 주(周) 나라 때 사주(史籀)가 대전(大篆)을 만들었으나 창힐(蒼頡)의 고문체는 금하지 않고, 공자(孔子) 때에는 전적으로 과두문자(蝌蚪文字)를 사용하였으며, 진(秦) 나라 때 이사(李斯)가 소전(小篆)을 만들었지만 고문은 그대로 두었다. 그리고 한(漢) 나라에서는 오수전(五銖錢), 왕망(王莽)은 화천(貨泉)을 주조(鑄造)하면서도 모두 고문체를 사용하였으며, 이사가 백가(百家)의 서적을 불태워 없앨 때도 고문만은 없애지 않았다.

경칩(驚蟄) 후에 짓다 이른 봄 밭갈이가 시작될 때 생동하는 시물(時物)을 보고 기쁨에 넘쳐 그것을 기록한다

초목이 벌써 싹트나니
절후는 어느덧 경칩이 지났네.
농촌엔 집집마다 농사일 시작되어
젊은이는 모두들 밭이랑에 가 있다.

　　草木己萌動(초목기맹동)
　　節序驚蟄後(절서경칩후)
　　農家修稼事(농가수가사)
　　少壯在田畝(소장재전묘)

우연히 말하다 (1)

텅 빈 뜨락에 새들이 놀고
하는 일 전혀 없어 낮에도 문 닫았다.
고요한 가운데서 물리를 관찰하니
내가 있는 이 방도 하나의 건곤일세.

空階鳥雀下(공계조작하)
無事晝掩門(무사주엄문)
靜中觀物理(정중관물리)
居室一乾坤(거실일건곤)

우연히 말하다 (2)

소리도 없고 냄새도 없는 지극한 이치는
성인도 그에 대해 말을 않았네.
그러나 그 가운데 오묘한 뜻을
말이 없으면 누구와 토론할까.

　　　無聲無臭極(무성무취극)
　　　聖人亦不言(성인역불언)
　　　箇中深遠意(개중심원의)
　　　無語向誰論(무어향수론)

우연히 말하다 (3)

화와 복은 본래가 정한 운수 있으니
근심과 기쁨이 뉘집인들 없으랴.
금인의 명을 세 번이나 되뇌임은
모든 실패가 말 많은 데 있기 때문이랴.

倚伏有常數(의복유상수)
憂喜聚一門(우희취일문)
三復金人銘(삼복금인명)
多敗在多言(다패재다언)

정축년 정월에 동해로 피란하면서 저천(猪遷)을 지나 통천(通川) 도중에서 짓다

먹구름 거센 바람 솟구치는 파도에
교룡이 물 뿜으며 천둥과 싸우네.
큰 붕새 물을 박차고 삼천 리를 날며
해약은 날뛰어 고래를 몰아낸다.
백일도 회미하여 천지가 암담하고
전욱이 눈을 날려 온 바다를 메우네.
참담한 그 기상 형언하기 어려워라
귀신들 노여움 띠고 횡포 부리네.
나는 지금 피난 차 이곳에 와서
하늘 보고 눈물지으며 목메어 울먹인다.

　　黑風捲海波冥冥(흑풍권해파명명)
　　蛟龍噴薄鬪雷霆(교룡분박투뢰정)
　　大鵬擊水三千里(대붕격수삼천리)
　　海若騰躍驅長鯨(해약등약구장경)
　　白日晦迷天地昏(백일회미천지혼)
　　顓頊吹雪塡滄溟(전욱취설전창명)
　　氣像慘慘難具言(기상참참난구언)
　　鬼神憑怒恣凶獰(귀신빙노자흉영)
　　我時逃亂過海來(아시도란과해래)
　　向天垂淚獨呑聲(향천수루독탄성)

연곡현(連谷縣)에서 감회를 쓰다. 2월 8일 남한산성(南漢山城)의 포위가 풀렸다는 소식을 듣고
연곡현감회작(連谷縣感懷作)

비바람 몰아치고 까마귀 우는 깊은 이 밤에
천지는 어이하여 이다지도 어두운가.
사방에선 상처를 호소하고 있는데
하늘은 창생들을 걱정하지 않누나.
슬프다 타향에 떠다니는 내 신세
애끓는 오만 감정 무한히 괴로워라.
갈 곳 없이 문을 나와 머리만 긁적긁적
놀랄 만큼 찬바람 흩어진 머리에 스며든다.
길에서 들리는 서울 소식 웬 말인가.
사직이 기운 것은 먼 백성도 눈물짓네.

半夜烏啼風雨昏(반야조제풍우혼)
天地晦塞何冥冥(천지회새하명명)
四方號怨皆瘡痍(사방호원개창이)
上天曾不悶蒼生(상천증불민창생)
嗟我流離在絶域(차하류리재절역)
百感悽惻惱我情(백감처측뇌아정)
出門搔首無所歸(출문소수무소귀)
亂髮颯颯徒自驚(난발삽삽도자경)
路聞西來消息惡(로문서래소식악)
遐氓猶泣社稷傾(하맹유읍사직경)

강릉(江陵) 도중에서 설악산(雪嶽山)을 바라보며
감회를 쓰다
망설악감회작(望雪嶽感懷作)

설악산 높이가 만 길이 되어
봉래산과 영주까지 그 기운 이어 있네.
천 봉우리 눈빛은 해일에 반사되고
저 멀리 옥경에 상제들 모였구나.
동봉 노인이 거기에 머물러
거룩한 그 기상 하늘까지 뻗쳤다.
비바람도 꾸짖고 귀신을 희롱하며
불교에 의탁하여 그 이름을 숨겼네.
장안 거리 걸식하며 경상을 멸시하고
해학을 일삼아 시동을 놀라게 했다.
광태를 부림이 고결에만 국한될까
그 마음 영원히 해와 달처럼 빛나리.

　　雪嶽之山高萬丈(설악지산고만장)
　　懸空積氣連蓬瀛(현공적기련봉영)
　　千峰映雪海日晴(천봉영설해일청)
　　縹緲群帝集玉京(표묘군제집옥경)
　　東峯老人住其間(동봉로인주기간)
　　高標歷落干青冥(고표력락간청명)

嘯風叱雨弄神怪(소픙질우롱신괴)
逃空托幻藏其名(도공탁환장기명)
乞食都門傲卿相(걸식도문오경상)
縱謔飜爲市童驚(종학번위시동경)
猖狂不獨事高潔(창광불독사고결)
此心長與日月明(차심장여일월명)

2월 27일 밤 평창(平昌) 여관에서 회포를 쓰다
야평창여사서회(夜平昌旅舍書懷)

광막한 공간에 조짐은 은미하나
돌고 도는 변화는 끊임이 없네.
산 솟고 내 흘러 만물이 숨쉬고
해와 달 밝은 빛엔 귀신도 숨는다.
영허 소식은 스스로 변천하여
선악이 유에 따라 모두가 구분된다.
치란이 교체됨은 정해진 운수
성현들은 그 시기에 힘을 다한다.
주공이 융적을 응징하니 형서가 겁을 내고
우가 막힌 것 터놓으니 강하가 유통했네.
변화도 다하면 정상으로 돌아오니
오랑캐가 어떻게 백 년을 지탱하랴.
사람의 착한 성품 하늘이 내려 준 것
이 마음 이 이치 순수함이 제일일세.
호황은 천 리 따라 인문을 개발했고
우의 근검 탕의 공경은 순의 업을 계승했다.
조조(鼂錯)의 충 순의 효는 자기 직분 다한 것
기자는 구속되고 백이는 굶으며 그의 인을 이루었다.
성명이 유행함은 끊임이 없어
공자는 그 이치로 시중을 삼았네.

예부터 성현은 한 이치를 따르는데
학문을 힘쓰면 이 경지에 이르리.
대장부의 수치는 처자를 대하고서
굶주려 죽을까봐 눈물짓는 그 꼴일세.

太虛沖漠兆眹微(태허충막조진미)
块軋變化無停機(앙알변화무정기)
川流嶽峙品物欨(천류악치품물구)
日月光明鬼神幽(일월광명귀신유)
盈虛消息自推移(영허소식자추이)
善惡隨類咸殊區(선악수류함수구)
聖賢當之亦勤劬(성현당지역근구)
周公膺狄荊舒懼(주공응적형서구)
大禹疏鑿江河流(대우소착강하류)
變亦已極合反常(변역이극합반상)
夷虜安得百年强(이로안득백년강)
至善在人天所畀(지선재인천소비)
此心此理貴純粹(차심차리귀순수)
昊黃繼天開人文(호황계천개인문)
禹勤湯敬承華勛(우근탕경승화훈)
黽忠舜孝各盡分(조충순효각진분)
箕囚夷餓成其仁(기수이아성기인)
性命流行不可窮(성명류행불가궁)
尼父用之爲時中(니부용지위시중)

古來賢聖由一理(고래현성유일리)
勉學庶可幾於此(면학서가기어차)
丈夫羞與對妻子(장부수여대처자)
慼慼憂泣飢寒死(척척우읍기한사)

청평사(淸平寺)

청평산 푸른 기운 사명산에 연하여
맑게 갠 그날엔 푸른 부용 솟아나네.
석문에 내 걷히니 동천이 고요하고
선궁의 푸른 기와 그 빛이 영롱하다.
맑은 영지는 거울같이 환한데
삼십육성은 그림자도 보이지 않네.
산중의 폭포는 바위를 씻어 내고
늙은 용 수염 드리워 흰 무지개 토한다.
새벽 선동에서 천단에 예배하고
휘파람 길게 불며 높은 봉에 기대었네.
희이 노인이 지금 없으나
나는 그의 뒤를 따를 수 있으리.
한평생 싫어한 것 세상 영화 아니던가
늘그막엔 산속 깊이 구름 속에 살고 싶네.

　　　　淸平積翠連四明(청평적취련사명)
　　　　天晴削出靑芙蓉(천청삭출청부용)
　　　　石門煙開洞天靜(석문연개동천정)
　　　　禪宮碧瓦光玲瓏(선궁벽와광영롱)
　　　　靈池澹澹涵虛鑑(령지담담함허감)
　　　　三十六聖影還空(삼십륙성영환공)

山中瀑布灑山石(산중폭포쇄산석)
老龍垂鬣吐白虹(로룡수렵토백홍)
曉從仙洞禮天壇(효종선동례천단)
嘒然長嘯倚高峯(휙연장소의고봉)
希夷老人今不在(희이로인금불재)
我來可以追遺蹤(아래가이추유종)
平生頭掉世間榮(평생두도세간영)
且欲白首巢雲松(차욕백수소운송)

벽탄역(碧呑驛)을 향하며 느낀 생각
향벽탄역감회(向碧呑驛感懷)

피난으로 한 해가 가도 고향 못가고
노래하는 이유가 굶주림은 아니네.
손에는 자루 긴 보습을 잡고
나는 이것과 유랑을 함께 하네.
눈 쌓인 대관령 천신만고 넘을 때
맹렬한 북풍이 언 살에 몰아친다.
백복이 서쪽에서 오던 2 3월에는
계곡에 봄 눈이 녹아 내렸지.
험난한 그 먼 길은 말할 것 없고
난리에 시달리는 괴로움 견디었네.
산 깊고 해 저물어 저녁 연기 아득한데
발 부르트고 몸 말라 무한히 지쳤어라.
듣자니 오랑캐가 노략질을 멈추고
전사는 농사로 돌아가게 되었다네.
하늘도 난리는 괴롭게 여기는가
다만 학자들로 하여금 시름만 짓게 하네.
슬프다 나 역시 구사일생 아니던가
가족도 모두 잃어 각 처로 흩어졌네.
망망한 천지에 소식 전할 곳이 없어
구슬픈 눈물이 옷깃을 적신다.

逃亂經年不得歸(도란경년불득귀)

謳吟不爲悼寒飢(구음불위도한기)

手持長鑱白木柄(수지장참백목병)

吾惟與此同流離(오유여차동류리)

窮冬辛苦過雪關(궁동신고과설관)

北風慘慘吹寒肌(북풍참참취한기)

白卜西來二三月(백복서래이삼월)

澗谷瀧瀧流春澌(한곡괵괵류춘시)

間關遠途不足說(간관원도불족설)

亂代漂零堪怨咨(란대표령감원자)

山深日暮煙火迷(산심일모연화미)

足繭形枯筋力疲(족견형고근력피)

聞說凶奴收殺掠(문설흉노수살략)

戰士已許還耕犁(전사이허환경리)

自是蒼天乃苦兵(자시창천내고병)

但使迂儒空暗噫(단사우유공암희)

嗟我猶生九死餘(차아유생구사여)

骨肉相失各分離(골육상실각분리)

茫茫無處寄消息(망망무처기소식)

苦淚淫淫但沾衣(고루음음단첨의)

원주에 있을 때 3월에 대관령 서쪽에 있으며 감회를 쓰다

우거령서술회(寓居嶺西述懷)

난리가 있은 이후부터는
일마다 괴로움이 생겨난다.
슬프다 오랑캐의 난리 때문에
애처롭게 가시 숲을 숨어 다녔네.
난리가 미치어 잿더미 된 꼴
차마 눈 뜨고 볼 수 없어라.
들판이 오로지 주검으로 덮이나니
하늘도 신묘함을 발휘할 수 없었던가.
듣자니 강도마저 격파되어서
구묘가 마침내 무너졌다네.
충의로운 사람이 없을까 마는
당시에 의논 못 펴 본 게 부끄럽다.
누구라 그 적을 깨칠 수 있으랴만
굴욕을 참고서 딴 이웃을 섬기다니.
모신은 사직을 지키자 했고
지사는 눈물지어 수건 적시네.
너무도 감개하여 한탄만 나오는구나
패망과 혼란이 그 원인 없을 쏜가.
말없이 인간사를 원망하노니

하늘에 호소하기도 참으로 부끄럽네.
나는 지금 동해로 피난을 와서
양곡의 나루터에 임하였노라.
한없이 넘실대는 안개 낀 파도
넓고도 넓어 저 하늘 끝까지
온 바다의 기운이 불그스레 변하더니
밝고 밝은 둥근 해가 솟아오르네.
가만히 생각하면 당요는
희백을 시켜서 해맞이를 하게 했네.
곰곰이 생각하면 서글프기만 한데
태평 세월은 언제나 올 것인지.
서쪽으로 한강 원류 건너노라니
수석이 어쩌면 그렇게 깨끗할까.
발육을 좋아함은 봄바람 아니던가
온화한 그 기운 천지에 가득하네.
산에는 초목들 무럭무럭 자라고
시냇가엔 예쁜 꽃 곱게곱게 피었네.
초목들은 이렇게 제철을 즐기는데
사람은 일마다 근심으로 싸였구나.
세상만사를 노래로 달래는데
봄 따라 오만 감회 더 괴로워라.
내가 처음 학문에 뜻을 두었을 땐
옛날 현인을 희망했다오.
평생토록 활달함을 힘써 오다가

늙게 되자 떠돌이 신세 되고 말았네.
공연히 쓸데없는 포부를 품고
백수가 되도록 경륜을 꿈꾸었지.
시기와 운명이 맞지를 않아
빈천을 참으로 달게 여겼다.
세태는 날이 갈수록 혼란해지니
어진 이는 몸조심을 귀히 여기네.
노중련은 높은 결백 흠모하였고
신도가(申屠嘉)는 숨어 살길 생각했었다.
조수와 함께 살 순 있어도
세상을 피해 삶 본받을 바 아니네.

自從亂離來(자종란리래)
隨事生悲辛(수사생비신)
痛此犬戎禍(통차견융화)
哀哀竄荊榛(애애찬형진)
兵火之所及(병화지소급)
慘目飛灰塵(참목비회진)
積屍滿原野(적시만원야)
上天亦無神(상천역무신)
又聞江都破(우문강도파)
九廟竟沈淪(구묘경침륜)
豈無忠義人(기무충의인)
時議愧未伸(시의괴미신)

破敵誰能料(파적수능료)

屈辱事殊隣(굴욕사수린)

謀臣存社稷(모신존사직)

志士淚沾巾(지사루첨건)

感慨徒歎恨(감개도탄한)

喪亂豈無因(상란기무인)

嘿嘿怨人事(묵묵원인사)

良愧籲蒼旻(량괴유창민)

我時東走海(아시동주해)

乃臨暘谷津(내림양곡진)

煙濤蕩不極(연도탕불극)

浩浩涵天垠(호호함천은)

海氣變紫赤(해기변자적)

杲杲升日輪(고고승일륜)

竊慕唐堯聖(절모당요성)

羲伯司寅賓(희백사인빈)

緬懷徒自傷(면회도자상)

太平竟何辰(태평경하진)

西涉江漢源(서섭강한원)

水石何潾潾(수석하린린)

東風喜發育(동풍희발육)

春氣蕩氳氤(춘기탕온인)

山木日滋榮(산목일자영)

幽花明澗濱(유화명간빈)
草木喜得時(초목희득시)
人事愁艱屯(인사수간둔)
萬事付長謠(만사부장요)
百感惱陽春(백감뇌양춘)
念我志學初(념아지학초)
仰希古賢人(앙희고현인)
生平事廓落(생평사곽락)
將老任漂淪(장로임표륜)
空懷徒耿耿(공회도경경)
白首夢經綸(백수몽경륜)
時命乃大謬(시명내대류)
固所甘賤貧(고소감천빈)
世道日交喪(세도일교상)
賢者貴自珍(현자귀자진)
魯連慕高潔(로련모고결)
申屠思遁身(신도사둔신)
鳥獸可同群(조수가동군)
猶非效隱倫(유비효은륜)

남해(南海)에서 감회(感懷) 두 수를 짓다
남해중감회작(南海中感懷作)

해악은 어이하여 저렇게 높아
바다 사이에 우뚝하게 솟아 있을까.
아득한 석문은 맑기도 한데
이 곳의 해와 달은 한가하구나.
놀 진 바위 기대어 휘파람 길게 부니
구름과 맞닿은 그 바다 끝이 없네.
멍하니 바라보는 무한한 공간
시력(視力) 다해 보노라니 눈물이 나네.
천지에 가득 찬 가을 기운에
온 누리가 쓸쓸하게 차가웁구나.

먼 곳 나그네가 남쪽까지 온 것은
천지의 끝을 보려고 함이었네.
안개 낀 파도 한없이 넘실대어
보노라니 푸른 물만 아득하구나.
남쪽은 본래가 따뜻한 곳이어서
바다 기운 언제나 온화하여라.
쓸쓸한 귀문은 황량만 하여
괴이한 그 기상에 슬픔이 솟는다.
오의와 흑치는
우리와 같지 않은 다른 종류
곰곰이 옛 성인을 생각해 보면
거룩한 그 덕화 먼 이웃에 미쳤네.

海嶽何嶒崚(해악하증릉)
秀出滄溟間(수출창명간)
杳冥石門清(묘명석문청)
此地日月閒(차지일월한)
長嘯倚霞石(장소의하석)
雲海浩漫漫(운해호만만)
曠然一怊悵(광연일초장)
極日涕汍瀾(극일체환란)
秋氣滿天地(추기만천지)
凄凄大荒寒(처처대황한)

遠客窮南紀(원객궁남기)
欲睹天地濱(욕도천지빈)
煙濤蕩不極(연도탕불극)
曠望迷滄津(광망미창진)
南州曜炎德(남주적염덕)
海氣常氳氤(해기상온인)
蕭蕭鬼門荒(소소귀문황)
幽怪生悲辛(유괴생비신)
烏衣與黑齒(오의여흑치)
絶黨非吾倫(절당비오륜)
緬懷古聖人(면회고성인)
遠德及殊隣(원덕급수린)

구정봉(九井峯)에서 내려오다가 북쪽에서 쉬는데 중 희극(熙克)이 나에게 철쭉 지팡이를 기증하므로 고시 (古詩) 한 수를 지어 사례하다

구정봉 북쪽 철쭉 나무
이끼 낀 그 가지 높이가 한 길일세.
바위에 서린 뿌리 굴곡이 드러나고
그 줄기 얽혀서 늙도록 못 컸구나.
처량한 흰 마디는 풍상에 시달리고
둥치에 마른 잎은 찬바람에 울었네.
늙은 중이 꺾어다 지팡이를 만들어
바다에 짚고 다니니 놀이 이는구나.
나를 만나 은근히 기증을 하여
험한 곳 다닐 때 마음 더욱 편케 하네.
비로소 알겠구나 신비한 물건이라
도깨비도 달아나 무서움이 없도다.
지금부터 북으로 태백산 오르는데
바다를 횡행하는 마고선녀 부럽잖다.
신선도 찾아보고 영약도 캘 수 있어
다음날 나를 보면 수미가 검으리.

九井峯陰躑躅木(구정봉음척촉목)
蒼苔着枝高一丈(창태착지고일장)
石上蟠根露屈曲(석상반근로굴곡)

糾結千年老不長(규결천년로불장)

白節凄凄海天霜(백절처처해천상)

楂枒葉枯寒自響(사야엽고한자향)

老僧拔取以爲杖(로승발취이위장)

拄過碧海煙霞生(주과벽해연하생)

遇我慇懃持贈我(우아은근지증아)

使我履險心愈平(사아리험심유평)

始知奇物自有神(시지기물자유신)

魑魅辟易行無驚(리매벽역행무경)

從玆北遊上泰白(종자북유상태백)

不羨麻姑海上行(불선마고해상행)

尋眞採藥無不可(심진채약무불가)

他年見我鬚眉青(타년견아수미청)

석범(石帆) 천관산(天冠山) 꼭대기

아득한 옛날엔 아주 질박해
어리석음 그대로 미개했었지.
더군다나 이 곳은 황복 밖이라
애당초 호황도 알지 못했네.
이상하다 서방에서 들어 온 종교
불교가 드디어 크게 펴져서.
팔만대장경이
우리나라에 전파되었네.
처음엔 신비함을 과장하여서
만 리의 험한 뱃길 건너왔도다.
세찬 바람에 떠오는 그 돛
아리따운 깃발이 펄럭펄럭 나부낀다.
얼마 후 그것이 돌로 변했다니
해괴한 일이라 그 이름 알려졌네.
바닷물은 미려로 새어 들건만
그것은 까마득하게 솟아올랐다.
전하기를 만고에 그 돌이
웅장하게 하늘과 맞닿았다네.
성인은 괴이함 말을 않는 법
이치 밖에 일들은 알기 어렵지.

괴이하고 허황됨을 오랑캐는 숭상하여
다투어 장황함을 과장하여라.
어리석은 사람은 현혹을 탈피 못해
죽기까지 갈 길을 헤매고 있네.
시를 써서 그 일을 풍자함이지
황당함을 조술하려 함은 아니네.

邃古旣朴蒙(수고기박몽)
倥侗而鴻荒(공동이홍망)
況玆荒服外(황자황복외)
初不知昊黃(초불지호황)
異哉西方敎(이재서방교)
空門遂開張(공문수개장)
大藏八萬經(대장팔만경)
流播逮東方(류파체동방)
萬里窮梯航(만리궁제항)
厥初誇靈異(궐초과령이)
祥飆送海帆(상표송해범)
婀娜飄幡幢(아나표번당)
旣而化爲石(기이화위석)
事怪名仍彰(사괴명잉창)
尾閭泄海波(미려설해파)
騰卓出蒼茫(등탁출창망)

流傳萬古石(류전만고석)

磈魂摩靑蒼(뢰외마청창)

聖人不語怪(성인불어괴)

理外事難詳(리외사난상)

夷俗尙怪誕(이속상괴탄)

誇矜競張皇(과긍경장황)

昧者踵前惑(매자종전혹)

至死迷趨蹌(지사미추창)

題詩諷其事(제시풍기사)

非祖述荒唐(비조술황당)

갑진년 이생(李生)에게 사례하다. 전일에 보내온 여러 작품에 대하여 객지에서 늘 바빠서 이제야 답을 하게 되었는데 너무 늦었다.

수이생(酬李生)

하늘과 사람 관계 가만히 보면
본래는 한 이치라 간격이 없네.
그러나 만물들은 구분이 되어서
훈유와 빙탄처럼 어울리질 않지.
사물 따라 좋고 나쁨 이룩되어서
복잡하게 얽힌 일 날마다 근심일세.
광망과 어리석음 본성의 죄 아니라
타고난 기품에 얽매인 탓일세.
순경이 성악론을 제창하니까
주관 없는 사람은 폭만하게 되었네.
맹자는 성선설을 주장했는데
성현이 그 어찌 속이기야 했으랴.
넓고 넓은 교훈을 후세에 남겨
가르침은 내 공부의 반이라 했네.
친친하고 장장하는 그 도리는
인의에서 그 조리 찾아보겠네.
이 한 가지를 적절하게 닦아 놓으면
천질은 찬연히 갖추어지리.
사물이 있으면 법칙이 있는 법

행실을 닦음은 수관에서 비롯된다.
천근한 일이라 소홀히 말라
지극한 교훈은 허망함이 없다네.
근본이 서게 되면 도는 절로 나오는 것
순서와 질서는 어지럽힐 수 없도다.
늙을수록 못한 공부 더욱 부끄러워
책을 대하니 탄식만 길게 나네.

默觀天人際(묵관천인제)
一理本無間(일리본무간)
品物旣殊別(픔물기수별)
有薰猶氷炭(유훈유빙탄)
好惡成於物(호악성어물)
紛拏日爲患(분나일위환)
狂愚非性罪(광우비성죄)
氣禀所拘絆(기픔소구반)
荀卿論性惡(순경론성악)
迷者甘暴慢(미자감폭만)
孟氏道性善(맹씨도성선)
聖賢豈欺謾(성현기기만)
洋洋垂謨訓(양양수모훈)
惟斅是學半(유호시학반)
親親與長長(친친여장장)

仁義見條貫(인의견조관)
節文斯一者(절문사일자)
天秩備燦燦(천질비찬찬)
有物必有則(유물필유칙)
修行自漱盥(수행자수관)
勿以淺近忽(물이천근홀)
至敎非妄幻(지교비망환)
本立道自生(본립도자생)
有序不可亂(유서불가란)
垂老愧失學(수로괴실학)
對卷發長歎(대권발장탄)

묵매(墨梅)

묵매가 어쩌면 저렇게 기이할까
붓을 놓기가 너무도 안타까워
묵은 매화 언 가지를 그려 보았지
그 가지 꺾어져 죽살이 쳤어도
눈 속에 앙상한 몇몇 가지엔
아름다운 꽃망울 몽실몽실 피었네.
밤하늘 은하처럼 맑기도 한데
둥근 달 언 가지에 둥실 걸렸다.
이걸 대한 내 마음 말없이 슬퍼
긴 한숨 쉬면서 눈물짓는다.

墨梅何瑰奇(묵매하괴기)
心正苦絶筆(심정고절필)
摸出古梅寒杈枒(모출고매한차야)
寒杈枒摧折半枯半死(한차야최절반고반사)
雪邊瘦疏三兩枝(설변수소삼량지)
吐奇葩(토기파)
夜如河(야여하)
一輪明月上氷柯(일륜명월상빙가)
令我對此無語空長嗟(령아대차무어공장차)
空長嗟出涕沱(공장차출체타)

백운산(白雲山) 유람을 떠나는 정군(鄭君)에게 기증하다
증정군유백운산수(贈鄭君遊白雲山水)

백운산에 유람 가는 그대를 전송하며
그대에게 백운산의 아름다움 말해 주리.
그 산의 바윗돌 울툭불툭 나오고
그 산의 계곡 물 잔잔하다네.
그 산중 사람들 옛 기풍 많아
농사로 만족하여 다투거나 속임이 전혀 없다네.
나 또한 따르려고 농기구 점검하여
저 사람의 노년 일을 뒤따르리라.

送君白雲山水遊(송군백운산수유)
語君白雲山水奇(어군백운산수기)
山之石礧礧(산지석뢰뢰)
山之水漪漪(산지수의의)
山中之人多古氣(산중지인다고기)
鋤犁自足無爭欺(서리자족무쟁기)
我且從之簡耒耟(아차종지간뢰사)
遠追沮溺窮年推(원추저닉궁년추)

청뢰당(聽雷堂)

숲이 깊어 초당은 조용도 하여
낮에도 사립문 열지 않네.
텅 빈 뜰엔 낙엽만 쌓이고
석등엔 푸른 이끼 돋아났구나.
빗소리에 개울 소린 들리지 않고
은은하게 우레만 들려오누나.

林深草堂靜(림심초당정)
巖扉晝不開(암비주불개)
落葉滿空庭(락엽만공정)
石磴生綠苔(석등생록태)
山雨暗溪響(산우암계향)
隱隱聽雲雷(은은청운뢰)

을사년에 창강 노인(滄江老人)에게 보냄
기창강노인(寄滄江老人)

나의 꿈에 동남신녀가 현문을 밟으니
오만 구멍 성난 듯 바람 소리 들리네.
암담한 그 상태에 천지가 막혀
불어대던 온갖 소리 조용해지고
귀에선 여운만 응응거린다.
기쁜 일 놀라운 일 다 안 들리고
서글픈 마음은 혼돈 세계 빠져서 자취 없이 노는 듯
사람 보고 벙어리처럼 큰소리치며
의아하게 흘겨보고 바보같이 웃으니
옆의 사람 손뼉 치며 귀먹었다 웃어대네.
창강 노인은 장님된 지 오래이니
애닲다 이 사람은 운명의 탓이런가.
나 또한 온갖 일 떨쳐 버리고
세상일 관심 없이 칩충처럼 산다네.
같은 세대 함께 나 백가서 다 읽고
천고의 일 토론하며 뇌동은 않네.
한 사람 귀먹고 한 사람 눈먼 것도 하늘의 뜻
우리 두 사람은 어기지 말고
거공같이 서로가 의지하면
귀머거리 볼 수 있고 장님은 들을 수 있으니
두 사람 한 몸같이 즐기게 되어

이루의 눈 밝음과 사광의 귀 밝음 부럽잖으리.
근심과 즐거움 서로 도와 가면서
큰소리로 하늘께 사례를 하고 싶네.

我夢東南神女躡玄門(아몽동남신녀섭현문)
萬竅譹號聞天風(만규호호문천풍)
形開黭闇天地閉(형개심암천지폐)
吹萬皆死(취만개사)
空響在耳常喁喁(공향재이상우우)
可喜可愕皆不聞(가희가악개불문)
心忡忡如入沌混遊無蹤(심충충여입돈혼유무종)
望人大語如瘖啞(망인대어여음아)
視如疑笑如癡(시여의소여치)
傍人拍手笑我耳全聾(방인박수소아이전롱)
滄江老人久已盲(창강로인구이맹)
咄嗟斯人天所窮(돌차사인천소궁)
我亦塊然謝機括(아역괴연사기괄)
深居不窺如蟄蟲(심거불규여칩충)
兩人竝世皆讀百家書(량인병세개독백가서)
歷談千古無雷同(력담천고무뢰동)
聾一人瞽一人亦天意(롱일인고일인역천의)
令我兩人莫相違(령아량인막상위)
長相從如駏蛩(장상종여거공)

聾能視瞽能聽(롱능시고능청)
兩人相樂如一身(량인상락여일신)
不羨離婁明師曠聰(부선리루명사광총)
但願世間憂樂兩相須(단원세간우악량상수)
放言大噱酬天公(방언대갹수천공)

취우당(醉愚堂)에 우연히 쓰다
취우당우제(醉愚堂偶題)

도척의 탁함은 맑힐 수 없고
백이의 맑음은 흐릴 수 없네.
백이의 맑음 도척의 흐림 따지지 말라
원하노니 백 년 삼만 육천 일을 취하고 싶다.

　　跖之濁不可淸(척지탁불가청)
　　夷之淸不可濁(이지청불가탁)
　　夷淸跖濁莫須別(이청척탁막수별)
　　但願長醉百年三萬六千日(단원장취백년삼만륙천일)

겨울에 남해를 유람할 때 매화가 활짝 피었다 홀연
히 지난 겨울 한양에 가서 민길주(閔吉州)를 방문할
때 상매시(賞梅詩)를 보여 주며 아울러 조용주(趙龍
洲)와 수작한 시도 보여 주었는데 지금 이것을 보니
새로운 감회가 인다

북쪽 지역 바람은 음기가 엉겨
봄에도 많은 초목 말라 죽는다.
남쪽엔 섣달 전에 매화가 피니
남북 간에 기후 차이 이리도 크네.
굳은 그 절개 눈서리 겁내지 않고
자태를 부려서 도리를 닮겠는가.
이걸 본 나의 심정 무한히 괴로워
꽃망울 회롱하며 온종일 감탄했다.
민길주 생각하며 그대 시 읊노니
못 잊는 그 생각은 나와 같겠지.
세상을 놀라게 한 조용주 시는
격조 높은 그 사상 골수에 스며드네.
한 번 이별 묘연하여 구슬픈 생각
겨울 하늘 저 산속에 석양이 진다.
홀연히 느낀 감정 시 한 수 지어
저 먼 곳 일천 리 장안에 부치노라.

北方北風陰氣凝(북방북풍음기응)

三春草木多枯死(삼춘초목다고사)

南中臘前梅先發(남중랍전매선발)

氣分南北懸如此(기분남북현여차)

苦節終不畏霜雪(고절종불외상설)

肯效媚艷隨桃李(긍효미염수도리)

病夫見此心獨苦(병부견차심독고)

竟日咨嗟弄瓊蘂(경일자차롱경예)

愛誦淸詩思吉州(애송청시사길주)

幽懷耿耿知相似(유회경경지상사)

龍洲新和動驚俗(룡주신화동경속)

危思苦調入骨髓(위사고조입골수)

一別杳然思悄悄(일별묘연사초초)

天寒落照空山裏(천한락조공산리)

臨風忽有感懷作(림풍홀유감회작)

遠寄長安一千里(원기장안일천리)

웅연(熊淵)에서 뱃놀이하고 영숙(永叔)에게 보여주다

웅연범주시영숙(熊淵泛舟示永叔)

산 아래 봄 강물 흐르지 않고
부평초 넘실넘실 물결 타고 춤추네.
푸른 풀 흰 모래 저무는 정주
낚시 걷어 배 타고 나루터로 오르네.

山下春江深不流(산하춘강심불류)
綠蘋風動浪花浮(록빈풍동랑화부)
草靑沙白汀洲晚(초청사백정주만)
捲釣移舟上渡頭(권조이주상도두)

경뢰절(驚雷節)에 우계(羽溪)에서 해돋이를 구경하며
경뢰절도우계관일출작(驚雷節到羽溪觀日出作)

우계의 동반 너머 망망한 바다
끝없는 안개 물결 부상까지 잇닿았네.
청제 우레를 채찍하여 푸른 용 몰고
희백이 농사철 알리러 우이에 있도다.
금오 떠오르니 바다 빛 일렁이고
밝은 놀 붉은 기운 아침 햇살 열려 오네.
백층의 누대 어이 아스라한가
무지개 빛 가물거리네.
나는 오르려 해도 오를 수 없으매
신비로운 경계 황홀하고 회포는 쓸쓸해져.
평생의 고된 삶 길게 노래 부르니
길 막힌 먼 지역 돌아갈 생각 못하네.

羽溪東畔海茫茫(우계동반해망망)
烟濤極目連扶桑(연도극목련부상)
青帝鞭霆駕蒼螭(청제편정가창리)
羲伯授時居嵎夷(희백수시거우이)
金烏騰翥海色動(금오등저해색동)
明霞紫氣開朝暉(명하자기개조휘)
層臺百重何縹緲(층대백중하표묘)
雲霓明滅光依依(운예명멸광의의)

我欲登之不可梯(아욕등지불가제)
異境恍惚懷轉悽(이경황홀회전처)
百年辛苦長謳吟(백년신고장구음)
路窮絶域歸思迷(로궁절역귀사미)

의춘(宜春)마을에서 벼슬을 따라 서울로 돌아가는 막내아우 서(舒)를 작별하면서 삼십운(三十韻)을 주다

의춘촌증별계제서귀경락종사삼십운

(宜春村贈別季弟舒歸京洛從仕三十韻)

이 땅에 올 줄 어이 기약하였으며
여기서 이별할 줄 어이 알았으랴.
찌는 듯한 풍토 좋지 않은 곳
떠돌다가 우연히 깃들어 살았네.
관가에서 말곡식을 꾸어주기에
여러 식구 그 덕으로 굶지 않았네.
타향에서 머문 지 이미 오래니
방언 들음도 마땅하도다.
인정은 몹시 고향을 그리나니
북녘 땅 바라보며 눈물 뿌리네.
전쟁이 휩쓴 자취 쓸쓸하기만 한데
열에 하나 살아남은 자 칼날의 상처로다.
감개하여 부질없이 한탄만 하니
시운이 마침내 이러하다네.
애당초 난리로 달아날 적에
저마다 허둥지둥 헤어졌었지.
눈 쌓인 음산의 길과
얼음 덮인 발해의 해변가로

떠도는 나그네가 일남에 이르렀으니
세월은 흘러 철도 이미 바뀌었네.
눈 쌓인 골짜기에선 화롯불 껐고
열대 지역에선 불볕을 두려워했네.
고된 길 천만 리에
수많은 근심 걱정 몹시 괴로웠네.
오늘이 있을 줄을 생각이나 하였으랴
당황하여 마음이 천치된 듯하네.
구사일생 어려움을 겪어왔기에
서로 보니 눈물 먼저 흐르는구려.
떨어져 그리다가 다시 만나니
기쁨이 복받쳐 되레 서러워라.
이웃 사람 날마다 술 들고 와서
마냥 취하여 기쁨에 휩싸였네.
술에 취해 정신 잃고 누워 있으니
눈앞의 세상만사 도리어 잊었구려.
수십 일 이렇게 지내다 보면
천애 먼 곳에 있는 처지도 잊으리라.
인생이란 모이면 흩어지는 법
일정한 기약 없음 이에 알겠네.
관사의 일 바쁘다 괴로이 말하니
돌아가는 채찍을 늦출 수 없다네.
반가이 만난 것이 얼마나 되나

찬 달 쉬이 기울매 마음 아프오.
곤궁한 때에 다시 이별하니
아득하여 잡은 손 놓지 못하네.
나의 타관살이 안타깝게 여겨 주니
이별의 슬픔을 더욱 자아내누나.
쓰리고 슬픈 마음 마냥 고달파
깊은 밤 눈물이 마구 흐르는구려.
정에 끌려 이야기 다시 이어 가니
듣는 사람 지루함을 용서하시라.
젊은 나이에 높은 절개 사모하여서
보통 사람 따르기를 부끄러워했네.
평생에 주공 공자의 말씀 외면서
본마음 잊지 못하여 스스로 기이하다 하노라.
탄식하며 길게 읊조리나니
흰머리에 계획이 이미 어긋났구나.
끝났도다 다시는 말하지 말라
슬퍼서 탄식한들 무엇하리오.
너를 보내며 한마디 하노니
선비란 몸가짐이 귀한 것일세.
행신을 한 번 그르친다면
뉘우치고 한탄한들 소용없으리.
부지런히 노력하여 게을리 말고
일마다 경계한 말 생각하게나.

此地豈嘗期(차지기상기)

此別豈嘗知(차별기상지)

炎蒸瘴癘地(염증장려지)

漂淪偶棲依(표륜우서의)

官家賑斗粟(관가진두속)

百口仰不飢(백구앙불기)

旅泊旣已久(여박기이구)

方音聽亦宜(방음청역의)

人情苦懷土(인정고회토)

北望攬涕洟(북망람체이)

蕭條兵火盡(소조병화진)

十一遺瘡痍(십일유창이)

感慨徒歎恨(감개도탄한)

時運竟如斯(시운경여사)

念昔奔竄初(념석분찬초)

狼狽各分離(랑패각분리)

積雪陰山道(적설음산도)

玄冰渤海湄(현빙발해미)

轉客到日南(전객도일남)

時久已序移(시구이서이)

雪峽擁篝火(설협옹구화)

朱涯畏炎曦(주애외염희)

辛勤千萬里(신근천만리)

百憂惱相思(백우뇌상사)

豈料今日在(기료금일재)

惝怳心如癡(창황심여치)

九死經艱難(구사경간난)

相對淚已滋(상대루이자)

離情逢會合(리정봉회합)

喜極還成噫(희극환성희)

隣人日携酒(린인일휴주)

酣醉動歡嬉(감취동환희)

沉冥臥不省(침명와불성)

萬事復還遺(만사부환유)

連延數十日(련연수십일)

忘却在天涯(망각재천애)

人生一聚散(인생일취산)

迺知無常期(내지무상기)

苦道官事忙(고도관사망)

歸鞭不可遲(귀편불가지)

驩逢能詎幾(환봉능거기)

盈月感易虧(영월감역휴)

窮途復此別(궁도부차별)

黯然惜解携(암연석해휴)

憐我羈旅情(련아기려정)

牽添別離悲(견첨별리비)

惻惻抱辛酸(측측포신산)

中夜泣漣洏(중야읍련이)

情牽語更連(정견어경련)

聽者恕支離(청자서지리)

少年慕高節(소년모고절)

恥與衆人隨(치여중인수)

平生誦周孔(평생송주공)

耿耿空自奇(경경공자기)

感歎長吟哦(감탄장음아)

白首計已違(백수계이위)

已矣勿復道(이의물부도)

咄咄且何爲(돌돌차하위)

贈言送爾行(증언송이행)

士固貴自持(사고귀자지)

行身一失誤(행신일실오)

悔恨莫可追(회한막가추)

努力勿懈怠(노력물해태)

隨事憶箴規(수사억잠규)

영남(嶺南) 길가에서 조생(趙生)을 만나
영남도상봉조생(嶺南道上逢趙生)

지난해 이날에 우계에 있으면서
태백산 올라서 해 뜨는 곳 보았는데
천 리 길 험한 산천 넘고 건너서
남으로 인적 없는 더운 지방 다 돌아다녔네.
기약 없이 이 땅에서 그대 만나니
그대와 나 품은 생각 슬프기만 하구려.
산서에 숱한 난리 겪은 뒤부터
고향엘 못 가 본 지 삼 년이로다.
지루한 객지살이 슬픈 게 인사라
노래하고 읊으니 문장만 늘었네.
장부가 끝내 시골서 늙을쏜가
미간을 펴고 한 번 웃으니 감회 드높아라.

前年此日在羽溪(전년차일재우계)
西登太白望扶桑(서등태백망부상)
跋涉山川一千里(발섭산천일천리)
南窺絶影窮炎方(남규절영궁염방)
逢君此地眞邂逅(봉군차지진해후)
懷抱與我皆悲傷(회포여아개비상)
自從山西多亂後(자종산서다란후)

三年不得歸故鄕(삼년불득귀고향)
咄咄人事長羇旅(돌돌인사장기려)
謳吟只自饒文章(구음지자요문장)
丈夫豈終老蓬蒿(장부기종로봉호)
揚眉一笑思激昂(양미일소사격앙)

소문(召文)을 지나다 느낌이 있어서
과소문유감(過召文有感)

천년의 소문국
망한 옛터 처량하도다.
번화했던 그 모습 다시 볼 수 없고
거친 풀 들꽃만이 향기롭구나.
다닥다닥한 옛 무덤엔
민둥민둥 백양 한 그루 없도다.
둔덕 위에 밭가는 농부도
오히려 경덕왕을 말하고 있네.
천지는 한결같이 유구한데
예부터 몇 번이나 흥하고 망했던가.
만물의 이치는 본래 무상한 데
인정은 부질없이 서러워하네.
옛날의 슬픈 정 일기에
오래도록 홀로 서서 개탄하노라.

千載召文國(천재소문국)
亡墟足悲涼(망허족비량)
繁華不復睹(번화불부도)
荒草野花香(황초야화향)
壘壘見古墳(루루견고분)
濯濯無白楊(탁탁무백양)

田父耕隴上(전부경롱상)
猶說景德王(유설경덕왕)
天地一何悠(천지일하유)
終古幾興亡(종고기흥망)
物理本無常(물리본무상)
人情徒自傷(인정도자상)
感起前古恨(감기전고한)
獨立慨嘆長(독립개탄장)

개협(介峽)

개협은 험준해서 넘을 수 없고
잇닿은 봉우리 돌 빛이 검푸르네.
골짜기에 들어가니 천지 좁아 슬퍼지고
옹동고라진 바위는 부딪칠 듯한 형세일세.
산을 두른 굽은 길 갈수록 희미한데
돌 쌓인 골짜기엔 물결도 거세다.
깊은 벼랑 그늘 속 눈 녹지 않으니
도랑의 풀 봄이 와도 꽃망울 못 보겠네.
이름 모를 괴이한 새 서로 우짖고
날다람쥐 열매 따다 빈 가지에서 떨어진다.
한사코 험한 길 걸어 수림 속을 나왔건만
벼랑은 높고 해마저 기우네.
북쪽의 험한 땅 다 밟아 돌아
나그네 신세에 읊은 시구만 늘었네.

介峽嶒崚不可越(개협증릉불가월)
連峯石色靄晴霞(련봉석색매청하)
入谷却愁天地窄(입곡각수천지착)
峽确礧硊勢相摩(협학뢰위세상마)
山回逕盤行轉迷(산회경반행전미)
磎壑磊磊水層波(계학뢰뢰수층파)

幽崖積陰雪未消(유애적음설미소)
磵草春廻不見葩(간초춘회불견파)
怪鳥相號不知名(괴조상호불지명)
飛生摘木墮空柯(비생적목타공가)
力盡崎嶇出木杪(력진기구출목초)
嶺壁猶高山日斜(령벽유고산일사)
我行北來窮險阻(아행북래궁험조)
羈旅只足饒吟哦(기려지족요음아)

아침 일찍 신안(新安)으로 나오는 도중 햇무리를 보고
조출신안도중망일방백기(早出新安途中望日傍白氣)

내가 석합 서쪽에서 걸어오는데
흙비에 눈 어둡고 우레까지 치는구나.
아침에 금오를 나와 십리를 바라보니
백 길의 높은 성 궁륭처럼 걸쳐 있네.
한 사내 호통치면 만 사람쯤 막아 내니
원수의 요새 설치 계획도 웅장하네.
북방의 살기 온 누리에 가득 차서
해 곁에 떠올라 흰 무지개 되었도다.
검은 무리 해를 덮어 아침 해인 듯
방이는 횃불 같아 먼동 빛 잃었네.
촉룡이 해를 물어 북극으로 갔는가
축융이 불을 들어 천홍을 태우는가.
요 임금 때 예란 신하 아홉 해를 떨어뜨렸다더니
이제 다시 두 해가 나와 부상을 태우는가.
재앙 괴변 없앴던 성인의 덕화
아득하여 유풍을 따를 수 없으니
늙은이 탄식 소리 뉘라서 알랴
말없이 하늘 보고 끝없이 우네.

我行來自石盒西(아행래자석합서)

土雨昏目雜豊隆(토우혼목잡풍륭)

曉出金鰲十里望(효출금오십리망)

崇墉百雉跨穹窿(숭용백치과궁융)

一夫呵怒萬人沮(일부가노만인저)

元戎設險籌策雄(원융설험주책웅)

朔方殺氣彌宇內(삭방살기미우내)

直射日傍成白虹(직사일방성백홍)

黑暈匝日欺朝暾(흑훈잡일기조돈)

傍珥如炬奪瞳曨(방이여거탈동롱)

忽疑燭龍嘟曜窺寒門(홀의촉룡함요규한문)

又似祝融把火燒天紅(우사축융파화소천홍)

吾聞堯時羿射九日落(오문요시예사구일락)

更有竝日燋旱扶桑東(경유병일초한부상동)

弭灾息怪聖人化(미재식괴성인화)

邈然不得追遺風(막연불득추유풍)

白頭感歎誰復知(백두감탄수부지)

向天無語泣無窮(향천무어읍무궁)

3월부터 5월까지 비가 내리지 않아서
자삼월지오월불우(自三月至五月不雨)

팔 년에 칠 년 가뭄 물길이 끊겼더니
탕 임금 빌던 정성 천 년을 전해 왔다.
불꽃처럼 타는 가뭄 나서부터 지겹나니
구 년 장마 지더라도 하우씨 괴롭게 않으리라.
모진 불 돌에 일어 토산이 타니
양후의 파도 말라 타 버릴까 걱정이네.
상인은 가게 닫고 무당은 기우제 지내건만
하늘은 온갖 생명 구휼치 않누나.
이로부터 황모가 요화를 희롱하여
활활 구만리 하늘까지 불사를 건가.
재앙과 상서가 어이 까닭 없으랴
인사가 어지러우면 천리가 어긋나네.
어두운 가운데 조짐 이미 보였나니
귀신도 놀라 편안하지 못함이라.
구망이 어긋남은 백제의 재앙이라
황하 물 동으로 흘러 멈출 수 없네.
답답함 길게 읊어 풍요에 부침은
내 임을 보지 못해 혼자 우는 울음이네.

八年七旱水行死(팔년칠한수행사)
湯禱格天傳千禩(탕도격천전천이)
赤憎赤魃爍如焰(적증적발삭여염)
九潦不用勤夏姒(구료블용근하사)
烈火生石土山焦(렬화생석토산초)
陽侯波渴愁焚燎(양후파갈수분료)
廛人徙市瞽巫禜(전인사시고무영)
上天曾不恤生成(상천증블휼생성)
自是黃母弄妖火(자시황모롱요화)
炎炎九萬燒靑冥(염염구만소청명)
召災致祥豈無故(소재치상기무고)
人事怫亂乖天經(인사블란괴천경)
冥冥已可見兆朕(명명이가견조짐)
神驚鬼噪難安寧(신경귀조난안녕)
句芒泄訛白帝殃(구망설와백제앙)
黃河東注不得停(황하동주블득정)
咄吒長吟託風謠(돌타장음탁풍요)
使我不見徒自鳴(사아블견도자명)

난리 치른 뒤 헌 빗[弊梳]을 보고 느낌이 있어서
경란후감폐소자술(經亂後感弊梳自述)

난을 피해 여러 해 떠돌아다녀
동으로는 해 돋는 곳 남으로는 염주까지.
세상사 슬프구나 모두가 한숨인데
의기를 드높이면 근심이 더하누나.
신포서 발이 부르트도록 초나라 구하였고
노중련 높은 이론 동주를 부지했네.
만권 서적 읽었건만 나라에 도움 없고
외딴 지역 몸 피하니 부끄러움 많구려.
밥 한 그릇 은혜를 보검 풀어 갚았기로
주머니 속 헌 빗을 오히려 간직했네.
아침에 헝클어진 머리 감아 빗고서
창해에 다다르니 두 눈이 밝았어라.

逃亂經年走窮陬(도란경년주궁추)
東窺日域南炎州(동규일역남염주)
世事咄咄皆可歎(세사돌돌개가탄)
意氣激昂增煩憂(의기격앙증번우)
包胥重繭卒存楚(포서중견졸존초)
魯連高論扶東周(로련고론부동주)
讀書萬卷無所補(독서만권무소보)

竄身絶域多慙羞(찬신절역다참수)
腰下寶劍酬一飯(요하보검수일반)
囊底弊梳猶藏收(낭저폐소유장수)
朝來新沐理亂髮(조래신목리란발)
直臨滄海明雙眸(직림창해명쌍모)

자희(自戱)

문장은 천고의 길굴함을 사모하여
머리가 희도록 꾸준히 은반을 외었네.
초 나라 구슬 팔지 않음은 형벌이 두려워서니
노래하고 읊으매 고달픔뿐이로다.
사람 따라 일하나 재물 없으니 부끄럽고
어리석고 옹졸하매 속임만 당하였네.
호미 쟁기 들고 농사일 배웠지만
삼 년 가뭄에 논밭이 말랐네.
난리를 또 만나 떠도는 몸
슬프다 이 운명 진실로 험난하네.
뭇사람 나의 곤궁 가엾게 여기건만
태연히 좋은 얼굴로 지내곤 한다.
만사를 천명에 붙여 도리어 기쁘나니
나의 가난 부귀와 바꾸지 않으리라.

文章千古慕佶倔(문장천고모길굴)
白首磊落誦殷盤(백수뢰락송은반)
楚玉不售畏剠刖(초옥불수외경월)
謳吟只自抱辛酸(구음지자포신산)
從人作力愧無財(종인작력괴무재)
癡拙每被恣欺謾(치졸매피자기만)

手鋤持耒學耕耘(수서지뢰학경운)

三年枯旱田疇乾(삼년고한전주건)

又逢世故身流離(우봉세고신류리)

呐呐時命誠艱難(돌돌시명성간난)

衆人悶我常窮窶(중인민아상궁구)

居然猶有好容顔(거연유유호용안)

萬事付命還可喜(만사부명환가희)

富貴不易吾飢寒(부귀불역오기한)

방언 (放言)

하늘은 어디에 의지하고
땅은 어디에 붙었나.
생생하는 이치는 어디에 근본했는가
예부터 모든 것 끝이 없구나.
물과 불이 서로 부딪치고
만물이 스스로 친근하도다.
사랑과 미움이 물건에서 생겨
이욕이 드디어 뒤얽혔도다.
성인은 원리를 미뤄 알아서
사물을 다스림에 어긋남이 없었다.
저마다 하나하나 성품 이룸은
천지의 화육함이 중화에 있음이라.
조화의 기미를 찾아 즐기니
한밤에 호탕한 노래 나오는구나.

　　天旣依於何(천기의어하)
　　地亦付於何(지역부어하)
　　生生本於何(생생본어하)
　　終古儘無涯(종고진무애)
　　水火互相薄(수화호상박)
　　品物自相摩(품물자상마)

愛惡成於物(애악성어물)
利欲遂紛拏(리욕수분나)
聖人推元化(성인추원화)
理物無差訛(리믈무차와)
班班各遂性(반반각수성)
位育在中和(위육재중화)
探弄造化機(탐롱조화기)
中夜發浩歌(즁야발호가)

죽령(竹嶺)

소백 태백 높다고 사람들 떠들더니
겹친 고개 겹친 관문 천하에 웅장하네.
첩첩이 가파른 산 육백 리를 뻗쳐 있어
안개 속 아스라이 푸른 봉우리 잇닿았네.
사다리 길 구불구불 그지없이 위험하니
걸음마다 숨 죽이고 곁눈질 자주 하네.
삼월에도 고개 위엔 쌓인 눈 보이고
높은 곳 한기 어려 따스하지 않구나.
촉 나라 험한 길 이보다 어려울까
나그네 길 오래도록 슬프게 하네.

人喧小白太白高(인훤소백태백고)
複嶺重關天下壯(복령중관천하장)
積翠龍樅六百里(적취롱종륙백리)
烟霞縹緲連靑嶂(연하표묘련청장)
石棧盤回危且險(석잔반회위차험)
行行脅息頻側望(행행협식빈측망)
三月嶺上見積雪(삼월령상견적설)
高處寒凝未暄暢(고처한응미훤창)
蜀道不得難於此(촉도불득난어차)
使我羈旅久惆悵(사아기려구추창)

횡성(橫城) 도중에서
횡성도중유감(橫城途中有感)

횡성의 산골 때는 이월인데
꽃 피고 새 울고 봄 날씨 화창하네.
봉우리 우뚝우뚝 골짜기는 휘도는데
푸른 솔 하얀 돌 시냇물도 맑구나.
주민들 한가로워 장수한 이 많고
마을 풍속 순박하여 다투는 일 없도다.
본시 산중은 옛 뜻이 많은 것이라
시끄럽게 떠드는 서울 거리 같을라구.
부생이란 바쁜 것 어느 때 쉬랴
이곳 이르니 느끼는 정 더욱 많구려.
언제나 시냇가에 논밭을 마련하여
장저 걸닉 생각하며 한평생 갈아보랴.

二月橫城山峽間(이월횡성산협간)
春晴花發百鳥鳴(춘청화발백조명)
亂峯嶕屼谷自盤(란봉오올곡자반)
蒼松白石溪水淸(창송백석계수청)
居民無事多壽考(거민무사다수고)
峽俗淳朴少所爭(협속순박소소쟁)
自是山中多古意(자시산중다고의)
豈如京市多喧驚(기여경시다훤경)

浮生役役何時休(부생역역하시휴)
到此還增感歎情(도차환증감탄정)
安得溪上數頃田(안득계상수경전)
遠追沮溺窮年耕(원추저닉궁년경)

제천(堤川)의 가난한 여인
제천한녀(堤川寒女)

제천 땅 가난한 여인 의지할 데 없으니
짧은 소매 끌어내려도 팔 가리기 어렵다네.
길거리서 우두커니 한숨만 잦더니
봄바람 향해 울며 버들가지 만지네.
스스로 말하기를 서울의 박 우참찬은
세상에 빛나는 당시의 부호였다오.
대단한 부귀는 온 세상이 부러워했고
예쁜 계집 고운 눈매 수없이 많았다오.
나이 열여덟에 사패비로 뽑혀서
뛰어난 노래 춤 견줄 사람 없었다네.
검은 머리 고운 얼굴 자줏빛 치마로
높은 집에 잔치 파하면 술에 곤했다오.
이런 환락 항상 누리리라 여겨
가난한 집 정절부를 비웃었는데
가엾다 사람과 일 모두 변하여
호화 생활 사라지고 야부(野婦) 신세 되었다오.
상전이 벽해됨은 잠깐 동안의 일이라
엊그제 홍안이 이제는 백발이라네.
고운 얼굴 다하니 뉘라서 돌아볼까
버려져 공수의 늙은 식모되었다오.
젊은 계집 다시는 화장발 시새워 않고

행실 나쁜 소년들 늙고 추함 역겨워하지요.
아직도 꽃다운 마음 가시지 않아
노랫가락에 부질없이 삭은 모습 슬퍼한다오.

堤川寒女貧無依(제천한녀빈무의)
短袖數挽纔掩肘(단수수만재엄주)
佇立街頭長歎息(저립가두장탄식)
泣向東風弄官柳(읍향동풍롱관류)
自言京華朴四宰(자언경화박사재)
嚇世當時稱富厚(혁세당시칭부후)
薰天豪貴世所慕(훈천호귀세소모)
嬌娥嫚睞不知數(교아만록불지수)
十八選爲賜牌婢(십팔선위사패비)
歌舞獨步無與偶(가무독보무여우)
雲鬢花顔紫羅裙(운빈화안자라군)
宴罷高堂惱春酒(연파고당뇌춘주)
自謂歡樂長如此(자위환악장여차)
冷笑寒閨貞節婦(랭소한규정절부)
可憐人亡事更非(가련인망사경비)
豪奢冷落爲草莽(호사랭락위초망)
桑田變海在須臾(상전변해재수유)
伊昔紅顔今白首(이석홍안금백수)
容華落盡誰顧見(용화락진수고견)

棄作公須老食母(기작공수로식모)
青娥無復妬冶容(청아무부투야용)
惡少憎看讐老醜(악소증간수로추)
尙有芳心未全消(상유방심미전소)
歌曲徒悲衰落後(가곡도비쇠락후)

험한 마을
험리(險里)

홍천 북쪽 끝 인제 고을은
태고의 거친 벌로 아직도 미개하다.
사람들 단순하고 모습도 다듬지 않아
떼 지어 살면서 늙어 죽도록 왕래가 없네.
만나면 서로들 미워하고 멀리하여
말소리 거칠고 높아 왁자지껄하구나.
본디 산중 오랑캐라 임금 덕화 막혔기에
야심을 못 버려서 혐오 시기 남았도다.
깊고 어두운 맥북이라 흐린 날씨 많아
하늘은 맑아도 골짜기마다 천둥소리네.
어두운 골짜기 시끄러운 내 바윗돌 젖었는데
봉마다 찬 비 얼어 하얗게 솟아 있다.
멀리 떨어진 땅 풍속이 다르니
내 마음 쓸쓸하여 읊음도 슬프구나.

洪川窮北麟蹄縣(홍천궁북린제현)
太古鴻荒猶未開(태고홍황유미개)
人民朴略貌睢盱(인민박략모휴우)
群居老死絶往來(군거로사절왕래)
逢人相惡不相親(봉인상악불상친)

語聲高軋雜喧豗(어성고알잡훤회)
自是山夷隔王化(자시산이격왕화)
野心未失生嫌猜(야심미실생혐시)
貊北深昧多積陰(맥북심매다적음)
天晴萬壑恒雲雷(천청만학항운뢰)
谷暗溪喧山石濕(곡암계훤산석습)
千峯凍雨白崔嵬(천봉동우백최외)
荒陬隔絶風氣殊(황우격절풍기수)
使我悄愴吟且哀(사아초창음차애)

백운사(白雲寺) 중에게 주다
증백운사승(贈白雲寺僧)

중이 백운산에서 돌아오니
흰 구름도 중 따라 들집에 오도다.
들집에 또한 무심한 늙은이 있어
흰 구름 함께하여 세상 시비 모르네.

僧自白雲山上歸(승자백운산상귀)
白雲隨錫來郊扉(백운수석래교비)
郊扉亦有無心老(교비역유무심로)
身與白雲無是非(신여백운무시비)

녹죽장(綠竹杖)

사굴 노인의 푸른 대지팡이
용종의 아홉 마디 푸른 낭간 같구나.
알리라 남령 땅 외롭게 자랄 때
천둥 소나기에 푸른 순(筍)을 뽑아냈으리.
내가 기이한 것 좋아함을 노인이 알고서
끌고 다닌 지팡이 보내 비틀걸음 붙들게 했네.
우뚝 솟은 자세 눈서리에 자랐기에
맑고도 싸늘한 기운 더위에도 손이 차다.
굳센 절개는 아는 이라야 아는 법
뜻 있는 선비 긴 한숨 품게 한다.
영륜은 퉁소 만들어 봉황 울음 배웠고
태공은 낚싯대 하여 동해의 고기 낚았네.
내 이제 짚고 와서 바닷가에 노니니
도깨비 떼 물러가 어려운 길 없으렷다.
하늘이 낸 기이한 물건 내 뜻에 맞나니
하얀 돌 맑은 물에 마음대로 놀리라.

闍崛老人綠竹杖(도굴로인록죽장)
龍鍾九節靑琅玕(룡종구절청랑간)
遙知孤翠在南嶺(요지고취재남령)
雷雨拔出蒼虯蟠(뢰우발출창규반)

老人知我頗好奇(로인지아파호기)

提携遠寄扶蹣跚(제휴원기부반산)

亭亭久抱霜雪苦(정정구포상설고)

淸冷當暑手生寒(청랭당서수생한)

勁節固有知者知(경절고유지자지)

徒令志士抱長歎(도령지사포장탄)

伶倫伐取學鳳鳴(령륜벌취학봉명)

太公折得釣滄灣(태공절득조창만)

我今拄來海上遊(아금주래해상유)

魑魅辟易行無難(리매벽역행무난)

天生奇物稱我意(천생기물칭아의)

恣遊白石淸溪間(자유백석청계간)

의춘(宜春)에 우거(寓居)하면서 자범(子範)에게 부치다
우거의춘정자범(寓居宜春呈子範)

산골에 날마다 비가 많으니
살랑살랑 바람 불어 앙상한 나무 가을이 왔네.
깊은 산골 우거함이 뜻에 맞으니
우뚝우뚝 솟은 봉우리 그윽하여라.
낮은 곳 웅크린 집 쑥대밭에 가려 있고
답답한 마음은 온갖 근심 안고 있네.
반갑게도 수의 어사 만나고 보니
엊그제 한마을 놀던 벗이라.
사막 밖에 여러 해를 지내왔으니
반가운 사람 대할 줄을 어이 알았으랴.
날 보자 춥고 굶주림 위로해 주니
정과 뜻 아울러 알뜰하구려.
사나운 짐승 날마다 핍박하는데
슬프다 뉘라서 물리쳐 주랴.
바다제비 가을 하늘 하직하고 떠나니
총총히 한 해도 다해 가누나.
두어라 다시금 말하지 말고
술 마셔 애써 시름이나 달래리.
서생이 늙어 집 안이 텅 비었으니
크게 탄식하고 길게 노래하리.

山峽日多雨(산협일다우)
颯颯寒木秋(삽삽한목추)
寓居適深僻(우거적심벽)
崒嵂亂峯幽(줄률란봉유)
濕蟄掩蓬蒿(습칩엄봉호)
鬱悒抱百憂(울읍포백우)
忻逢繡衣史(흔봉수의사)
昔日同里遊(석일동리유)
經年沙漠外(경년사막외)
豈料對靑眸(기료대청모)
相對慰寒飢(상대위한기)
情意兩綢繆(정의량주무)
猛獸日逼人(맹수일핍인)
咄咄誰能驅(돌돌수능구)
海燕辭天霜(해연사천상)
蒼茫歲欲遒(창망세욕주)
已矣勿復道(이의믈부도)
得酒強寬愁(득주강관수)
書生老嘐廓(서생로교곽)
大吒仍長謳(대타잉장구)

모아(毛兒)에 우거하면서 산수(山水)를 즐기는
승(僧) 신욱(信旭)을 만나 그 서권에 쓰다
우거모아우산수승신욱제기권자
(寓居毛兒遇山水僧信旭題其卷子)

사굴의 늙은이 욱공이라 부르는데
초의로 몸 가리고 목어 손에 들었다.
명리와 속세를 떠나 아득한 곳 유람하고
바위 깎고 산을 파서 짐승처럼 살더라.
깊은 산에 지은 집 세월이 오래되니
설렁설렁 비바람 창문 안에 들이친다.
이끼 낀 돌기둥에 산 기운 젖어들고
선당의 불상은 절반이나 무너졌다.
새 집 지으려 새 터전 마련하고
마을에 내려와서 민가를 찾아드네.
능가 패엽경 손에 들었고
파란 눈 깎은 머리 얼굴도 곱더라.
사람 따라 설법하여 백성 풍속 움직이고
역대의 임금들도 이 법 따랐어라.
이 법이 전해 온 지 일천 년 동안
온갖 상서 내려 주고 요귀 마귀 몰아냈다.
재앙 일지 않고 해마다 곡식 풍년
많은 사람 장수하여 일찍 죽는 이 없었네.
집집마다 복을 심어 기쁜 일도 많고

내생까지 수와 복 뻗쳐 간다 말하네.
황금 비단 버려도 아까울 것 없으니
천만겁 지나도록 재앙만 없어라.
갚음과 베풂이 주고받음같이 분명하니
사람마다 길창함을 바랄 수 있다 하네.
그 말 하나하나 믿을 수 있다면
내 오래 주렸으니 배부름 구하겠다.
여보게나 예부터 궁하고 달한 사람
불씨 섬긴 이 누구이며 비웃은 이 누구던가.

闍崛老翁號旭公(도굴로옹호욱공)
身被草衣佩木魚(신피초의패목어)
逃名絶俗遊杳冥(도명절속유묘명)
刳巖鑿翠類穴居(고암착취류혈거)
山深築室日月久(산심축실일월구)
風雨颯颯侵戶牖(풍우삽삽침호유)
石柱靑苔山氣濕(석주청태산기습)
禪堂象敎半頹朽(선당상교반퇴후)
思將營築開新構(사장영축개신구)
來叩閭閻百姓家(래고려염백성가)
手持楞伽貝葉經(수지릉가패엽경)
靑眸白髮貌如花(청모백발모여화)
從人說法動氓俗(종인설법동맹속)

歷數萬乘皆趨波(력수만승개추파)

此法傳來一千年(차법전래일천년)

生祥降瑞驅妖魔(생상강서구요마)

灾殄不作年穀穰(재진불작년곡양)

群生至老無夭殤(군생지로무요상)

家家種福多懽喜(가가종복다환희)

又道來生壽福長(우도래생수복장)

堆金委帛無所惜(퇴금위백무소석)

去千萬劫常無殃(거천만겁상무앙)

分明施報如授受(분명시보여수수)

人人皆可望吉昌(인인개가망길창)

其言一一倘可信(기언일일당가신)

吾亦長飢求飽嬉(오역장기구포희)

請看古來窮達人(청간고래궁달인)

何人事佛何人嗤(하인사불하인치)

경진년 9월 3일에 화개동(花開洞)으로부터 쌍계사 (雙磎寺) 석문(石門)을 보고 이어 불일봉(佛日峯)에 올라 청학동(靑鶴洞) 폭포를 구경하면서 느낀 회포 를 쓰다
경진구월삼일종화개동관쌍계석문
(庚辰九月三日從花開洞觀雙谿石門)

불일봉 올라서 천 길 계곡 굽어보니
찬 비탈 험한 벼랑 길 겨우 나 있더라.
세상 풍진 이르지 않고 안개만 자욱한데
아득한 골짜기에 돌 빛만 예스럽네.
동으로 향로봉 폭포수 바라보니
어지러이 뿌리는 물 짙은 안개 낀 듯하네.
대낮도 어두우니 마음 문득 쓸쓸하고
높은 바람 솔솔 불어 비를 불어 날리누나.
학사의 옛 자취 이끼 속에 묻혀 있고
참 비결 전하지 않으니 마음만 괴롭구나.
학은 가고 빈 산에 세월만 깊으니
내 마음 아득히 현포를 생각케 하네.

佛日直俯千丈磎(불일직부천장계)
寒崖峭壁繞有路(한애초벽재유로)
風塵不到烟霞老(풍진불도연하로)
洞府蒼蒼石色古(동부창창석색고)

東望香爐瀑布水(동망향로폭포수)

飛流亂灑深如霧(비류란쇄심여무)

白日晦迷忽悽愴(백일회미홀처창)

天風颯颯吹飛雨(천풍삽삽취비우)

學士舊跡靑苔沒(학사구적청태몰)

眞訣不傳心獨苦(진결불전심독고)

鶴去山空日月深(학거산공일월심)

使我杳然思玄圃(사아묘연사현포)

영대(靈臺) 위에서 섭공(暹公)을 만나
영대상우섭공(靈臺上遇暹公)

섭공이 주리지도 늙지고 아니함은
서산에서 팔십 년 도 닦은 때문이라.
명리와 속세 떠나 암혈에 숨어서
초의 입고 열매 먹되 얼굴 모습 곱더라.
마음은 고목인양 사모함이 없으니
고요한 정신에 기운도 오롯하네.
거듭거듭 날 좋아하여 비결을 전해 주는데
나 또한 세상을 길이 버린 몸.
머리 돌려 한 번 웃고 안개를 따라
부용꽃 손에 들고 뭇 신선을 찾아가네.

暹公不飢仍不老(섭공불기잉불로)
學道西山八十年(학도서산팔십년)
逃名絶俗竄巖谷(도명절속찬암곡)
草衣木食形貌姸(초의목식형모연)
心如枯木無所慕(심여고목무소모)
寂然神完而氣專(적연신완이기전)
申申眷我授祕訣(신신권아수비결)
我亦與世長遺捐(아역여세장유연)
回頭一笑隨烟霧(회두일소수연무)
手持芙蓉參列仙(수지부용참렬선)

흥양(興陽)의 효아(孝兒)

흥양 땅 대강리에
효아의 이름은 찬문이라.
착한 행실 사람마다 감복하여
듣는 이 모두 놀라 떠들썩하네.
오륙 세 더벅머리 어린아이지만
어른인들 어찌 따르겠는가.
그 아비 자리에 병들어 누워
죽고 삶이 경각에 달렸는데.
약물은 효험에 어두워
새벽에 기절하여 저물녘에 이르렀네.
슬프게 울부짖음에 신명이 감동하여
먼동 틀 때 깨어난다 가르쳐 주었네.
살 찢어 피를 내어 입에 넣으니
죽은 숨결 따뜻이 돌아왔다네.
효성에 감응함이 어이 우연이랴
이치가 진실로 어둡지 않도다.
아 내 그 일에 감동하였네
높고 높은 그 행실 옛날에도 듣지 못했다.
마을에 내려가 위로하고
시를 써서 은근한 정 부쳐 주었네.
모든 행실 양지에서 나온다 하였나니

믿겠도다 옛사람 이르는 말을.
군자는 확충함을 귀히 여기니
힘쓰고 힘써서 돈독히 하여라.
배움이 아니고서 어찌 이루랴
부지런히 경전을 읽을지어다.

興陽大江里(흥양대강리)
孝兒名燦文(효아명찬문)
善行人所服(선행인소복)
聞者動驚喧(문자동경훤)
藐然在髫齔(막연재초츤)
長者詎敢群(장자거감군)
其父病在床(기부병재상)
俄頃死生分(아경사생분)
藥石昧其效(약석매기효)
晨絶到日曛(신절도일훈)
悲號感神理(비호감신리)
指授覺昒昕(지수각물흔)
割血灌諸口(고혈관제구)
死息廻氤氳(사식회인온)
孝感豈偶然(효감기우연)
此理信不昏(차리신불혼)
嗟我感其事(차아감기사)

卓卓古未聞(탁탁고미문)

爲之下閭問(위지하려문)

題詩贈慇懃(제시증은근)

百行自良知(백행자량지)

諒哉古所云(량재고소운)

君子貴擴充(군자귀확충)

勉勉期相敦(면면기상돈)

非學安能遂(비학안능수)

孜孜讀典墳(자자독전분)

신포봉(神蒲峯) 지제(支題)는 천관산(天冠山)의 별
명이니 장흥(長興) 남쪽 경계에 있어 바다로 들어
간다

지제산 속에 백장석이 있는데
그 위에 선정의 물 깊고도 맑더라.
열 길 길이에 구천 마디 창포는
개벽할 때 비로소 싹이 돋았나보이.
구불구불 자라 이끼 속에 늙었으니
교룡이 뒤엉켜 갈기 수염 푸르구나.
캐내기만 하여도 정신이 왕성하니
먹는다면 신선 심령 통하겠구나.

支題山中百丈石(지제산중백장석)
上有仙井之水泓且淸(상유선정지수홍차청)
菖蒲十丈九千節(창포십장구천절)
自從開闢始句萌(자종개벽시구맹)
盤生屈曲蒼苔老(반생굴곡창태로)
蛟螭糾結鬚鬣靑(교리규결수렵청)
我來採得神如旺(아래채득신여왕)
服之可以通僊靈(복지가이통선령)

구정봉(九井峯)에 올랐다가 운무(雲霧)를 만나다
등구정봉봉운무작(登九井峯逢雲霧作)

지제산 높이 솟아 팔천 길인데
비로봉 서석봉 마주 바라보도다.
그 위에 이끼 덮인 구룡정 있어
구름 비로 변하여 바다에 잇닿았네.
선인이 청대 사이 바위를 흔들었나
봉우리 무너질 듯이 위태롭게 서 있어
오래 산다는 돌 푯말 보이지 않으니.
천고에 어찌하여 함부로 속여왔나
괴이한 일 아득하니 뉘라서 알아내랴
홀로 선 내 마음 슬프게 하네.
천 년의 석록거 옛 모습 그대로인데
벼랑에 구부리고 흐릿한 날 바라보네.
바람 헤치고 안개에 노는 것 어찌 얻으랴
요괴한 것 꾸짖고서 정신 더욱 왕성하네.
머리 풀고 나는 듯이 신선 곁에 놀다가
내려와 만물과 함께 되는 대로 살리라.

支題秀出八千丈(지제수출팔천장)
毗盧瑞石參相望(비로서석참상망)
上有蒼苔九龍井(상유창태구룡정)
變化雲雨連溟漲(변화운우련명창)

仙人搖石青臺間(선인요석청대간)
丘巒欲摧空低仰(구만욕최공저앙)
長生石標祕不開(장생석표비불개)
豈爲千古恣欺誑(기위천고자기광)
異事漠漠誰料得(이사막막수료득)
使我獨立神慘愴(사아독립신참창)
依舊千年石鹿車(의구천년석록차)
直俯虛崖窺曈曠(직부허애규망당)
排風遊霧安可極(배풍유무안가극)
呵妖叱怪神愈旺(가요질괴신유왕)
翩然被髮戲帝傍(편연피발희제방)
下與萬物俱跌踼(하여만물구질탕)

고정장인(古亭丈人)의 고시(古詩) 칠운(七韻)을 화답하다
화고정장인고시칠운(和古亭丈人古詩七韻)

만물이 변화 따라 멈춤이 없나니
온갖 냇물 동으로 흘러 쉬지 않네.
장주는 허탄하여 마음대로 지껄이되
요와 도척 함께 썩으니 뉘라서 구분하랴.
순박한 풍속 사라지고 성인 시대 멀어지니
후대 사람 꾸밈 속에 인문을 망쳤네.
사마천 남긴 사기 뜻 이미 황당커늘
스스로 춘추에 비했으니 참으로 망녕이네.
양웅(揚雄)은 태현경(太玄經) 초함에 고심이 많았구려
고고히 그들과 짝하기 부끄러워했네.
이에서 게을리 않았다면 거의 진경에 들어가
천 년을 기다리지 않아도 알아줄 이 있었으리.
예부터 진실로 아는 자라야 아나니
늙도록 성인 경전 부지런히 읽을지어다.

　　萬物隨化無停機(만물수화무정기)
　　百川東逝何泟泟(백천동서하운운)
　　莊周闊誕恣戲謾(장주활탄자희만)
　　堯跖俱朽誰能分(요척구후수능분)

淳風已死聖人遠(슌픙이사셩인원)

後來彫琢泯人文(후래조탁민인문)

馬遷餘史意已荒(마천여사의이황)

自附春秋眞妄云(자부츈추진망운)

揚生草玄心獨苦(양생초현심독고)

呭呭恥與數子群(올올치여수자군)

從玆不怠倘庶幾(죵자블태당서기)

不待千載有子雲(블대천재유자운)

古來固有知者知(고래고유지자지)

白首頗勤讀典墳(백수파근독전분)

전무재(田茂才)가 사굴(闍崛) 아래에 사는데 그곳은 산과 봉우리가 겹겹이 둘러 있고 가운데에 대숲이 있으니 여기를 장합구현(獐合舊縣)이라 하며 팔경(八景)이 있어 각기 오언시(五言詩)를 지어주다
장합구현팔경(獐合舊縣八景)

1.

거처를 임학 가까이에 정함은
산 좋고 물 맑음 사랑함이라.
즐거이 태고 시절 생각게 한다
고요하고 한가로워 속정이 없네.
골짜기 너머 절간에선
맑은 새벽 종소리 들려오네.

2

궁벽한 땅 하는 일도 적나니
어찌 속루에 얽매이랴.
한가히 살아가매 외로움도 좋아서
산림의 맑은 곳에 짝지어 살더라.
해 저물면 산 다시 높아
앞마을 어두운 빛 몰려드네.
빈 마을 에워싼 높은 나무는
싱싱하게 안개 위에 가지런하다.

3

골짜기 지나니 다시 시내 다리
아침 햇살 암벽에 곱게 비친다.
흰 구름 골에서 일어나고
들 언덕 풀빛이 파릇하도다.
시내 남쪽 목동이 있어
소 타고 편안히 피리를 부네.

4

높은 나무 서쪽 언덕에 임해 있고
들 정자 시내 다리 굽어보네.
손이 와서 나를 찾으면
고기 잡고 나무하는 이야기에 해가 저무네.
말마다 모두가 순박하나니
풍속이 진세와 막혔음이라.
웃음 다하면 서로 헤어지는데
넘치는 옛 뜻이 되레 좋구나.

5

봄 산골 저물녘 더욱 푸르고
경치는 갠 뒤에 더욱 좋구나.
우뚝 솟은 청리우는
나는 듯 뛰는 듯 형세도 가파르다.
텅 빈 하늘에 달빛 솟아오르니
아지랑이 씻은 듯 깨끗하구나.
호탕한 노래에 흥취가 절로 일고
시원한 가슴 세상 근심 잊었어라.
다행히 산중에 사람 있기에
나와 함께 회포를 같이하도다.

6

넓고 큰 뜻 소탕하게 사는데
한가로움 얻으니 무엇보다 기쁘다.
안령엔 외로운 새 날고
해 지는 저녁 떠가는 구름 보네.
뜬구름 스스로 무심하듯이
나 또한 세상일 잊고 산다.
속세를 벗어난 소보(巢父)와 허유(許由)
천년토록 맑은 향기 따르리로다.

7

시원스레 트인 저 구학정
절벽에 자리하여 맑은 물 굽어보네 .
돌에 앉아 송사리 떼 구경하는 것
뜻에 맞아 그대로 머물러 있네.
고요히 노니는 곳에 천기를 보나니
이러한 이치 어이 그리 심원한가.
활달하고 호탕한 장주는
서로 잊고 호숫가에 놀았더니라.

8

성인 시대 지난 지 아득하거늘
봉황도 오래도록 오지 않네.
이제 맑은 시냇가에는
취석대만 속절없이 남아 있도다.
슬프다 아름다운 구슬을 안았건만
시름없이 바라보며 슬퍼만 하네.
대낮에 푸른 산 고요한데
화창한 날씨는 봄 온 줄 알겠구나.
꽃 찾아 이리저리 거니노니
이 뜻 어이 그리 한가로운가.

1.

卜居近林壑(복거근림학)
愛此山水淸(애차산수청)
陶然想太古(도연상태고)
窈窕無俗情(요조무속정)
蘭若隔雲壑(란약격운학)
淸曉聞鍾聲(청효문종성)

2.

地僻少人事(지벽소인사)
豈有塵累嬰(기유진루영)
閑居喜幽獨(한거희유독)
伴此林壑淸(반차림학청)
日夕山更高(일석산경고)
前村暝色生(전촌명색생)
高樹繞虛落(고수요허락)
依依烟上平(의의연상평)

3.

出谷復溪橋(출곡부계교)
朝日照巖壁(조일조암벽)
白雲從壑起(백운종학기)
郊原生草色(교원생초색)
溪南牧童在(계남목동재)
跨牛穩吹笛(과우온취적)

4.

高樹臨西塢(고수림서오)
野亭俯磎橋(야정부계교)
有客來相訪(유객래상방)
竟日話漁樵(경일화어초)
言語盡淳朴(언어진순박)
風俗隔塵囂(풍속격진효)
笑罷相送去(소파상송거)
還愛古意饒(환애고의요)

5.

春峽暮愈碧(춘협모유벽)
景物晴更好(경물청경호)
崔崒靑犁牛(최줄청리우)
騰踔勢傾倒(등탁세경도)
天空月色出(천공월색출)
遊氣淨如掃(유기정여소)
浩歌動高興(호가동고흥)
曠然遺塵惱(광연유진뇌)
賴有山中人(뢰유산중인)
與我同懷抱(여아동회포)

6.

嶚廓任疎蕩(교확임소탕)
得閑心獨忻(득한심독흔)
雁嶺孤鳥上(안령고조상)
日夕看歸雲(일석간귀운)
浮雲自無心(부운자무심)
我亦遺世紛(아역유세분)
拔俗巢與由(발속소여유)
千載追淸芬(천재추청분)

7.

磊落舊學亭(뢰락구학정)
層崖俯淸流(층애부청류)
坐石玩游儵(좌석완유조)
得意仍淹留(득의잉엄류)
潛泳見天機(잠영견천기)
此理何悠悠(차리하유유)
曠蕩莊周生(광탕장주생)
相忘濠上遊(상망호상유)

8.

聖人旣已遠(성인기이원)
鳳鳥久不來(봉조구불래)
至今淸溪濱(지금청계빈)
空餘翠石臺(공여취석대)
嗟我抱琅玕(차아포랑간)
悵望徒自哀(창망도자애)
白日碧山靜(백일벽산정)
澹蕩知春廻(담탕지춘회)
尋花恣幽步(심화자유보)
此意何悠哉(차의하유재)

단풍나무 등걸
풍사(楓査)

사굴의 음침한 낭떠러지 어지러운 골짝물
세차게 흐르고 부딪치며 바위 동굴 씻어 여니
첩첩이 쌓인 흰 돌이 보이네.
그 위에 늙은 단풍나무 있어
움에서 돋은 가지 다 부러졌네.
그 뿌리 반은 마른 듯 반은 썩은 듯
얼룩덜룩 이끼 빛만 보인다.
그것을 뽑아 바위 벼랑에 기대 세우고
그 기괴한 모양 바라보니 이름할 수 없도다.
옛적 우 임금 물형 본떠 구정을 만들었다지만
뉘라서 괴물을 목석으로 바꾸어 그 형체 숨기게 하였는가.
내 마음 탁 트이어 감탄하고 놀랐었나니
앙상한 몸체에 두 다리 드러내고
괴연히 뒷짐 진 채 이마를 쳐들었으며 허리도 꼬부라졌네.
뉘라서 미친 도사로 하여금
발 구르고 팔풍에 춤추며
하늘을 쳐다보고 껄껄 웃으며 잠깐 서 있게 하였나.
이것을 옮겨 책상 곁에 놓아두고
고요히 바라보며 풍호 소리를 들으리.

闍崛陰崖亂壑水(도굴음애란학수)

奔流激射漱滌開巖洞(분류격사수척개암동)

磊磊見白石(뢰뢰견백석)

上有老楓樹(상유로풍수)

槎枒盡摧折(사야진최절)

其根半枯半朽(기근반고반후)

斑斕唯見苔蘚色(반란유견태선색)

拔之倚巖壁(발지의암벽)

盻其奇形怪狀不可名(혜기기형괴상불가명)

在昔神禹象物鑄九鼎(재석신우상물주구정)

誰令物怪化爲木石潛其形(수령물괴화위목석잠기형)

我心坦蕩嘆且愕(아심탄탕탄차악)

瘦高見雙脚(수고견쌍각)

塊然反拳矯額又傴僂(괴연반권교액우구루)

誰遣狂道士(수견광도사)

蹈足舞八風(도족무팔풍)

仰天仍大噱立斯須(앙천잉대갹립사수)

移來置之几案傍(이래치지궤안방)

對此杳嘿聞風瓠(대차묘묵문풍호)

큰 강가의 장씨(蔣氏) 정자에서 취하여 쓰다
대강상취제장씨정자(大江上醉題蔣氏亭子)

내 사굴로부터 와서
강가의 누각에 오느니.
물가에는 음울한 기운 떠오르고
겨울비 방주를 적시네.
강물은 세차게 넘쳐흐르는데
안개 기운 물 따라 떠오르네.
주인은 적막함을 좋아하니
높은 뜻 모든 무리에 뛰어나도다.
나에게 자하주를 권해 주면서
천 리에 떠도는 나를 위로하네.
서로 보고 빙그레 한 번 웃으니
시원스레 세상 근심 흩어지누나.

我從闍崛來(아종도굴래)
登臨江上樓(등림강상루)
水國陰氣蒸(수국음기증)
冬雨濕芳洲(동우습방주)
江流蕩浩浩(강류탕호호)
遊氣與之浮(유기여지부)
主人喜寥廓(주인희요곽)
高義出等流(고의출등류)

酌我紫霞春(작아자하춘)
慰我千里遊(위아천리유)
相對莞一笑(상대완일소)
曠然散塵愁(광연산진수)

이른 봄에 북으로 가다가 령(嶺) 아래서 회포를 서술하다
조춘북행령하술회(早春北行嶺下述懷)

골짜기 높고 높아 산 기운 짙으니
해가 높아도 구름 안개 걷히지 않네.
깊은 구름 바윗돌 사다리 길 가파르니
깎아지른 골짜기가 구덩이같이 보이네.
층층의 고모성 몇 해나 지났는가
석동의 솔밭 속에 모점이 보이네.
개나리꽃 피고 버들눈 노랗게 트니
냇물은 맑아서 파랗게 물들겠네.
백조 날아오니 산은 더욱 높고
말 타고 건너는 다리 풍경도 무던하더라.
풍광이 화창하여 온화한 기운 따르니
춘궁의 청녀가 곱게 단장하리로다.
몹시 춥던 사굴 응달 갑자기 생각하니
전욱이 말라 죽어 염습한 지 오래리라.
동으로 낙수 근원 찾으니
하얀 돌 맑은 시내 물결 넘치네.
축융이 멀리 화개군께 예 드리니
푸른 하늘 상서 바람 좋은 징조로다.

적송자 산다는 창해의 선인대에는
출렁이는 물결 햇살 반짝이도다.
영해의 동남쪽 일천 리 땅을
산천을 싫도록 구경하였네.
몸과 세상 문득 잊고 나그네된 지 오래니
지은 글 날로 많아 문필을 빛내었네.
허연 늙은이 평생에 멀리 노님 좋아하니
흥이며 뜻이며 생각 더욱 풍성하네.
문장은 예로부터 궁할수록 기이했나니
두보 이백 멀리 좇아 광염을 떨치리라.

嶺峽岧嶤山氣深(령협초요산기심)
日高雲霞猶未斂(일고운하유미렴)
雲深石古棧道危(운심석고잔도위)
絶壑嶄如俯坑塹(절학참여부갱참)
姑母層城不知年(고모층성불지년)
石洞深松見茅店(석동심송견모점)
辛夷花開柳眼黃(신이화개류안황)
川波生目綠可染(천파생목록가염)
白鳥飛來山更高(백조비래산경고)
信馬溪橋看不厭(신마계교간불염)
風光澹蕩生氤氳(풍광담탕생인온)
春宮靑女弄冶艷(춘궁청녀롱야염)
却思苦寒闇崛陰(각사고한도굴음)

顓頊殂死久已殮(전욱강사구이렴)

東去頗窮清洛源(동거파궁청락원)

白石淸溪波瀲艶(백석청계파렴염)

祝融遙禮華蓋君(축융요례화개군)

紫霄祥飆徵異驗(자소상표징이험)

赤松滄海仙人臺(적송창해선인대)

金烏躍波光閃閃(금오약파광섬섬)

嶺海東南一千里(령해동남일천리)

歷覽山川飽已厭(력람산천포이염)

忽忘身世長羈旅(홀망신세장기려)

藻擒日富曜鉛槧(조리일부요연참)

磻公一生好遠遊(파공일생호원유)

興足意長思愈瞻(흥족의장사유섬)

文章古來窮亦奇(문장고래궁역기)

遠追甫白揚光焰(원추보백양광염)

느낌이 있어 장난삼아 쓰다
유감희제(有感戱題)

늙은 것이 예만 배우고 세상일 몰라
예 말할 때마다 많은 사람 기롱하네.
전중을 논하고 정체를 엄중히 하였더니
바다로 귀양 가고 삼강으로 유배되었네.
원자로서 바른 명분 합한다 하였더니
나더러 참소하여 큰 법을 어긴다 하네.
뭇사람 기롱함도 스스로 취함이라
사람 만나면 얼굴빛 잃고 부끄러워하였네.
이 마음 성상의 밝으신 헤아림 잊지 않으니
이제부터 말 말고 허물 뉘우치리.

老人學禮不學務(로인학례불학무)
談禮每被多人咻(담례매피다인휴)
嘗論傳重嚴正體(상론전중엄정체)
適使海爲三江流(적사해위삼강류)
又言元嗣合正名(우언원사합정명)
謂我讒妬間鴻猷(위아참투간홍유)
衆口呶呶皆自取(중구노노개자취)
對人色沮懷慙憂(대인색저회참우)
此心耿耿日月明(차심경경일월명)
從今休語追愆尤(종금휴어추건우)

일식(日蝕)을 한탄하면서
일식탄(日蝕嘆)

칠년 유월 초하룻날
재앙이 하늘에 나타나 대낮이 어두웠다.
듣자니 해는 모든 양의 으뜸이라
암허가 해를 쏘아 햇빛을 가로막으니
임금은 소복하여 몸소 북을 두드리고
정씨는 활을 당겨 달을 쏘았다네.
계집이 사내 이기고 신하가 임금 배반하더니
주 나라의 도 무너지고 오랑캐 침범했었다.
간교한 말 충 같으나 가까이 말지니
요·우 같은 성인도 간사한 사람 두려워했다.
예부터 요얼에 원인 어이 없으랴
사람의 잘못 천상으로 나타남 어김이 없네.
춘추 이백 사십 년에
서른 여섯 차례 일식함을 크게 썼었다.
해와 달 흉조 알리면 재앙 가장 크나니
밝은 임금 경계함을 바랄 뿐이네.
화란의 싹이 틈도 진실로 두렵지만
절박하고 가까운 근심 참소함에 있도다.
지난달 나라에서 대금을 선포하여
말을 감히 못하니 길이 한탄만 하네.

七年六月庚戌朔(칠년륙월경술삭)

咎象見天白日黑(구상견천백일흑)

吾聞日爲衆陽宗(오문일위중양종)

闇虛射日成薄蝕(암허사일성박식)

天王素服親伐鼓(천왕소복친벌고)

庭氏彎弧射太陰(정씨만호사태음)

妾婦乘夫臣背君(첩부승부신배군)

周道壞亡犬戎侵(주도괴망견융침)

巧言似忠不可近(교언사충불가근)

堯禹之聖畏孔壬(요우지성외공임)

自古妖孽豈無因(자고요얼기무인)

天象不違人事忒(천상부위인사특)

春秋二百四十年(춘추이백사십년)

特書三十六日食(특서삼십륙일식)

日月告凶裁最大(일월고흉재최대)

但願明君嚴省飭(단원명군엄성칙)

禍亂萌生誠可畏(화란맹생성가외)

切近之憂在讒賊(절근지우재참적)

前月朝家布大禁(전월조가포대금)

欲言不敢長歎息(욕언불감장탄식)

병오년 유월 초하룻날 신시(申時)에 일식하다. 햇빛이 항상 희미하더니 봄, 여름부터 더욱 심하였으나 심상히 여겨 일식의 변이 있음을 알지 못했다. 뒤늦게 깨닫고 느낌이 있어 일식탄(日蝕嘆)을 지었는데 모두 칠언(七言) 십구(十句)이다.

운계사(雲溪寺)에서 법윤(法潤)에게 주다
운계사증법윤(雲溪寺贈法潤)

미강 학사의 반야비는
불교도인 윤공이 지었더라.
돌 쪼아 길 내어 높은 봉에 오르니
기둥 난간 아스라이 허공에 걸쳐 있고,
그 아래 절벽에 폭포수 있어
귀에는 천둥소리 골짜기는 구름뿐이네.

　　湄江學士般若碑(미강학사반약비)
　　禪宮象敎潤公作(선궁상교윤공작)
　　鑿石開逕躡層巓(착석개경섭층전)
　　縹緲檻檻跨廖廓(표묘령함과료곽)
　　下有懸崖瀑布水(하유현애폭포수)
　　雷雨滿耳雲滿壑(뢰우만이운만학)

이홍주(李洪州) 명웅(命雄)에게 드리는 만사
이홍주만사(李洪州挽詞)

옛날 사귄 때를 생각하니
형으로 섬긴 이홍주였네.
한 시대 인물로 추앙 받음은
이 사람이 무리에 뛰어남이라.
세상은 바야흐로 어려운 때라
뉘라서 시대 근심 구제하랴.
몸 바쳐 밝은 임금 보답하고자
품은 뜻 큰 꾀를 떨치려 했다.
영해라 일천 리에
오로지 병권을 장악했었네.
남주는 본디 나라의 울타리
지략을 베풀어 높은 역량 보였더라.
촉 나라 개는 해와 눈을 짖었으니
원래 훌륭한 인재라 무리들이 헐뜯도다.
슬프구나 이미 묵은 자취 되었고
남긴 사적만 산비에 기록되었네.
아 내 남녘 땅 떠돌 때
시 읊으면 노년을 보내었네.
당년에 교도를 중히 여겨
굶주림에 늙은 나를 가엾게 여겼지.

어느새 옛일 되었으니
모든 일 한결 같이 슬픔뿐이네.
다정한 벗 몇 분이나 남아 있는가
별처럼 사라지니 눈물 흐르네.
교주는 이장하는 땅
북쪽을 바라보며 만장을 보내노라.

憶昔論交際(억석론교제)
兄事李洪州(형사리홍주)
一代推人物(일대추인물)
斯人出等流(사인출등류)
天地方艱虞(천지방간우)
誰能濟代憂(수능제대우)
許身報明主(허신보명주)
志欲揚鴻猷(지욕양홍유)
嶺海一千里(령해일천리)
專命擁戈矛(전명옹과모)
南州固扞蔽(남주고한폐)
方略見崇牗(방략견숭유)
蜀犬吠日雪(촉견폐일설)
奇才衆所訽(기재중소흉)
咄咄已陳跡(돌돌이진적)
遺事記山碑(유사기산비)

嗟余遊南紀(차여유남기)

行歌任衰遲(행가임쇠지)

當年恤交道(당년혈교도)

憐我老寒飢(련아로한기)

俯仰成古今(부앙성고금)

萬事一傷悲(만사일상비)

幾人知己在(기인지기재)

寥落淚長垂(요락루장수)

交州移葬地(교주이장지)

北望送哀詞(북망송애사)

감악곡(紺岳谷) 어귀에서
감악곡구(紺岳谷口)

잎 떨어지니 산길 희미하고
돌이끼에 지팡이 소리 더디구나.
사람 만나도 말하지 않으니
바로 귀머거리와도 같구나.

落葉山逕微(락엽산경미)
石苔筇音遲(석태공음지)
逢人不相語(봉인불상어)
正與聾者宜(정여롱자의)

제공(諸公)과 삼부(三釜)의 수석(水石)에 놀면서 용
주 상공(龍洲相公)에게 수답(酬答)하다
동제공유삼부수석수룡주상공(同諸公遊三釜水石。酬龍洲相公)

산모퉁이 돌무더기 많고
바위 봉우리 높기도 하다.
삼부에 물 세차게 흐르는데
하얀 돌 삐죽삐죽 솟았도다.
산 그윽하니 놀면서 즐길 만하며
시내 맑으니 오르내리며 씻을 만하네.

저 산전 바라보니
일군 땅 기름지도다.
아득한 신농씨
맨 처음 농사일 가르쳤네.
높구나 장저 걸닉
짝지어 가는 모습 평화로웠네.
아득히 옛 사람 생각하니
내 마음 즐겁네.

이 밤이 어떤 밤인가
좋은 벗과 함께 있네.
좋은 벗 마음 맞으니
구슬처럼 아름답도다.

산에 새 울고 물에 고기 노네
읊고 또 노래하니
즐거움도 한가로워라.

山曲磈磈(산곡뢰외)
嵒岫峩峩(암수아아)
三釜有濺(삼부유천)
白石嵯嵯(백석차차)
山之幽可遊可樂(산지유가유가악)
溪之淸可沿可濯(계지청가연가탁)

瞻彼山田(첨피산전)
其耕澤澤(기경택택)
邈矣神農(막의신농)
肇我稼穡(조아가색)
峇之沮溺(초지저닉)
耦耕熙熙(우경희희)
緬思故人(면사고인)
我心則怡(아심칙이)

今夕何夕(금석하석)
同我良儔(동아량주)
良儔孔翕(량주공흡)
如球如璆(여구여구)

山有鳥水有魚(산유조수유어)
且詠且謳(차영차구)
其樂徐徐(기악서서)

자음(自吟)

편하고 한가하여 즐거움이 족하네
어디에 인간이 살기 좋은 곳 있을까.
생활이 풍족하여 임금의 공 잊었다네
삶이 즐거우니 흰 수염도 되레 좋구나.

安居無事足娛虞(안거무사족오우)
何處人間有勝區(하처인간유승구)
耕鑿自饒忘帝力(경착자요망제력)
樂生還愛鏡中鬚(악생환애경중수)

초당(草堂)의 매화(梅花)를 구경하면서
상초당매(賞草堂梅)

눈 갠 날 초당에서 매화를 구경하니
세 줄기 성긴 가지 그림자 비꼈네.
그 누가 추운 늙은이로 손맞이 서둘라고
눈 속 봄빛을 내 집에 먼저 들게 했나.

草堂晴日賞梅花(초당청일상매화)
樛幹踈枝影又斜(교간소지영우사)
誰遣寒翁邀客早(수견한옹요객조)
雪中春色入吾家(설중춘색입오가)

지난해 정월에 극가(克家)의 현수 중진(玄叟仲鎭 수는 존칭)이 눈 속에 찾
아와 초당 매화를 구경하더니, 금년 정월에 중진이 또 눈 속에 매화를 찾아
왔다. 《석호매보(石湖梅譜)》에 이르기를 "매화는 천하의 특이한 식물로,
꽃의 품등을 논하자면 흰색이 홍색만 못하고 자색이 홍색보다 낫다. 우리나
라 사람은 백매를 가장 좋아하므로 양주 사람은 백매를 성승(聖僧)이라 이
른다." 하였다. 초당의 매화는 꽃받침이 푸르고 등걸이 고아(古雅)하다. 매화
구경한 일을 추억하여 화답하는 시를 종이에 쓴다.

추회(秋懷)

송옥이 가을을 저렇듯 슬퍼함은
시절을 느끼고 근심이 많아서라.
비바람 부는 저녁 고심하여 읊조리니
쓸쓸한 가을바람 뜰의 나무 흔드네.

宋玉悲秋切(송옥비추절)
感時憂思多(감시우사다)
苦吟風雨夕(고음풍우석)
蕭瑟撼庭柯(소슬감정가)

앞의 운을 써서 락부(樂夫) 형에게 화답하다 병술년
섣달 초열흘 날에
용전운수락부형(用前韻酬樂夫兄)

나그네 동락에서 나와
명원루에 올랐네.
남주는 섣달인데도
따스한 햇볕 긴 모래톱이 화창하네.
바다는 아득히 넓은데
아득한 곳 하늘땅이 떠 있네.
한 해 저물고 따스한 봄 다가오니
물색엔 봄기운이 움직이네.
사물에 느껴 비통함이 많은데
만사는 동으로 흐르는 물과 같도다.
하염없이 귀밑털만 희어졌으니
바람 따라 멀리 노님 슬퍼하도다.
서로 헤어진 뒤 못내 서러워
말술로 시름 억지로 달래네.

羈旅出東洛(기려출동락)
登臨明遠樓(등림명원루)
南州十二月(남주십이월)
暖日暄長洲(난일훤장주)

渺渺江海濶(묘묘강해활)

極目乾坤浮(극목건곤부)

歲暮迫青陽(세모박청양)

物色動春候(물색동춘후)

感物諒多顔(감물량다안)

萬事水東流(만사수동류)

颯颯雙鬢凋(삽삽쌍빈조)

臨風悲遠遊(림풍비원유)

相別各怊悵(상별각초창)

斗酒強寬愁(두주강관수)

산제(山齋)에서 손을 보내면서
산제송객(山齋送客)

한 해 저물고 날씨도 추운데
산중 집 비바람 치는 저녁이로다.
매화주 한 잔 들어
동으로 돌아가는 손 위로하도다.

歲暮天正寒(세모천정한)
山齋風雨夕(산재풍우석)
梅花酒一尊(매화주일존)
遠慰東歸客(원위동귀객)

허춘장(許春長)에게 부치다
기허춘장(寄許春長)

외로운 뿌리 갈라져서 쌍 가지 벌어지고
태극은 형체 없으나 모든 이치 따르네.
생생함이 역리인 것 비로소 깨닫노니
복희의 깊은 뜻 만물이 먼저 아는구려.

孤根分幹展雙枝(고근분간전쌍지)
太極無形萬理隨(태극무형만리수)
始覺生生便是易(시각생생편시역)
伏羲深意物先知(복희심의물선지)

진생현(陳生絢)의 인자시(人字詩)를 화답하다
화진생현인자시(和陳生絢人字詩)

음과 양이 나누어서
선인과 악인 만들었다.
음양의 갈라짐이 이렇듯 멀어가니
그 까닭 바로 사람으로 인함이로다.

　　分此陰陽畫(분차음양화)
　　以爲善惡人(이위선악인)
　　末流如是遠(말류여시원)
　　其故正由人(기고정유인)

괴석(怪石)

강가 괴석에 파아란 이끼도 늙었는데
그 높이 두어 자도 안 된다.
괴기한 그 모습 교룡인 듯 범인 듯
머리 이마 우뚝 솟아 세찬 힘 자랑하네.
그 곁에 훤히 트인 구멍이 있어
해와 달빛 들어와 환하게 비친다.
우우 하는 소리 빈 골짜기 울리니
해 속의 까마귀는 번쩍번쩍 날개를 치고
달 속의 옥녀도 어울려 노니는 듯
괴이하구려 개벽한 뒤 흘러온 형체
옹두라진 구멍 속에 신령이 모인 듯하니
산 도깨비 나무 도깨비 모두 피해 숨으렷다.
내 능히 석록 곁에 옮겨
천년 동안 운무 속의 어두운 빛 희롱하니
마음 처창하여 태고 시대 생각하네.

石江石渚怪石蒼然苔蘚老(석강석저괴석창연태선로)
其高不盈數尺長(기고불영수척장)
奇形詭狀若螭若虎(기형궤상약리약호)
頭顙堀屼誇强梁(두상굴물과강량)
傍有嵌竇谺然中開(방유감두하연중개)

照耀日月之容光(조요일월지용광)

喁喁虛籟響虛牝(우우허뢰향허빈)

陽烏閃閃箕簸揚(양오섬섬기파양)

蟾蜍玉女參翶翔(섬서옥녀참고상)

異哉混元流形(이재혼원류형)

礨空砠磈神靈聚(뢰공위외신령취)

山魑木魅辟易皆走藏(산리목매벽역개주장)

我得移之石鹿傍(아득이지석록방)

摩弄千年雲霧裡生黯色(마롱천년운무리생암색)

心慘愴追鴻荒(심참창추홍황)

판서 홍군징(洪君徵)에게 부치다
기홍판서군징(寄洪判書君徵)

진 나라 임금 복서를 좋아하여
서적 불태울 때 역서에는 미치지 않았다.
지금 선비들의 재화는
뉘라서 검괘를 풀랴.
판서 홍군징이
야위어 외딴 곳에 있도다.
슬프다 재앙의 근본은
상소하여 적통을 간쟁함이라.
뭇사람 분노 쌓인 지 오래니
일조일석의 일 아니로다.
정성스레 가인이 경계했건만
기어이 북녘 끝에 귀양 갔도다.
석노 석막의 숙신국 남쪽이고
태막과 잇닿은 읍루 땅이로다.
곤궁하나 형통함 잃지 않고서
물리침 당한 것 태연히 잊게 한다.
노인이 늦게야 역리를 배웠나니
모두 삼백 육십 책이라.
천도란 본디 무상하여
가고 오며 열리고 닫힘이 있도다.

이 이치 무너뜨릴 수 없으니
고요히 천하의 은밀한 이치 연구할지라.
덕은 곤궁한 데서 변별되는 것이니
군자 이것으로 역량을 시험한다.
목숨을 바친들 무엇을 원망하랴
즐거움은 궁색함에 있는 것이다.

秦王好卜筮(진왕호복서)
焚書不及易(분서불급역)
至今儒林禍(지금유림화)
誰夫解卦畫(수부해괘화)
太宰洪君徵(태재홍군징)
憔悴在絕域(초췌재절역)
咄咄禍之本(돌돌화지본)
上疏爭宗嫡(상소쟁종적)
衆怒積已久(중노적이구)
非一朝一夕(비일조일석)
拳拳家人戒(권권가인계)
竟至窮北謫(경지궁북적)
石砮石幕南(석노석막남)
挹婁連太漠(읍루련태막)
困不失所亨(곤불실소형)
夷然忘擯斥(이연망빈척)

老人晚學易(로인만학역)

三百六十策(삼백륙십책)

天道本無常(천도본무상)

往來有闔闢(왕래유합벽)

此理不可毀(차리불가훼)

默究天下賾(믁구천하색)

困者德之辨(곤자덕지변)

君子以驗力(군자이험력)

致命亦何怨(치명역하원)

所樂在窮塞(소락재궁새)

민 감사(閔監司)에게 드리는 만장
만민감사(挽閔監司)

늙을수록 한결같이 슬프기만 한가
친애하던 이 모두 멀리 가는구려.
자네마저 또 길이 갔으니
내 마음 더욱 서럽구려.
쇠퇴한 풍속 날로 부박한데
자네 홀로 옛 사람 모습이었다.
마음 씀은 상설처럼 엄정하였고
맑고 굳센 기상 구가의 풍도가 있다.
이름 세워 밝은 임금 만나서
몸 바쳐 충성을 다하였도다.
슬프다 내 늙고 몰락하여
쓸쓸히 살아가매 벗 소식 막혔도다.
옛날 의리를 곰곰이 생각하여
탄식하니 마음 더욱 느껴지구나.
이제 와 죽어서 이별하게 되니
말하려 하매 다시 목이 메는구려.
인생이란 본래 허깨비와 같은 것
만사가 긴긴 한숨이로다.
오히려 지난 자취 머물러 있어
이름은 인간에 남아 있도다.

흐느껴 잠 못 이루는데
지는 달 찬 벽에 비치는구려.
명명한 이치 묻고자 하니
마음에 걸려 슬픈 눈물 떨어지도다.

老至一何悲(로지일하비)
親愛盡冥漠(친애진명막)
之子又長逝(지자우장서)
令我增愴惻(령아증창측)
頹俗日浮靡(퇴속일부미)
子獨古人色(자독고인색)
用心霜雪間(용심상설간)
清苦舊家風(청고구가풍)
立名値明主(립명치명주)
謇謇效匪躬(건건효비궁)
嗟我老淪落(차아로륜락)
索居阻良覿(색거조량적)
耿耿前古義(경경전고의)
歎息心愈激(탄식심유격)
到今死生別(도금사생별)
欲語更含酸(욕어갱함산)
人生如幻化(인생여환화)
萬事付長嘆(만사부장탄)

尙有陳跡留(상유진적류)
名譽在人間(명예재인간)
感之不成眠(감지불성면)
斜月照寒壁(사월조한벽)
欲問冥冥理(욕문명명리)
應心悲淚滴(응심비루적)

진사 이덕귀(李德龜)의 선인(先人)에게 드리는 만장
이진사덕귀선인만(李進士德龜先人挽)

뭇사람의 억울함 생긴 이래를
세상 길 험난함이 많아졌도다.
슬프다 일이 크게 어긋나
자네도 법망에 걸려 죽었도다.
화와 복 저마다 명이 있으니
그대로 맡길 뿐 어떻게 하랴.
하늘 이치 참으로 편벽되어
곧은 일이 도리어 재앙되었네.
그대만을 위해 슬퍼함이 아니니
답답한 이내 마음 누구에게 털어놓으랴.

自從群枉作(자종군왕작)
世路多坎軻(세로다감가)
咄咄事大謬(돌돌사대류)
之子死網羅(지자사망라)
禍福各有命(화복각유명)
任之奈如何(임지내여하)
天道信洄洑(천도신회혈)
事直反爲災(사직반위재)
不獨爲君悲(불독위군비)
鬱結向誰開(울결향수개)

이생 덕망(李生德望)을 곡(哭)하다
곡이생덕망(哭李生德望)

난리 피해 가던 양양 길에서
서로 만나 고생을 이야기했네.
은근히 연수가에 찾아와
나의 어려움을 슬퍼했네.
이 깊은 정에 감동되어
만날 때마다 기쁜 얼굴이었네.
궁한 처지에도 자주 찾아 주기에
늙어서 기쁘게 지내나 했더니.
뉘 알았으랴 생사의 나뉨이
겨우 한 달 사이에 있을 줄을.
아득히 죽음에 돌아갔으니
모든 일이 한 번의 탄식뿐일세.
평생에 품은 뜻 회상해 보니
가엾고 딱한 마음 아프기만 하구려.
한 백 년 목메어 우는 곳은
백양나무 쓸쓸한 무덤가로세.

逃亂襄陽道(도란양양도)
相逢說艱難(상봉설간난)
殷勤漣上訪(은근련상방)

哀我遘凶艱(애아구흉간)
感此情意深(감차정의심)
逢場開好顏(봉장개호안)
窮途頻見過(궁도빈견과)
垂老得交懽(수로득교환)
誰知死生別(수지사생별)
遽在旬月間(거재순월간)
昧然歸化盡(매연귀화진)
萬事一嗟嘆(만사일차탄)
顧想平生意(고상평생의)
惻惻已含酸(측측이함산)
百年嗚咽處(백년오인처)
墟墓白楊寒(허묘백양한)

한 참판(韓參判) 천장(遷葬)에게 드리는 만장
한참판천장만(韓參判遷葬挽)

상당은 밝은 시대 큰 선비로
높은 절개는 완악한 이를 청렴케 하였네.
벼슬은 경상에 이르러
엄숙하게 조단에 나아갔네.
방정함은 가법으로 전하였고
남긴 가르침 오래 없어지지 않으리.
자리는 응당 점친 곳 마땅하리니
천도도 또 인색하지 않으리.
합장하여 예를 이루었고
묘 자리 옮기려 산 찾아 다녔네.
알겠도다 효자의 마음이
깊이 사랑해 편안히 모심에 있도다.
지성은 신령을 감동하나니
혼령이 편안하여 재난 없으리.

上黨明時彦(상당명시언)
風節可廉頑(풍절가렴완)
致位列卿貴(치위렬경귀)
噩噩肅朝端(악악숙조단)
方正傳家法(방정전가법)

餘教久不刊(여교구불간)
地理宜協卜(지리의협복)
天道且不慳(천도차불간)
合葬有成禮(합장유성례)
移厔自過山(이조자과산)
迺知孝子心(내지효자심)
深愛屬遷安(심애속천안)
至誠感神理(지성감신리)
妥寧無災難(타녕무재난)

백창원(白昌原)에게 드리는 만장
백창원만(白昌原挽)

깨끗하고 뛰어난 선비를 사랑함은
학문과 풍류를 논함이 아니로다.
강직하여 속된 사람 조롱했는데
세속의 분경함을 어찌 배우랴.
이름 오른 지 오십 년에
고고하여 권세에 붙좇는 것 멀리했네.
백수로 옛 도호부에
나무 심으며 전원에 묻혀 살았네.
청성 아래서 활 쏘고 사냥할 때에
용맹한 기운 흉문을 생각했었네.
세상 맛 이미 담박하기에
영화나 명예 따위 기뻐하지 않았다.
죽었다는 소식 듣고 슬퍼서
마음을 다하여 초혼을 썼네.

吾愛介特士(오애개특사)
不必儒雅論(불필유아론)
傲言嘲俗子(오언조속자)
肯學競趨奔(긍학경추분)
登名五十年(등명오십년)

落落謝攀援(락락사반원)

白首舊都護(백수구도호)

種樹在田園(종수재전원)

射獵靑城下(사렵청성하)

勇氣思凶門(용기사흉문)

世味旣澹泊(세미기담박)

榮名非所欣(영명비소흔)

凄凉聞死事(처량문사사)

盡愛屬招魂(진애속초혼)

조순성지(趙純誠之)를 곡(哭)하다
곡조순성지(哭趙純誠之)

내가 이 사람의 빼어남을 사랑하여
마음으로 옛 사람 되기를 기약했네.
고고함은 뭇사람 꺼리는 바라
등류들도 흠 찾기에 급급하였네.
군평은 세상일 잊어버리고
야외에서 마음대로 살았더라.
늙은 이는 연협에 살고 있기에
그리움도 천 리에 막혔더니라.
사람 만나면 나의 노쇠함을 물었다니
의외로 놀라 진실로 흐느꼈다네.
갑자기 길이 갈 줄 어이 알았으랴
부음이 이르니 참인가 거짓인가.
설경을 보면서 글 이야기 하던 때
돌이켜 생각하니 꿈과 같구나.
평생에 지내 온 뜻 곰곰이 생각하여
말하자니 눈물 먼저 흐르는구려.
그를 낳은 것은 무엇 때문이며
죽게 한 것은 무엇 때문인가.
뛰어나게 한 자 그 누구이며
매몰되게 한 자 그 누구인가.
하늘도 신명함이 없으니
영원히 죽은 이를 위해 슬퍼하노라.

吾愛斯人秀(오애사인수)
心與古人期(심여고인기)
落落衆所忌(락락중소기)
流輩好覓疵(류배호멱자)
君平足遺世(군평족유세)
野外任棲遲(야외임서지)
老夫在漣峽(로부재련협)
千里隔相思(천리격상사)
逢人問衰白(봉인문쇠백)
咄咄良爲噫(돌돌량위희)
豈料遽長逝(기료거장서)
訃至信還疑(부지신환의)
觀雪論書話(관설론서화)
追思夢也非(추사몽야비)
細想平生意(세상평생의)
欲言淚已滋(욕언루이자)
其生亦何爲(기생역하위)
其死亦何爲(기사역하위)
秀傑者爲誰(수걸자위수)
埋沒者爲誰(매몰자위수)
上天亦無神(상천역무신)
永爲化者悲(영위화자비)

완양군(完陽君) 개장(改葬)에 드리는 애사(哀詞)
완양군개장애사(完陽君改葬哀詞)

홍양의 부음 멀리서 들은 지
손꼽으니 수십 년일세.
옛날 놀던 벗 이미 적막하니
쇠한 늙은이 괴로움도 많아졌네.
저승 가면 다시는 살아날 수 없으니
지난 일 생각하매 눈물만 흐르네.
바른 도는 천년을 비추고
높은 의리는 동류에 뛰어났었네.
평탄하나 험준하나 한 절개였고
마음으로 맹세하여 시대의 어려움 구제했네.
힘을 다해 성주에 보답했으니
세상이 어지러워야 충신을 알리.
나라 사람 옛일을 전할 것이고
성명은 청사에 새로우리라.
어진 인재 쉬 나지 않으니
말로에 어떤 사람 다시 있을까.
눈물 뿌리며 관 머리 바라보니
어렴풋이 혼신이 있는 듯하구려.

遠聞洪陽訃(원문홍양부)
屈指數十春(굴지수십춘)

舊遊已寂寞(구유이적막)

衰老多酸辛(쇠로다산신)

九原不可作(구원불가작)

往事只霑巾(왕사지점건)

直道映千春(직도영천춘)

高義邁等倫(고의매등륜)

一節夷險際(일절이험제)

誓心濟時屯(서심제시둔)

戮力酬聖主(륙력수성주)

世亂識忠臣(세란식충신)

邦人傳古事(방인전고사)

靑史姓名新(청사성명신)

賢才不易出(현재불역출)

末路更何人(말로경하인)

灑涕見前和(쇄체견전화)

儵然覺有神(애연각유신)

이 별검(李別檢)을 곡(哭)하다
곡이별검(哭李別檢)

완양의 어진 맏아들로
몸 닦음 깨끗하여 뭇사람이 추앙했네.
어려서는 자못 영특하였기에
아름다운 기림도 어린 때부터였네.
장성하여 지조와 행실 보였나니
시와 예로 북돋아 자랐음이라.
녹을 위한 벼슬은 본마음 아니었으니
한 번 명한 벼슬 뜻밖에 얻은 걸세.
험한 운명에 우환까지 곁들여
이십 년 중 십 년 동안 상복을 입었네.
사무친 슬픔 부모 은혜 추모하여
눈물 흘리며 죽도록 슬퍼했네.
수명은 길고 짧음 있지만
속으로 한탄하는 건 명과 재질일세.
지초와 난초 쉬 시드니
귀신 또한 시기함 많구나.
착하고 악함에 보답이 어긋나니
천도가 참으로 편벽되도다.
창창한 하늘도 신명이 없어
착한 행실 쌓은 것이 재앙되었네.

完陽賢冑子(완양현주자)

修潔衆所推(수결중소추)

小少頗穎異(소소파영이)

佳譽自提孩(가예자제해)

長成見志行(장성견지행)

詩禮實栽培(시례실재배)

祿仕亦非心(록사역비심)

一命試倘來(일명시당래)

險釁憂患仍(험흔우환잉)

廿年十年纔(입년십년최)

痛深追鞠養(통심추국양)

血泣至死哀(혈읍지사애)

人生有脩短(인생유수단)

暗恨命與才(암한명여재)

芝蘭易萎折(지란역위절)

鬼神亦多猜(귀신역다시)

禍福善惡乖(화복선악괴)

天道信沈洄(천도신혈회)

蒼蒼者無神(창창자무신)

積行者爲災(적행자위재)

강산음(姜山陰)을 곡(哭)하다
곡강산음(哭姜山陰)

옛 벗은 늙어 죽은 이 많고
남아 있는 자도 쇠하고 병들었네.
지난날의 기쁨을 잊지 못함은
뜻 맞아 서로 따랐음이라.
사귄 정 깊은 것은 마음이 맞아서고
감흥 일면 시와 노래 불렀네.
벼슬의 낮음을 어이 말하랴
궁하고 달함은 천명에 달린 것을.
서럽다 호해에서 작별한 뒤로
소식도 막히고 왕래도 끊겼더니.
그대 갑자기 가셨다는 말 듣고
말하자니 눈물이 앞서는구려.
만사는 모두가 지나간 자취 되어
서쪽에 지는 해를 시름없이 바라보네.
뒤따라 죽을 사람 슬픔도 많아
문 닫고 외로운 그림자 대하고 있네.
처량하게 애도사를 지으니
글자마다 눈물이 흐르는구려.

舊友多老死(구우다로사)
存者且衰病(존자차쇠병)

永懷昔年歡(영회석년환)
適意相追並(적의상추병)
交情喜同調(교정희동조)
遇感成諷詠(우감성풍영)
官卑何足說(관비하족설)
窮達各有命(궁달각유명)
傷心湖海別(상심호해별)
積阻路脩敻(적조로수형)
聞君遽長逝(문군거장서)
欲語淚已迸(욕어루이병)
萬事皆陳迹(만사개진적)
悵望西日暝(창망서일명)
後死悲心多(후사비심다)
掩門對隻影(엄문대척영)
凄凉哀悼作(처량애도작)
一言一淚併(일언일루병)

감사(監司) 민광훈(閔光勳)에게 드리는 만사
민감사광훈만(閔監司光勳挽)

그대는 입암 자손이고
우리 조부 애공부터 삼세에 걸쳐
두 집 서로 전하며 의기를 기울였나니
서로의 교분 일반의 교제와 견줄 바 아닐세.
중히 여겨 다 옛 사람 의리를 기약하니
그대의 깨끗한 지조는 빙설처럼 맑은데
나는 한세상 늙도록 어긋나게 살았구나.
그대 출세하여 밝은 시대 만나
높은 갓 패옥 소리 쟁쟁하였네.
슬프다 나는 논밭 일도 배우지 못하여
끌며 지며 타령도 하며 연수가에 지내네.
그대 이제 세상 떠나 긴 밤으로 갔으니
긴 밤은 캄캄하여 다시 밝지 못하리.
옛 마음 옛 의리 어디서 얻어 보랴
만사 아득하니 하늘에 붙일 뿐이네.
산 자도 끝내는 함께 돌아가리니
저승에서 서로 만날 걸 기약하네.
해마다 풀잎 지고 꽃 피지만
그대 위해 슬퍼할 시간 얼마나 되겠는가.
인생이 슬픈 것은 지난 자취 느낌이니

세상을 떠나 생사 이별 모르는 것만 못하네.
끝났도다
내가 그대와 65년 간 인간의 객이 되었더니
베갯머리에 잠깐 봄 꿈을 꾼 것과 어떠하던가.

子爲立巖之子孫(자위립암지자손)
我祖崖公及三世(아조애공급삼세)
兩家相傳傾意氣(량가상전경의기)
相知不比尋常托交契(상지불비심상탁교계)
所重皆許古人義(소중개허고인의)
子有皎潔之操氷雪淸(자유교결지조빙설청)
我生嶇廓老齟齬(아생교곽로저어)
子貴立名値明時(자귀립명치명시)
峨冠玉佩鳴璐璐(아관옥패명장장)
嗟我不學農不學圃(차아불학농불학포)
蓬累行謠漣水渚(봉루행요련수저)
子今辭世入長夜(자금사세입장야)
長夜冥冥不復曉(장야명명불부효)
古心古義安可得(고심고의안가득)
萬事茫然付冥寞(만사망연부명막)
有生畢竟同歸化(유생필경동귀화)
泉下相追倘可期(천하상추당가기)
草死花開年年(초사화개년년)

爲悲傷能幾時(위비상능기시)

人生感感陳迹(인생척척감진적)

不如與世長遺生死別不(불여여세장유생사별불)

相知(상지)

己焉哉吾與子俱爲人間六十五年客(기언재오여자구위
인간륙십오년객)

何如枕上片時春夢遲(하여침상편시춘몽지)

나는 나서부터 병이 많았고 늙어서는 더구나 인사를 차리지 못하였다. 반
생 동안 공의 의로움을 듣고 종유(從遊)하는 기쁨은 얻지 못했다 할지라
도 마음에 이미 친숙하게 됨은 선대부터 사이좋게 지내온 때문이다. 어제
공(公)이 상사를 조문하매, 평생 사귄 것처럼 눈물이 나므로 애사(哀詞)를
지어 영결(永訣)의 슬픔을 편다.

하빈 이씨(河濱李氏)의 만사 이언영(李彦榮)의 아내
하빈이씨만 이언영처(河濱李氏挽 李彦榮妻)

어린아이 자모 여의고
그리워 우는 소리 차마 못 듣겠네.
울음 다하고 피눈물 흐르건만
아득히 죽고 삶이 다르구나.
춥고 굶주림을 뉘 다시 생각하랴
거두고 기르는 일 낭군에게 맡기셨네.

孺子失慈母(유자실자모)
號慕不忍聞(호모불인문)
泣盡繼以血(읍진계이혈)
漠漠死生分(막막사생분)
飢寒誰復念(기한수부념)
鞠養付郞君(국양부랑군)

장명보(蔣明輔)의 강사(江舍)에 쓰다
제장명보강사(題蔣明輔江舍)

강물은 물든 듯 짙푸른데
하늘가에 이 봄도 저물었네.
우연히 만나 서로 취하니
모두가 고향 사람이네.

江水綠如染(강수록여염)
天涯又暮春(천애우모춘)
相逢偶一醉(상봉우일취)
皆是故鄕人(개시고향인)

목(穆)이 지난해 난을 피하여 남쪽으로 달려가 영해(嶺海)의 변방에서 살
고 있었다. 그때 내한(內翰: 예문관의 별칭) 유낙부(柳樂夫)도 처음에 바다
로 나갔다가 이곳에 머물러 있었는데, 늦은 봄날 저녁 장명보의 강사에
찾아왔다. 명보는 일찍이 과거에 대한 명예를 버리고 강호에 묻혀 살았으
되 항상 평화로운 사람이었다. 나와 종유(從遊)하는 사람에 윤수재 승리
(尹秀才昇离), 그리고 자리에 와 있는 김국사(金國士)·윤자후(尹子厚)도
다 서울에 살던 옛 가문으로서 남쪽에 떨어져 온 사람들이었다. 느낌이 있
어 이 시를 쓴다.

무제(無題) (1)

시냇가 다다라 이리저리 거닐며
풀싹 만지고 따스한 봄 희롱하네.
몸 한가로워 가는 곳마다 즐겁나니
내 곧 태평한 사람이로다.

散步臨溪岸(산보림계안)
撫芽弄陽春(무아롱양춘)
身閑隨處樂(신한수처악)
知是太平人(지시태평인)

무제(無題) (2)

공자의 칠십 제자 중에
인에 대해 물은 이 몇 사람인가.
다만 안회라는 분이 있어서
석 달 동안 인을 어기지 않았더라.

孔門七十子(공문칠십자)
問仁者幾人(문인자기인)
唯有顔回生(유유안회생)
三月不違仁(삼월불위인)

휘상인(徽上人)에게 주다
증휘상인(贈徽上人)

인생은 돌만 못하니
돌은 헐리고 무너짐이 없도다.
장수와 요사가 매한가지이니
슬퍼하고 기뻐할 게 뭐랴.

人生不如石(인생불여석)
礧硊無崩毀(뢰외무붕훼)
彭殤一壽殀(팽상일수요)
不足爲悲喜(불족위비희)

노인(자신을 가리킴)의 나이 여든 여덟이니, 옛날 장수하는 나이로는 기이(期頤: 1백세 말함)의 늙은이가 되었다. 상인(上人)이 일부러 찾아와서 보고는 글씨를 청한다. 노인은 게으르고 정신이 흐리어 인사를 폐한 지 오래라서 필력을 남에게 보일 수 없다. 스스로 인생이 산에 있는 무지한 돌만도 못함을 탄식한다. 지각이 있을진대 생사에 구애되지 않으니만 못하다. 살아서 허물이 없고, 허물이 없이 죽으면 족하다. 허튼 말 20자를 지어 써 주니 참으로 우습다. 시(詩)는 이렇다. 이 시는 《속집(續集)》에 보이는데 제목을 '무사우음(無事偶吟)'이라 하였다.

산일유(山日牖)

앞산에 눈 개어
따스한 날씨 봄 같네.
산뜻한 빛깔 고요하고
글 가운데 성인을 대하도다.

前山山雪晴(전산산설청)
暖日長如春(난일장여춘)
淡泊天機靜(담박천기정)
書中對聖人(서중대성인)

병중에 짓다 (1)
병중작(病中作)(1)

옛사람 글 기꺼이 읽으면서
팔십의 나이 넘겼도다.
해 온 일 백에 하나도 없으니
옹졸하고 어리석음 나 같은 이 없다네.

說讀古人書(설독고인서)
行年八十餘(행년팔십여)
所爲百無如(소위백무여)
拙黨無如余(졸당무여여)

병중에 짓다 (2)
병중작(病中作)(2)

느낌 있으면 응함 있나니
이 이치 본디 거짓이 아니네.
은 나라 사람 귀신 공경하였나니
귀신이 어찌 날 속이랴.

有感必有應(유감필유응)
此理本不虛(차리본불허)
殷人嚴鬼神(은인엄귀신)
鬼神豈欺余(귀신기기여)

오리 이상국 원익에 대한 만사
오리이상국원익만(梧里李相國元翼輓)

태평하던 당시에 일찍이 좋은 이름 남겼는데
말년의 어려운 때에 도가 더욱 창성하였네.
위태로운 나라에 진정하여 대의(大義)를 붙들고
새로운 태양 떠받들어 많은 곳에 비추었네.
황하는 지주(砥柱)를 만나 분방한 파도를 거두고
소나무는 추운 겨울에도 눈과 서리 견딘다오.
세 조정에 한결같은 충절 부끄러움 없으니
돌아가 우리 선왕께 떳떳이 말하리라.

時平當日夙播芳(시평당일숙파방)
晚遇艱屯道益昌(만우간둔도익창)
坐鎭危邦扶大義(좌진위방부대의)
起擎新日照多方(기경신일조다방)
河逢砥柱收奔放(하봉지주수분방)
松到窮冬耐雪霜(송도궁동내설상)
一節三朝無傀怍(일절삼조무괴작)
有辭歸對我先王(유사귀대아선왕)

족형인 여산군수 자에 대한 만사
족형여산군수자만(族兄礪山郡守秭輓)

함께 남쪽 고을에 와서 병을 앓았는데
공은 더욱 깊어지고 나는 다소 가벼웠네.
한밤중 꿈 깨어 흘러가는 물 슬퍼하고
책상에 편지 남아 있으니 평소를 생각하노라.
짧은 율시 쓴 것이 열결이 되었고
영구에 눈물 뿌리며 가는 길 헤아리제.
두 해의 깊은 인자함 백성들 뼈에 사무치니
큰 비석에 마침내 아름다운 이름 기재되리라.

同來南郡病同嬰(동래남군병동영)
公到沈綿我較輕(공도심면아교경)
夢罷中宵悲逝水(몽파중소비서수)
篋留遺牘想平生(협류유독상평생)
詩題短律因成訣(시제단율인성결)
淚灑靈輀却算程(루쇄영이각산정)
兩歲深仁民浹髓(양세심인민협수)
龜趺終卜載芳名(귀부종복재방명)

미수는 자신의 가난을 부귀와 바꾸지 않겠다는 뜻을
분명히 천명하고 있는 시

뭇사람 내 곤궁 가엽게 여기건만
얼굴을 태연히 좋게 하여 지낸다네.
만사를 천명으로 돌리니 되레 기뻐
나는야 내 가난을 부귀와 안 바꾸리.

衆人悶我常窮惜(중인민아상궁석)
居然猶有好容顔(거연유유호용안)
萬事付命還可喜(만사부명환가희)
富貴不易吾飢寒(부귀부이오기한)

친경송(親耕頌)

농상이 새벽에 정남(正南)의 하늘에 나타나고
막혀 있던 우레가 터져 나올 때
왕이 사사에게 명하여
백관을 모두 경계시키게 하였네.
음양이 나뉘어 펴지니
악관이 협풍이 이르렀다고 고하면
사공이 제단을 마련하고
농사에 삼가고 공손하였네.
삼궁이 종자를 바치니
기장과 피와 올벼와 늦벼일세.
토맥이 허물이 없어
백곡이 번성하리라.
왕이 친히 울창주로 강신하여
선색에게 제사 지내고
감농관은 곡물을 바꾸지 않아
토질에 맞는 곡물을 심게 하네.
면류관에 푸른 갓끈을 매고
몸소 쟁기를 잡았네.
왕이 한 번을 가니
신하들이 뒤이어 가는구나.
왕이 친히 농사를 지어

제사 지낼 곡식을 이바지하고
몸소 정성과 신의를 극진히 하여
신명께 공경을 다하네.
노주에 이미 취하였으니
풍년의 경사로세
화목하고 또 즐거우니
군왕의 크게 거룩함이네.
바람이 온화하고 흙이 기름지니
오곡이 번성하고
하늘이 상서를 내려
찰벼와 기장이 넘실거리네.
높다란 창고 수없이 많아
수고(壽考)의 편안함 누리리라.
군왕께서 만수를 누리시어
언덕 같고 산 같으시길 비노라.

　　　農祥晨正(농상신정)
　　　雷震出滯(뢰진출체)
　　　王命司事(왕명사사)
　　　百吏咸戒(백리함계)
　　　陰陽分布(음양분포)
　　　瞽告協風(고고협풍)
　　　司空除壇(사공제단)

恪恭于農(각공우농)

三宮獻種(삼궁헌종)

黍稷秬穜(서직륙동)

土脉無青(토맥무생)

百穀用殖(백곡용식)

王親祼鬯(왕친관창)

以祀先嗇(이사선색)

監農不易(감농불역)

物土之宜(믈토지의)

冕而青紘(면이청굉)

躬秉耒耜(궁병뢰사)

王耜一墢(왕사일발)

三班其耕(삼반기경)

王親自耕(왕친자경)

以供粢盛(이공자성)

身致誠信(신치성신)

盡敬神明(진경신명)

勞酒旣醉(로주기취)

豊年之慶(픙년지경)

旣洽且樂(기흡차악)

君王孔聖(군왕공성)

風和土養(픙화토양)

五穀之昌(오곡지창)

天之降祥(천지강상)

稌黍穰穰(도서양양)

高廩億億(고름억억)

胡考之康(호고지강)

君王萬壽(군왕만수)

如陵如岡(여릉여강)

은거시(恩居詩)

밤낮으로 공경하고 두려워하며
상제(上帝)를 대하도다.
마음에 한 점 부끄러움이 없어
허물이 없게 되기 바랐네.
아 거룩한 성군이시여
노인 봉양을 우선으로 하였네.
사방의 백성들 즐거워하니
천만년토록 누리소서.

夙夜祗懼(숙야지구)
對越在天(대월재천)
不愧屋漏(불괴옥루)
庶無咎譽(서무구건)
於皇聖哲(어황성철)
老老是先(로로시선)
四方熙熙(사방희희)
於千萬年(어천만년)

강년시(康年詩)

풍년 들어 벼가 많으니
억조창생의 상서로다.
비바람 알맞게 불고 내려
풍년으로 곡식이 많고 많도다.
백성들 장수를 누려
부유하고 즐거워하고 또 편안히 살도다.

단비가 많이 내리니
들판에 곡식 무성하도다.
싱싱하게 싹이 올라오니
수레에 가득 싣고 창고에 그득하도다.

싱싱하게 싹이 올라오니
꼼꼼하게 김을 매도다.
많은 사람들 김을 매며
밭고랑과 두둑을 오르내리도다.

높고 마른 땅과 낮고 습한 땅에
벼와 기장이 모두 마땅하도다.
온갖 곡식 들판에 가득하고
아름다운 이삭은 넘실대도다.
농부의 경사요

기로(耆老)들의 기쁨이로다.

씀바귀와 여뀌가 뽑혀 썩으니
기장과 피가 무성하도다.
그 곡식을 베어 쌓으니
집집마다 곡식이 그득하여
처자식이 편안하도다.

곡식을 베어 쌓고
창고에 들이네.
창고 가득하니
후손이 복을 받도다.

술과 단술로
사방의 신에게 제사 지내고
빈객들까지 대접하여
잔치하고 즐거워하네.
후추 향 향기로우니
국가의 영광이로다.

하늘이 풍년을 내리시니
후손이 창성하리라.
언덕과 같고 산등성이 같이
만수무강하리라.

康年多稌(강년다도)

萬億之祥(만억지상)

風雨孔時(풍우공시)

豐年穰穰(풍년양양)

黎民壽考(려민수고)

富樂且康(부악차강)

甘雨祈祈(감우기기)

農畝疑疑(농무의의)

厭其傑矣(염기걸의)

如梁如茨(여량여자)

厭厭其苗(염염기묘)

綿綿其麃(면면기포)

千耦其耘(천우기운)

于隰于畛(우습우진)

高燥卑濕(고조비습)

稌黍咸宜(도서함의)

百穀盈疇(백곡영주)

嘉穗離離(가수리리)

農夫之慶(농부지경)

胡考之熙(호고지희)

荼蓼之朽(도료지오)

黍稷之茂(서직지무)

以穡以畝(이확이무)

百室之盈(백실지영)

婦子之寧(부자지녕)

乃獲乃畝(내획내무)

惟廩惟庾(유름유유)

廩庾旣實(름유기실)

曾孫錫祜(증손석우)

爲酒爲醴(위주위례)

以禋以祀(이인이사)

達之賓客(달지빈객)

以燕以樂(이연이악)

椒飶馨香(초필형향)

邦家之光(방가지광)

天錫有年(천석유년)

曾孫之昌(증손지창)

如陵如岡(여릉여강)

萬壽無疆(만수무강)

스스로 찬하다
화상자찬(寫影自贊)

형체는 유형이나 정신은 무형
유형은 그려도 무형은 못 그려
형체가 잡혀야 정신이 온전해져
유형한 것 쇠하면 무형한 것도 물러가니
형체가 다하면 정신도 떠나리.

貌有形神無形(모유형신무형)
其有形者可模無形者不可模(기유형자가모무형자불가모)
有形者定無形者完(유형자정무형자완)
有形者衰無形者謝(유형자쇠무형자사)
有形者盡無形者去(유형자진무형자거)

또 스스로 찬하다
우화상자찬(又寫影自贊)

청수한 모습에 훤칠한 몸매
우묵한 이마에 긴 눈썹
손에 문 자를 쥐고 발로 정 자를 밟고
염담하면서도 광대하다.

臞而頎(구이기)
凹頂而鬚眉(요정이수미)
握文履井(악문리정)
恬而熙(념이희)

노인의 금년 나이 87세라 몸이 이미 많이 늙고 또 귀도 멀어 세상사 할 일이 없고 새와 짐승조차 놀라 피하지 않는다. 산속에서 한가히 지내며 장편의 사언시를 지었다.

산의 기운은 우뚝하고
산굽이는 높고 높도다.
수풀은 울창하고
바위 사이 시내는 울퉁불퉁하네.
산이 깊고 계곡 길어
인사 또한 거의 없네.
산짐승 놀라지 않고
산은 높고 계곡물 졸졸 흐르네.
아득한 옛날 신농씨가
처음 우리에게 농사를 가르쳤네.
토정과 선색은
구룡과 후직이네.
삼양(三陽) 때에 쟁기를 수선하고
사양(四陽) 때에 나무를 베네.
밭을 갈고 들밥 먹으니
어린이와 어른 모두 나섰도다.
곡식을 심고 무성한 풀을 제거하여
그 힘을 보태도다.
싹이 트고 또 여물어

천도가 쉬지 않도다.
시월에 마당을 치우고
벼들을 모두 거두어들이네.
두 동이 술로 서열에 따라 마시니
풍년의 마무리로다.
노인을 봉양하고 어린이를 사랑하며
먹이는 것 예의가 있네.
쓰는 용기 질그릇과 바가지이니
백성들의 풍속 질박하도다.
안락하게 장수를 누려
만물과 함께 즐거워하니,
순수하고 도타운 옛날 기풍
다투지 않고 속이지 않도다.
대문을 잠그지 않고
삽살개 밤에 짖지 않으니,
넉넉하고 여유 있게
한 해를 마치도다.

山氣龍從(산기롱종)
山曲崔嵬(산곡최외)
林木糾鬱(림목규울)
巖谿碨磊(암계외뢰)
深山谷遠(심산곡원)

人事亦稀(인사역희)

麋鹿不驚(미록불경)

峨峨漇漇(아아사사)

邈矣神農(막의신농)

肇我稼穡(조아가색)

土正先穡(토정선색)

句龍后稷(구룡후직)

三之辰于耜(삼지진우사)

四之辰于柞(사지진우작)

以耕以饁(이경이엽)

少壯齊作(소장제작)

以種以蔕(이종이불)

有相其力(유상기력)

旣衰且穎(기부차영)

天道不息(천도불식)

十月滌場(십월척장)

禾稼旣同(화가기동)

朋酒序飮(붕주서음)

豐年之終(풍년지종)

養老慈幼(양로자유)

饋食有禮(궤식유례)

器用陶匏(기용도포)

氓俗樸駭(맹속박애)

安樂壽考(안악수고)
與物熙熙(여믈희희)
淳厖之古(슌방지고)
不爭不欺(블쟁블기)
外戶不扃(외호블경)
尨不夜吠(방블야폐)
優哉遊哉(우재유재)
于以卒歲(우이졸세)

이상은 산기(山氣) 9장(章) 36구(句)이다.

동해송(東海頌)

큰 바다 가이 없어
온갖 냇물 모여드니
그 큼이 끝이 없네.
동북쪽 사해여서
밀물 썰물 없으므로
대택이라 이름했다.
파란 물 하늘에 닿아
출렁임이 넓고도 아득하니
바다가 움직이고 음산하네
밝고 밝은 양곡으로
태양의 문이라서
희백이 공손히 해를 맞았다.
석목의 위차요
빈우의 궁으로
본시 해가 돋는 동쪽 끝이로다.
교인의 보배와
바다에 잠긴 온갖 산물은
한없이 많네.
기이한 물건 변화하여
너울대는 그 상서는
덕을 일으켜 나타남이로다.
조개의 태에 든 진주는

달과 더불어 성하고 쇠하며
대기를 따라 김을 올리네.
머리 아홉인 천오와
외발 달린 기는
태풍을 일으키고 비를 내린다.
아침에 돋은 햇살
넓고 크게 빛이 나니
자줏빛 붉은 빛 으스스하여라.
삼오야 둥실 뜬 달
하늘의 수경되니
뭇 별이 광채를 감추도다.
부상 사화와
흑치 마라와
상투 튼 보가며
연만의 굴조개
조와의 원숭이
불제의 소들은.
바다 밖 잡종으로
종류도 다르고 풍속도 판이한데
우리와 같이하여 함께 자라도다.
옛 성왕 덕화가 멀리 미쳐서
온갖 오랑캐 중역으로 왔으니
복종하지 않은 곳 없었네.

크고도 빛나도다
그 다스림 넓고 커서
유풍이 오래 가리로다.

瀛海潒瀁(영해망양)

百川朝宗(백천조종)

其大無窮(기대무궁)

東北沙海(동북사해)

無潮無汐(무조무석)

號爲大澤(호위대택)

積水稽天(적수계천)

淳潏汪濊(발휼왕예)

海動有曀(해동유에)

明明暘谷(명명양곡)

太陽之門(태양지문)

羲伯司賓(희백사빈)

析木之次(석목지차)

牝牛之宮(빈우지궁)

日本無東(일본무동)

蛟人之珍(교인지진)

涵海百産(함해백산)

汗汗漫漫(한한만만)

奇物譎詭(기물휼궤)

宛宛之祥(완완지상)

興德而章(흥덕이장)

蚌之胎珠(방지태주)

與月盛衰(여월성쇠)

旁氣昇霏(방기승비)

天吳九首(천오구수)

怪夔一股(괴기일고)

飆回且雨(표회차우)

出日朝暾(출일조돈)

轇軋炫熿(교알현황)

紫赤滄滄(자적창창)

三五月盈(삼오월영)

水鏡圓靈(수경원령)

列宿韜光(렬숙도광)

扶桑沙華(부상사화)

黑齒麻羅(흑치마라)

撮髻莆家(촬계보가)

蜒蠻之蠔(연만지호)

爪蛙之猴(조와지후)

佛齊之牛(불제지우)

海外雜種(해외잡종)

絶儻殊俗(절당수속)

同圍咸育(동유함육)

古聖遠德(고성원덕)
百蠻重譯(백만중역)
無遠不服(무원불복)
皇哉熙哉(황재희재)
大治廣博(대치광박)
遺風邈哉(유풍막재)

제 2 부

雜學

학(學)

천지 변화(天地變化) (1)

천지가 변화를 부리니 만물(萬物)이 그에 의하여 생장하여 꿈틀거리며, 지각이 생기고 화합하게 서로 감응하여 동류(同類)끼리 사랑하며 저의 생명을 기른다. 그러므로 나면서부터 양능(良能)이 있어 날마다 써도 그치지 않는다.

모든 만물이 군생(群生)하니, 새 새끼 소리는 절로 화합(和合)하고, 싹들은 날로 자라나며, 골짜기의 냇물은 강과 바다에 이르며, 배고프면 먹고 목마르면 마시고, 겨울에는 털옷을 입고 여름에는 베옷을 입으며, 무리 지어 살면서 나고 죽으나, 그 이치는 하나인 것이다. 모든 만물이 구별은 있지만 그 변화하는 것은 다 같으며, 모든 일이 두서(頭緖)는 다르나 그 도(道)는 같은 것이다.

천명(天命)이 유행(流行)하여 만물이 다 함께 그로 말미암아 각기 자기의 본성을 이루면서도 이를 알지 못한다. 양양(洋洋)하게 천지에 드러나고 사방에 나타나서 만물을 포괄하면서도 처음과 끝이 없고 밤낮으로 유행하면서도 다함이 없으니, 이것이 지극한 가르침이다. 예(禮)란 이것을 실천함에서 생기는 것이요, 음악은 이것을 따르는데서 일어나는 것이다. 이로 말미암아 성인은 하늘을 섬기고 효자는 부모를 봉양하는데, 정밀 심오하고 지극히 미묘하여 힘써 생각해도 거의 가까이할 수 없으며, 논설(論說)로도 미칠 수 없는 것이다.

天地變化。萬物資生。蠢動知覺。藹然相感。能愛類養生。故生有良能。日用而不已。品流群生。殼音自和。萌孽日長。川谷達於江海。飢食渴飲。冬裘夏葛。群居而生死。其故一也。品物區別。其化均也。庶事殊緒。其道同也。天命流行。萬物共由。各遂其性而不知。洋洋乎察於天地。著於四方。包括萬物而無終始。行乎晝夜而不窮。是爲至敎。禮自履此生。樂自順此作。由是而聖人事天。孝子享親。夫精深極微。思勉不能幾。論說不能及。至矣。

천지 변화(天地變化) (2)

천지가 변화하여 김을 불어 따뜻하게 하고 들이쉬어 닫으니, 만물은 거기에 따라 출척(怵惕)·측은(惻隱)·애욕(愛欲)이 이루어진다. 여기에서 선악(善惡)이 나뉘어 만사(萬事)가 나오는데 어지러이 얽히고 서로 뒤섞여 만 갈래로 가지런하지가 못하니, 이것이 생물(生物)의 실정(實情)이다. 물(物)이 극도에 가면 어지럽게 되고, 정(情)이 방자하게 되면 더욱 치성(熾盛)해진다. 그러므로 음악은 가득차게 고조되었다가 돌아오고, 예(禮)는 물러났다가 나아가, 화평하면서도 질서가 정연하여 천지(天地)의 바른 것을 이루니, 이것이 성인(聖人)이 사람을 가르치는 것인데, 쉬지 않고 그치지 않음은 천지의 대업(大業)이고, 가늠하여 이루게 하며 자리 잡아 기르는 것은 성인의 공용(功用)이다.

天地變化。吹煦闔歙。品物從之。怵惕惻隱愛欲形焉。於是善惡分而萬事出矣。紛綸參錯。有萬不齊。生物之情也。物極則致亂。情蕩則

益熾。故樂盈而返。禮退而進。融融秩秩。以遂天地之正。聖人之敎
人也。不息不已。天地之大業。裁成位育。聖人之功用也。

천지 변화(天地變化) (3)

　천지가 변화하여 한 번은 찼다가 한 번은 비게 되니, 형체는 기(氣)
에서 생기고, 기는 형체에 가려진다. 하늘은 밖이 없고 만물을 포용하
여 밖이 없음이요. 땅은 방소(方所)가 있으며, 만물을 낳아서 방소가
있다. 일월(日月)이 번갈아 밝고, 한서(寒暑)가 차례로 행하여 갔다가
다시 오니, 만물이 이것으로 하여 나고 죽고, 이것으로 하여 성하고
쇠하며, 이것으로 하여 노닐고, 이것으로 하여 다함이 없어, 인사(人
事)의 선(善)과 악(惡), 세도(世道)의 쇠퇴와 융성이 모두 하나의 기
(氣)가 변천하는 것이다. 사람의 기(氣)가 바르면 천지의 기가 바르고,
사람의 기가 어지러우면 천지의 기가 어지러워진다. 상서(祥瑞)와 재
앙(災殃)의 조짐은 삿되고[邪] 바른 것의 표시이며, 다스려짐과 어지
러워짐의 징표이니, 사람과 하늘의 기가 서로 감응하고 초래하여 그
렇게 된 것이다. 그러므로 성인은 천도를 어기지 않아 의혹됨과 두려
워함과 걱정함이 없이 인(仁)에 돈독히 하는데, 그 근본은 무엇인가?

天地變化。一盈一虛。形生於氣。氣冒於形。天無外。包萬物而無
外。 地有方。生萬物而有方。 日月代明。寒暑序行。往而復來。萬
物以之而生死。以之而盛衰。以之而遊衍。以之而無窮。人事之淑
慝。世道之汚隆。一氣而遷耳。人之氣正。則天地之氣正。人之氣
亂。則天地之氣亂。禎祥妖孼。邪正之表。治亂之徵。氣之相感召者
然也。故聖人不違不惑。不懼不憂而篤仁。其本何也。

마음이 지각(知覺)하는 것

  마음의 지각함이 천리(天理)에 감응한 것을 도심(道心)이라 이르고, 형기(形氣)에 감응한 것을 인심(人心)이라 이르는데, 천리란 성명(性命)의 지선(至善)한 근본이고, 형기란 음식(飮食)과 남녀(男女) 관계 즉 인욕(人欲)의 사사로운 것이다. 이(理)와 기(氣)는 근본이 하나가 되는 것이 아니라, 형(形)은 기에서 생겼고, 기는 이(理)에 근본하였으니, 이는 기의 성(性)이요, 기는 이의 재(才)이다. 그리고 재는 성에서 나오고 이는 기에서 행하여지니, 즉 측은(惻隱)이 성에서 나왔으나 서로 감응하는 것은 기이며, 애욕(愛欲)이 기로 이루어지나 이치는 성인 것이다. 천리를 따르면 이(理)가 전일하여 기가 바르게 되며, 인욕을 따르면 기가 전일하여 이(理)가 변하게 된다. 그러므로 '인심(人心)은 위태롭고 도심(道心)은 은미하다.'고 한 것이다.
  사람은 천지의 중정(中正)함을 받고 태어나서, 인(仁)으로써 성(性)을 삼았는데, 인이 불인(不仁)으로 변하는 것은 성(性)의 죄가 아니라 재(才)의 작용이 잘못된 것이다. 인욕(人欲)이 방자하면 천리(天理)가 멸하여지므로 군자는 이를 두려워한다. 선함을 택하고 악함을 제거함에는 정밀(精密)함만 한 것이 없고, 독실하게 믿고 굳게 지키는 데에는 전일함만 한 것이 없으며, 덕을 이루어 백성을 가르치는 데에는 중용(中庸)의 도를 행함만 한 것이 없다.
  이것이 요(堯)·순(舜)·우(禹)가 전하여 준 법이니, 배우는 사람의 대종(大宗)인 것이다. 이(理)는 기(氣)의 이(理)이니, 이 이(理)가 있으면 이 기(氣)가 있다. 기(氣)는 이(理)의 기이니, 이 기(氣)가 있으면 이 이(理)가 있다.

心之知覺

心之知覺。感於天理者。謂之道心。感於形氣者。謂之人心。天理者。性命至善之本也。形氣者。飮食男女人欲之私也。理與氣。非爲二本。形生於氣。氣本於理。理者氣之性。氣者理之才。才出於性。理行於氣。惻隱出於性。而其相感者。氣也。愛欲形於氣。而其理則性也。循天理則理壹而氣正。循人欲則氣壹而理變。故曰。人心惟危。道心惟微。人受天地之中以生。以仁爲性者也。仁而變不仁。非性之罪也。才用過也。人欲肆者。天理滅。故君子懼焉。擇善去惡莫如精。篤信固守。莫如一。成德敎民。莫如中。堯舜禹之傳法。而學者之大宗也。理者。氣之理。有是理則有是氣。氣者。理之氣。有是氣則有是理。

학자(學子)에게 답함 (1)

공부하는 데에 있어서 큰 병통은 망녕되이 엽등(躐等)하고 조장(助長)하여 빨리하려 함에 있으니, 이는 사적(私的)인 뜻이 벌써 승(勝)한 것인데 사가 앞서고서 학(學)을 이룰 수 있는 자는 없다.

마음의 본체는 본래 비어 있으나, 그 이치는 진실해서 감통(感通)하는 것이 끝이 없어 다 실리(實理)인 것이니, 비었다는 것은 실(實)의 체(體)이고 실(實)이라는 것은 허(虛)의 용(用)이다.

기(氣)는 이(理)의 기이고, 이(理)는 기의 이(理)이다. 천리에 밝게 되면 그 기가 호연(浩然)하게 되는데, 그 이가 어두우면 기가 굵은 것같이 되어 이(理) 밖에 기가 없고 기(氣) 밖에 이가 없게 된다.

사려(思慮)가 산란할 때 경(敬)을 하지 않고 무엇으로 마음을 안정시키겠는가. 경이란 하나에 집중하는 일이니, 하나에 집중하면 사려가 저절로 고요해지는 것이다.

학자는 모름지기 인사(人事)에 나아가 그 이치를 구한 다음이라야 지행(知行)이 함께 진보된다. 인사에 대한 공부가 이르기 전에 먼저 성명(性命)의 본근(本根)을 구한다면, 근본이 서지 않고 실심(實心)도 완전하지 않아서 갑자기 얻었다가 갑자기 잃게 되어, 다만 범람(泛濫)만 하지 아무 이익이 없다. 또 엽등하여 높은 데를 엿보아도 안 된다. 샘이 졸졸 흐르고 불이 타오르는 데서 자연(自然)의 질서를 볼 수 있다.

答學子
爲學大患。在妄意躐等。助長欲速。此私意已勝。未有私勝而能成學者也。
心體本虛。其理則實。感通無窮。皆實理。虛者。實之體。實者。虛之用。
氣是理之氣。理是氣之理。天理明者。其氣浩然。理惛則氣餒。理外無氣。氣外無理。
思慮亂時。不敬。何以定也。敬者。主一之事。主一則思慮自靜。
學者須就人事。求其理。然後可言知行兩進。人事之學未至。先求性命之本。根本未立。實心未完。旋得旋失。徒泛濫無益。亦不可躐等而窺高。泉之涓涓。火之焰焰。自然之序可見。

학자(學者)에게 답함 (2)

보낸 편지가 매우 훌륭하다. 일에는 반드시 공경히 하고, 의문이 나면 반드시 묻는 것은 옛사람의 학(學)이니, 탄복해 마지않는다. 사물이 아직 사귀지 않고 지각(知覺)이 아직 싹트기 전에는 이 마음이 허명(虛明)하고 고요하여 아무것도 없다가, 마음이 외물과 사귀게 되면 지각이 저절로 생겨난다.

물(物)이 이르면 지(知)가 이르고, 뜻이 진실해지면 마음이 바르게 되는데, 이것이 모두 마음의 양능(良能)이다. 물리(物理)가 감통 유행(感通流行)하는 것이 성(誠)이니, 성(誠)은 있지 않은 데가 없어서 천하를 평정하는 데까지 이르는 것도 다 같은 이치에서다.

마음과 외물(外物)에 있어서 실제의 이치가 서로 감응하는데, 실제의 이치에 스스로 밝게 되면 선(善)은 마땅히 하여야 할 것이고, 악(惡)은 마땅히 버려야 할 것임을 알게 된다. 그런 다음이라야 그 뜻을 성실히 하여 그 마음을 바르게 한다고 말하는 것이니, 공부하는 순서가 이와 같다.

지(知)가 이르기 전에는 성실함이 이(理)에 있고, 지(知)가 이른 뒤에는 성실함이 일[事]에 있는데, 성(誠)은 경(敬)이 아니면 있을 수 없고, 경은 성이 아니면 설 수 없으니 발(發)하기 전이나 발한 후에도 경(敬)하는 것이 성(誠)을 보존하는 일이 되며 공부하는 요령도 바로 여기에 있는 것이다.

答學子
來書甚善。事必敬疑必問。古人之學也。歎服不已。事物未交。知覺未萌。此心虛明。寂然無物。及心與物交。知覺自生。物格知至意。誠心正。皆心之良能也。物理感通流行者。誠也。誠無不在。以至天下平皆然。
心與物。實理相感。實理自明。旣知善之當爲與惡之當去。然後乃言誠其意以正其心。爲學之序如此。知至以前。誠在理。知至以後。誠在事。然誠非敬不存。敬非誠不立。未發已發。敬爲存誠之事。而工夫要領在此。

존심 양성(存心養性)에 대해 답함

학자가 마음가짐에 있어서, 이를 요약한다면 '방심을 거둔다[收放心]'는 세 글자보다 더 절실한 것이 없는데, 존양(存養)에 이르러서는 더욱 정밀하고 뜻이 깊어야 한다고 보내온 편지는 다 옳은 말이나, 본디 마음이 보존되어 있지 않고서 그 성품을 기를 수는 없는 법이다. 그러므로 '그 마음을 보존하고 그 성품을 기른다.'고 말한다. 천리(天理)란 본래 한 순간도 단절됨이 없으니, 마음이 보존되면 천리가 절로 자라게 되고 마음을 보존하여 잃지 않으면 성품을 기르는 것은 그 가운데 있게 된다.

정(靜)한 가운데에서는 사물이 아직 사귀지 않아서, 그 근본이 고요하기 때문에 한 점의 외물(外物)도 거기에 없다. 이때에는 무엇을 보존하며 무엇을 기르겠는가? 마음의 본체는 허명(虛明)하여 내외(內外)가 없어 외물과 간격이 없으니, 이른바 보존한다는 것은 이 마음의 본체를 보존하는 것이며, 기른다는 것은 이 마음의 본체를 기르는 것이다.

보존과 기름이 경(敬)을 지니는 한 가지 일에 불과한 것이나 보존은 오로지 지녀서 지키는 것을 말한 것이고, 기름은 특히 더 심원하기 때문에 배우는 사람을 위해서 더욱 변통성을 두어 말한 것이니, 모름지기 인욕(人欲)이 맑아짐을 본 때라야 천리(天理)가 절로 밝아질 것이다.

答存心養性
學者操持要約。莫切於收放心三言。而至存養爲尤精深。來論是也。固未有心不存而能養其性者也。故曰。存其心養其性。天理本無一息間斷。心存則天理自長。存而不失。則養在其中矣。靜中事物未交。

其本澹然無物。此時何者爲存。何者爲養也。心體虛明。無內無外。
與物無間。所謂存者。存此體。養者。養此體。存養。不過持敬一
事。然存專言持守。養特深遠。爲學者下語。尤爲活動。須看人欲淨
時天理自明。

문옹(文翁)에게 답함

근세(近世) 학자의 폐단은 실천함은 부족하고 의견부터 내세우며,
게다가 지나치게 과격하기까지 하여 경박함이 날로 심하니, 충신(忠
信)스럽고 독후(篤厚)한 풍(風)이 크게 옛사람과 같지 않습니다. 옛사
람들은 일분(一分)이라도 실제 보는 것이 있으면, 반드시 그대로 실
행하여 지(知)와 행(行)이 서로 드러나게 차이나지 않았습니다. 배우
는 데 있어서 힘쓸 것은 먼저 인륜(人倫)과 일용(日用)의 법칙에 대해
서 부지런히 힘써서 생각에 조금이라도 미진함이 없게 함입니다. 그
런 다음이라야 잘 배웠다고 말할 수 있으니, 성명(性命)의 근본과 천
리(天理)의 바른 것이 여기에 있습니다.

천지는 일부러 작위(作爲)함이 없어도 만물을 화육(化育)하고, 성
인은 사사로움이 없어 화육을 돕는데, 성인에게는 사사로움이 없기
때문에 옳은 것도 없고 옳지 않은 것도 없습니다. 성인의 마음은 욕심
이 없기 때문에 사사로움이 없다.

배움이 무욕(無欲)의 경지에 이르게 되면 커지고 커지면 화(化)하
게 되는데, 화하면 알 수 없는 경지가 되는 것입니다.

答文翁
近世學者之弊。踐履不足。先立意見。轉成矯激。浮薄日滋。忠信篤

厚之風。大不如古人有一分實見。必有一分實行。知與行不相懸絶。
爲學之務。先於彛倫日用之則。勉勉孜孜。思無一分不盡。然後可謂
善學。性命之本天理之正。在此。
天地無爲而行化育。聖人無私而贊化育。聖人無私。故無可無不可。
聖人之心無欲。故無私。
學至於無欲則大。大則化。化則不可知。

이기(理氣)를 논함

기(氣)는 이(理)에서 나오고, 이(理)는 기에서 행(行)하여지니, 근
본은 소리도 없고 냄새도 없으며, 쉬지도 않고 어그러지지도 않아 갔
다가 다시 오는 것이다. 드러난 것은 천지의 조화(造化)와 육성(育成)
이요, 사시(四時)가 차례로 교대하는 것이며, 만물의 시작과 끝이요,
인사(人事)의 성쇠(盛衰)인지라, 심은 것을 북돋고 기울어진 것을 넘
어뜨리기까지 흥(興)하고 멸(滅)함이 모두 여기에 매여 있다. 이것은
한 번은 가고 한 번은 오는 소장(消長)의 일정한 원칙이다.

형체(形體)가 없는 것은 기(氣)의 근본이요, 형체가 있는 것은 기
(氣)의 이루어진 것이다. 형체 있는 것은 때로는 생(生)하고 때로는
사(死)하지만, 형체 없는 것은 죽지 않으니, 신명(神明)의 변화가 끝
도 없고 시작도 없으며, 남기지도 않고 다하지도 않는다. 이(理) 밖에
기(氣)가 없고 기 밖에 이가 없어 이를 볼 수는 없지만 이가 드러난
것을 미루어 그 까닭을 추구하면 이를 얻을 수 있나니, 죽고 사는 것,
끝남과 시작, 흥하고 멸함, 성(盛)하고 쇠(衰)함이 원리는 한가지이다.

사람이 죽으면 기(氣)가 위쪽으로 퍼져 올라가서 밝게 드러나고,
향기가 위로 올라가 신령(神靈)의 기(氣)가 사람의 정신을 숙연케 하

며, 울금향(鬱金香)의 거창주(秬鬯酒)로 강신(降神)하며, 쑥을 서직(黍稷)에 합(合)하여 전(奠)드리며, 성사염임(腥肆焰腍)으로 귀신에게 드리니, 이 모두가 다 기(氣)가 감동하는 것인데, 그 감동하게 하는 것은 이(理)이다.

論理氣

氣出於理。理行於氣。其本無聲無臭。不息不貳。往而復來。其著者。天地之化育。四時之代序。萬物之終始。人事之盛衰。至栽培傾覆而興滅係焉。此一往一來。消長之常也。無形者。氣之本。有形者氣之成。有形者。有時而生。有時而死。無形者。不死。神明變化。無終無始。不遺不窮。理外無氣。氣外無理。理不可見。推其著者而求其故則得矣。死生終始。興滅盛衰。其故一也。

人死則其氣發揚于上。爲昭明焄蒿悽愴。鬱合鬯而灌。蕭合黍稷而奠。腥肆焰腍。以致鬼神。皆氣之感。而其相感者。理也。

희중(希仲)에게 답함

내가 노둔(魯鈍)하여 매양 고인의 문자(文字)를 읽을 때마다, 반드시 두세 번 반복하여 읽는데도 환하게 깨닫지 못하였는데, 하물며 저술한 일에 대해서는 더욱 감히 쉽게 말할 수가 없는 것이오. 보내 준 독서기(讀書記) 두어 편이 기발하여 사람을 감동시킨 점이 많으니, 우리 희중(希仲)이 아니면 어찌 이런 말을 할 수 있겠는가.

세 번이나 애송(愛誦)하니 가슴속이 상쾌하였네. 다만 흠이 있는 것이 한스러우니, 그 보는 것이 너무 높고 그 말이 너무 쉬워, 고원 상쾌함은 넘치고 겸손 절제함은 부족하며, 강용(剛勇)함이 넘치고 근후(謹厚)함은 부족한 것이라네. 희중의 고명(高明) 투철(透徹)한 식견으로 그 뒤에 반드시 새로운 견해가 있을 터인데 어째서 나에게

보여 주지 않는 것인가? 나를 계발시키려 하지 않으려는가? 바라건
대 몇 마디 말을 아끼지 말고 나의 어리석음을 깨우쳐 준다면 매우
다행이겠네. 목(穆)은 돈수(頓首)하오.

答希仲
僕魯鈍。每讀古人文字。必反覆再三。猶未通曉。況於著述之事。尤
不敢易言也。蒙示讀書記數篇。多發越動人。非吾希仲。安得有此說
話。愛誦三復。胸次爽然。恨所欠者。其見太高。其言太易。高爽有
餘。而謙約不足。剛勇有餘。而謹厚不足。以希仲高明透徹。後來必
有新見。何不來示也。無乃姑欲發余耶。願毋惜數語。以發惛憒。幸
甚穆頓首。

요전(堯典), 홍범(洪範), 《중용(中庸)》의 고정(考定)이 잘 못된 것에 답한 글

주신 편지에 요전·홍범·《중용》을 고정한 여러 글은 널리 공부
한 뜻이 매우 훌륭하며, 깊은 사고와 쌓인 생각도 일조 일석(一朝一
夕)에 얻어진 것이 아니니 부지런함 또한 지극하외다. 이 늙은이는
공부한 것이 천박하고 또 오로지 경(經)의 가르침만을 지켜 의론(議
論)하는 데에는 감히 이를 수 없으나, 편지를 읽어 보니 사람으로 하
여금 크게 놀라게 하는 바가 있습니다.

육경(六經)의 글은 성인이 하늘의 뜻을 이어받아 표준을 세우며,
개물성무(開物成務)한 글로 천지의 지극한 가르침이니, 공자(孔子)
가 《춘추(春秋)》를 지으매 자유(子游)·자하(子夏)의 무리가 한마
디도 덧붙이지 못하였던 것입니다.

또한 성인의 글은 먼 옛날부터 아는 사람이 적었습니다. 하물며 기
자(箕子)의 시대는 공자보다 5백여 년이나 위인 데다가 은인(殷人)들

은 질박(質朴)한 것을 숭상하여 그 글이 극히 예스럽고 오묘하여 알기 어려운데, 그보다 더 위 시대의 것이야 어떠하겠습니까? 선유(先儒)들은 말하기를, 이전(二典)이란 요순(堯舜)의 경륜(經綸)을 적은 것으로, 《서경(書經)》의 이전(二典)은 《주역(周易)》의 건곤(乾坤)과 같아서 쉽사리 말할 수 없는 것이라 하였습니다.

진(秦) 나라 때에 시서(詩書)를 불태워 없애고 공부하는 선비들을 구덩이에 파묻어 죽여서 천하가 크게 어지럽다가 한(漢) 나라가 일어나 학사(學士)들을 불러서 없어진 책들을 구하였으나, 열에 두서넛도 안 되었습니다.

복생(伏生)의 나이 90여 세에 입으로 경문(經文)을 전해 준 것이 겨우 20여 편이며, 순전(舜典)은 요전(堯典)에 합하여져, '제왈흠재(帝曰欽哉)'의 밑에 '신휘오전(愼徽五典)'을 두어 28자가 빠졌는데, 공씨(孔氏)의 벽경(壁經)이 나오게 되자 사람들이 비로소 순전(舜典)이 있음을 알게 되었습니다. 그러나 모두 과두체(蝌蚪體)의 고문(古文)인 데다가 또한 마멸되어 알아볼 수 없는 것이 많았습니다.

공씨에게 간직되어 있어 세상에 나타나지 않았다가 남제(南齊)의 명제(明帝) 때에 이르러 요방흥(姚方興)이 결문(缺文)을 얻은 후에야 순전이 비로소 갖추어지게 되었으니, '깊고 지혜스러우며, 빛나고 밝으시며, 온화하고 공손하며, 성실하고 독실하시다.' [濬哲文明溫恭允塞]는 말들은 위작자(僞作者)들이 말할 수 있는 바가 아닙니다.

이제 위서(僞書)라 하여 이를 거부하고, 또 고문(古文)을 개정(改定)한 것은 이미 《고문상서(古文尚書)》가 아니라고 불신(不信)하지만, 복생이 구술(口述)로 전해 준 것도 잘못되어 틀린 것이 이와 같습

니다. 그런데도 스스로 말하기를, 《서경》의 경문(經文)이 이미 바르
니 공씨 벽의 고문이 나왔건, 나오지 않았건 간에 도움될 것이 없다고
하니, 정자(程子)와 주자(朱子)가 고문 이전(古文二典)을 좇는 것을
잘못이라 여기십니까? 천하 백대(百代)의 의론(議論)에 어떠하다고
생각합니까?

순전(舜典) 이하는 본래 하서(夏書)이므로 《춘추전(春秋傳)》에서
도 흔히 하서라고 인용(引用)하였으니, 우하(虞夏)의 글을 합해서 일
전(一典)으로 보는 것은 분명히 부당합니다.

홍범구주(洪範九疇)는 우(禹)가 서술한 것이라고 하지만, 우주(禹
疇)와 기훈(箕訓)은 공자(孔子)가 책을 편찬할 때 이를 나누지 않았던
것입니다.

이같이 경문을 헐어 고친다는 것은 옛날부터 듣지 못한 것 같으니,
그것은 성인의 말은 경외(敬畏)하여야 하지 어지럽혀서는 안 되기
때문이며, 천하 사람을 속일 수는 있어도 성인의 말은 어지럽힐 수
없기 때문입니다. 이는 무성(武成)을 고정(考定)한 것과는 그 사실이
같지 않은 것이니, 이와 같이 한다면 육경(六經)에 온전한 경이 없으
며, 고문(古文)에 온전한 글이 없을 것입니다.

경문(經文)의 해(害)되는 점은 불태워 없애는 것이 그 첫째요, 헐어
고치는 것이 그 둘째이니, 어찌 크게 두려워하지 않을 수 있겠습니
까? 이 뿐만이 아닙니다. 이미 육경(六經)과 고문을 헐어 고치는 데
어렵지 않게 여긴다면, 그가 증자(曾子)와 자사(子思) 보기를 본래
천하고 적게 여기는 것이니, 절대로 이런 이치는 없습니다.

이윤(伊尹)이 태갑(太甲)을 가르칠 때, 열 가지 과실(過失)을 말하

였는데, 그중 하나가 성인의 말을 모욕하는 것입니다. 그리고 공자가 경계하는 내용에 세 가지 두려워할 바를 말했는데, 그중 하나가 성인의 말을 두려워하는 것입니다.

성인의 책을 읽고 성인의 일을 배운 사람이 있습니다. 그 스스로 경술(經術)을 널리 보았다는 것으로 자부하며 사람들도 경술을 널리 보았다는 것으로 그를 대우하는데, 그가 폄론(貶論)하는 것은 성인의 말씀이요, 그가 허물어뜨리는 것은 성인의 책이라면 모르겠습니다만, 그가 성인의 말을 모독하는 자입니까? 아니면 성인의 말을 두려워하는 자입니까? 이것이 이른바 3년을 배우고 돌아와 어머니의 이름을 부른다는 것입니다.

사람마다 스스로 성인으로 자처하는 폐단은 그 해(害)가 동주(東周) 이후 명(明) 나라 말년에까지 다 이러하였으며, 이것이 쇠란(衰亂)한 시대의 일이니, 더욱 경술을 공부하는 선비들이 마땅히 경계하여야 할 바입니다.

答堯典, 洪範, 中庸考定之失書。
辱示堯典, 洪範, 中庸考定諸書。博問之意甚善。旣深思積慮。非一朝一夕之得而已。勤亦至矣。老人學淺。又專守經訓。議論不敢到。讀之使人大驚。六經之文。聖人繼天立極。開物成務之文。爲天地之至敎。孔子作春秋。游夏之徒。不能贊一辭。又聖人之文邈古。知者亦尠矣。又況箕子之世。上孔子五百餘年。殷人尙質。其文極古奧難知。又況其上焉者乎。先儒以爲二典者。堯舜之卷舒。書之二典。如易之乾坤。尤不可易言者也。秦時。焚滅詩書。坑殺學士。天下大亂。漢興。招學士。求亡書。亦十不二三。伏生年九十餘。口授經文。才二十餘篇。舜典合於堯典。帝曰欽哉之下。有愼徽五典。缺文二十八。及孔氏壁經出。人始知有舜典。而皆科蚪古文。又磨滅不可知者亦多。藏之孔氏。不行於世。至蕭齊時。姚方興得缺文。然後舜

典始備。濬哲文明。溫恭允塞。非僞作者所能言也。今以爲僞書而去
之。又不信古文所改定。旣非古文尙書。伏生口授。又失錯謬如此。
而自以爲經文已正。孔壁古文出不出。爲無益。程，朱氏從古文二典
爲誤耶。天下百代之議。以爲何如也。自舜典以下。本夏書。故春秋
傳多引爲夏書。虞夏之書。不當合爲一典。亦審矣。洪範九疇。雖曰
禹之所敍。禹疇箕訓。孔子編書。孔子不分。毀改經文。蓋亦前古之
未聞。聖人之言。可畏不可亂也。天下可誣也。聖人之言。不可亂
也。與考定武成。其事不同。如此不已。則六經無全經。古文無全
文。經文之害。焚滅一也。毀壞二也。豈不爲大可懼也。又不獨此
也。旣以六經古文。毀改無難。則其視曾子子思。固已淺尠矣。然萬
萬無此理。伊尹訓太甲言十愆。其一侮聖人之言。孔子之戒有三畏。
其一畏聖人之言。人有讀聖人之書。學聖人之事。其自任。旣以經術
博覽。人之待之。亦以經術博覽。而其貶論則聖人之言。其毀壞則聖
人之書。竊不知此侮聖人之言者乎。抑畏聖人之言者乎。此所謂三年
學。返而名其母者也。人人自聖之弊。其害自東周以降。至明末之世
皆是。此衰亂之事也。尤爲經術士所宜戒也。

도상(圖像)

목은 화상기(牧隱畫像記)

목은(牧隱) 이 문정공(李文靖公)의 화상이 호서(湖西) 한산군(韓山郡) 문헌서원(文獻書院)에 있는데, 찬(贊)은 권양촌(權陽村: 권근(權近))이 지은 것이다. 찬 끝에 '영락(永樂) 갑오년(1414, 태종 14) 9월 하한(下澣)에 문인 권근(權近)이 짓다.'라고 쓰여 있다.

덕산현(德山縣) 이씨의 옛집에 또 문정공 영당(影堂)이 있는데, 그 영정에 씌어진 연월(年月)은 정덕(正德) 갑술년(1514, 중종 9)으로 되어 있으니, 앞서 그린 화상의 연도가 어느 해였는지는 잘 모르나, 우리 태조가 선위 받던 이듬해에 공이 죽었고, 그해는 홍무(洪武) 26년(1393, 태조 2) 계유이다. 그러니 양촌의 찬은 아마 수십 년 후였을 것이다. 영락 갑오년에서 정덕 갑술년까지는 124년이고, 홍무 계유년에서 숭정(崇禎) 후 10년이 지난 지금까지는 300년쯤 된다.

화상은 본디 두 벌로, 한 벌은 치관(多冠) 서대(犀帶)에 붉은 도포를 입었고 수염이 희끗희끗한데 지금 서원에 소장된 것이 바로 이것이며, 영당에 있는 것은 이것을 보고 그린 것이다. 또 한 벌은 전야(田野)의 옷차림이니, 슬픈 일이다. 나는 일찍이 그의 유리(流離)할 때의 감회시(感懷詩)를 외고 있었다. 고려가 멸망한 뒤에는 농부나 촌늙은

이와 다름없었으니, 그때 그린 것임을 알 수 있다. 안타깝게도 이것은 전해지지 않는다.

서원의 것은 임진왜란(壬辰倭亂) 때 잃어버렸는데, 후에 어느 사신이 일본에 갔다가 찾아왔다. 일본의 한 늙은이가 사신에게 가져다주면서 말하기를 '이것은 옛날 귀인의 화상이니 그의 자손에게 돌려주시오.' 하였다 한다. 이상도 하다. 이것은 귀신이 한 일이지 사람으로서는 기대조차 못할 일이다. 옛날 그림이 긴 세월을 두고 떠돌아서 천이 낡고 찢어져 아래 부분 절반은 없어졌다.

효종(孝宗) 5년(1654) 겨울에 후손들이 화상을 서울로 모셔다 두 벌을 모사(摸寫)하여 한 벌은 태창동(太倉洞) 이 중추(李中樞: 이현영(李顯英)) 옛집에 봉안(奉安)하고, 한 벌은 구본(舊本)과 함께 문헌사당에 도로 봉안하였다.

갑오년(1654, 효종 5) 겨울 동짓날에 외후손 양천(陽川) 허목이 삼가 기록한다.

가운데 아우 의(懿)가 중림(重林)에 찰방(察訪)으로 있을 때 모사(摸寫)한 것이다.

사예(司藝) 이전(李䅰)이 이 일을 맡아 보았다.

牧隱畫像記

牧隱李文靖公圖像。在湖西韓山郡之文獻書院。其贊。權陽村之作也。書其後曰。永樂甲午九月下澣。門人權近記。德山縣李氏舊莊。又有文靖公影堂。其影子所記年月。正德甲戌云。不知其初傳畫在某年。我太祖受禪之明年。公歿。當洪武二十六年癸酉。陽村之贊。蓋在數十餘年之後。自永樂甲午。至正德甲戌。其間一百二十四年。自洪武癸酉。至今去崇禎己十年。蓋三百年。影子初有二本。一本多冠犀帶緋袍。鬚髮斑白。今書院所藏本是也。影堂本。從此本傳之也。

一本田野之服。悲夫。嘗誦流離感懷詩。亡國之後。自同田父野老。
見當時之畫可知。恨此本不傳。書院本。當萬曆兵亂失之。後有奉使
者得於日本。其國之父老持贈曰。此古貴人圖畫。還寄其子孫云。異
哉。此鬼神爲之。非人事之所期者也。古畫淪落歲久。綃剝裂。亡其
下一半矣。五年冬。子姓諸族。奉圖像入京。摸寫二本。一本。奉安
於太倉洞李中樞舊第。一本。幷舊本。還奉文獻祠堂。甲午冬日至。
外裔子孫陽川許穆。謹識。
仲弟懿重林時所摸畫。
李司藝檀幹此事。

화상 자찬(寫影自贊) (1)

貌有形神無形(유홍신무형)
其有形者可模無形者不可模(기유형자가모무형자부가모)
有形者定無形者完(유형자정무형자완)
有形者衰無形者謝(유형자쇠무형자사)
有形者盡無形者去(유형자진무형자거)

형체는 유형이나 정신은 무형
유형은 그려도 무형은 못 그려
형체가 잡혀야 정신이 온전해져
유형한 것 쇠하면 무형한 것도 물러가니
형체가 다하면 정신도 떠나리.

내가 23세 때, 가운데 아우가 17세였는데, 묘한 재주가 있어서 제 형의 화상
을 그렸다. 이제 내가 70세 늙은이로 화상을 대하니 딴사람 같으므로 탄식하
며 이 글을 쓴다.

갑진년(1664, 현종 5) 가을 내가 공암(孔巖)에 있을 때, 책을 뒤지다 이 그림을 찾았는데, 지금은 벌써 이 그림을 그린 지 50년이 되었다. 모습만 시들어 달라졌을 뿐만 아니라 사람의 일도 변천하여 옛일이 되었으니, 슬픈 노릇이다.

寫影自贊

貌有形。神無形。其有形者可模。其無形者不可模。有形者定。無形者完。有形者衰。無形者謝。有形者盡。無形者去。
老人二十三時。有仲弟十七有妙藝。畫其兄惟肖。今老人七十。老敗對影。如別人。嘆息書之。
甲辰秋。老人在巖居。閱書籍。得此畫。今已五十年後。不但形貌衰改。人事變易。已成古事。可爲悵然。

화상 자찬(寫影自贊) 〖또 자찬하다〗 (2)

수십 년 전에 휘(徽)가 또 나의 화상을 그렸는데, 비로소 수염이 희어졌으므로 자찬을 쓴다.

臞而頎(구이기)
凹頂而鬚眉(요정이수미)
握文履井(악문이정)
恬而熙(념이희)

　　청수한 모습에 훤칠한 몸매
　　우묵한 이마에 긴 눈썹
　　손에 문 자를 쥐고 발로 정 자를 밟고
　　염담하면서도 광대하다.

　　손바닥에 문(文) 자가 있고 발바닥에 정(井) 자가 있으므로 이렇게 쓴 것이다.

又自贊

數十年前。徽又爲我寫影。鬚髮始白。書之曰。

朧而頎。凹頂而顰眉。握文履片。恬而熙。

手有文。足有井。故云。

예(禮)

당형(堂兄) 설옹(雪翁)에게 답함

이제 희중(希仲: 백호(白湖) 윤휴(尹鑴))이 와서 하는 말을 들으니, 사성(思誠: 탄옹(炭翁) 권시(權諰))이 영보(英甫: 우암(尤菴) 송시열(宋時烈))를 보고 삼년상의 제도를 말하니까 영보가 진심으로 깨달아 후회하는 빛이 있더라고 합니다. 매우 장한 일입니다.

희중은 대통(大統)을 중히 여기기 때문에 사성이 희중을 시켜 책을 쓰게 하여 그 의론(議論)을 통하게 하였으니, 조만간 그에 대한 글이 있을 것임을 알겠습니다. 생각해 보건대, 이 일은 아주 엄하며 두려워할 만한 일입니다.

《의례(儀禮)》의 상복(喪服) 참최장(斬衰章)에 '아버지는 장자(長子)를 위하여 참최복을 입는다.'고 하였고, 소(疏)에는 '제일자(第一子)가 죽으면 적처(嫡妻)에서 난 제이장자(第二長子)를 취하여 세우고 그를 장자라 한다.'고 하였으니, 아버지가 장자를 위하여 참최복을 입는다는 것은 제일자를 위한 것이 아니요, 전중(傳重: 종통의 중한 것을 전한다는 뜻)하기 때문입니다. 제이장자가 이미 세워져서 후사(後嗣)를 이으면, 조상과 종묘를 받들게 되니, 그에 대한 예(禮)도 따라서 중(重)하게 되는 것입니다. 제일자가 중(重)을 받지 않으면, 삼년상(三年喪)을 하지 않는 것이요, 제이자라도 중을 받으면 삼년상을 하니, 이는 사람이 예에 매여 있어, 중한 바가 예에 있는 것입니다.

이제 이미 제일자를 위하여 참최하고 제이자로서 중을 받은 자를 위해서는 참최하지 않는다면, 이는 예가 사람에게 매여 있어, 전중하는 것이 도리어 가볍게 되니, 경전(經傳)의 뜻은 그렇지 않은 것입니다.

사람의 도(道)는 종통(宗統)보다 중한 것이 없으며, 중하게 여기는 것은 전중(傳重)에 있으니, 전중자를 위하여 삼년상을 하는 것이지, 제일자에 매여 있는 것은 아닙니다. 적처 소생의 제이장자로 중을 받은 자에 대하여 삼년상을 하지 않는다면, 상복(喪服)은 어느 복(服)을 입어야 하겠습니까. 정체(正體)로서 중을 전수(傳受)하였는데, 체(體)이면서 정(正)이 아닌 경우의 기년복(期年服)을 입는 것은 이치에 맞지 않습니다.

예서(禮書)를 상고해 보니, 《의례》의 상복 참최장에 '아버지는 장자를 위하여 참최복을 입는다.'의 주(註)에 말하기를, '적자(嫡子)를 말하지 않은 것은 상하(上下)에 통하는 것이요, 또 적(嫡)을 세우는 것은 장자로 하는 것을 말한다.' 하였고, 소(疏)에 말하기를, '적처 소생은 모두 적자라 이름하니, 제일자가 죽으면 적처 소생의 제이장자를 취하여 세우고 또한 장자라 이름한다.' 하였습니다.

전(傳)에 이르기를 '어찌하여 삼년상을 하는가? 그것은 위(부조(父祖)를 말함)에서 정체(正體)를 하였고, 또 전중을 하려는 것이기 때문이니, 서자(庶子)의 경우「장자(長子)를 위해서 삼년상 지내는 법」을 얻지 못함은 조상(祖上)을 계승하지 못하기 때문이다.'라 하고, 주

(註)에 말하기를 '서자란 아버지를 뒤잇는 적자(嫡子)의 동생이니 서(庶)라 말한 것은 아주 구별하기 위한 것이다.' 하였으며, 소(疏)에서는 '서자는 첩(妾)의 아들을 호칭하는 것이요, 적처 소생의 제이장자는 중자(衆子)인데, 지금 두 경우를 다 같이 서자라 이름 붙인 것은 장자와 아주 구별하기 위해서 첩의 자식과 같이 호칭한 것이다.

비록 중은 계승했지만 삼년상이 안 되는 것에 4종류가 있다. 첫째는 정체(正體)이면서 전중을 하지 못한 것이니, 적자로서 폐질(廢疾)이 있어 종묘(宗廟)를 감당하여 맡지 못하는 경우요, 둘째는 전중은 하였으나 정체가 아닌 것이니, 서손(庶孫)을 세워서 후사를 삼은 것이 이 경우요, 셋째는 체(體)이면서 정(正)이 아닌 것이니, 서자(庶子)를 세워 후사를 삼은 것이 이 경우요, 넷째는 정이면서 체가 아닌 것이니, 적손(嫡孫)을 세워서 후사를 삼은 것이 이것이다.'라고 하였습니다.

부자(父子)는 체이며 적통(嫡統)은 정(正)이니, '전중(傳重)은 하였으나 정체가 아닌 것'과 '정이면서 체가 아닌 것'은 적손과 서손을 나누어 말한 것이요, '정체이면서 전중하지 못한 것'과 '체이면서 정이 아닌 것'은 적자와 서자를 나누어 말한 것입니다. 이 4종류에 있어서 적서(嫡庶)를 나눈 것이 매우 분명합니다. 다만 서자란 '장자를 위해서 삼년상 지내'는 경우가 안 되는 서자라는 뜻으로 장자와 아주 구별하기 위해서 첩의 자식과 같이 호칭한 것입니다. 이미 서자는 첩자(妾子)의 호칭이라 해 놓고, 오복도(五服圖)에서 서자복도(庶子服圖)를 분별한 것이 모두 17조(條)이니, 어지럽힐 수 없는 것이 이와 같습니다.

당시의 예를 논하는 자들이 말하기를 '제일자가 어린 나이로 일찍 죽으면, 상(殤)에는 무복(無服)이라, 그 예에 반함(飯含)도 하지 않고, 제물(祭物)도 주지 않으며, 신주(神主)를 세우지도 않고, 그를 위해서 복(服)을 입지도 않는 것이니, 반드시 이렇게 된 연후에야 차적(次嫡)의 전중자(傳重者)를 위하여 참최를 하는 것이다. 이미 장자를 위하여 참최하고, 또 차장(次長)인 전중자를 위하여 참최한다면 이는 두 번 참최를 하는 것이다.'라고 하면서 기년(期年)의 복제(服制)를 단행하였던 것입니다.

《예기(禮記)》 상복소기(喪服小記)에 '적부(嫡婦)라도 구후(舅後)가 되지 못하는 사람은, 시어머니는 그를 위해서 소공복(小功服)을 입는다.' 하였고, 주(註)에서 '남편이 폐질이 있거나 다른 사유로 죽었는데, 자식이 없어서 중(重)을 전수받지 못한 경우'라 하여 이미 그 며느리에게는 소공복을 입어 주고 대공복을 입어 주지 않았으니, 그 남편이 죽은 경우에 삼년상을 하지 않고, 기년상(期年喪)을 지내는 것은 충분히 알 수 있습니다. 이것이 본래 정체(正體)이면서 전중하지 못한 자의 기년제인 것입니다. 이미 장자를 위하여 참최복을 입었는데, 차장자(次長子)로서 전중한 자를 위하여 참최복을 입지 않는다면, 그 복(服)은 어느 복을 입어야 하겠습니까? 적(嫡)을 세워 장자로 해 놓고서, 첩(妾)의 아들로서 전중한 자를 위해서도 기년(期年)인데, 또한 폐적자(廢嫡子)와 같은 복을 입는 것은 매우 의의가 없는 일입니다.

적처 소생 제이장자를 세우면 또한 장자라고 이름하지 않는지요? 장자를 위해서 입는 상복이 참최조(斬衰條)에 있지 않습니까?

예에 제일자를 위하여 참최를 입든가 입지 않든가를 물론하고, 그 참최를 입는 것은, 장자의 경우 참최를 입되 이것이 상하(上下)에 통하는 경우와 같은 것이며, 이른바 두 번 참최하는 것이라 함은, 이것을 두고 말하는 것은 아닙니다.

시집간 딸이 시아버지를 위하여는 참최를 입지만 친정아버지를 위하여는 참최를 입지 않으며, 다른 사람의 후사를 잇는 아들이 된 사람은 후사를 잇게 된 아버지를 위하여는 참최를 입되 생가(生家) 아버지를 위하여는 참최를 입지 않으나, 지금 여기서는 그 뜻이 이와 같지 않습니다.

제일자가 죽고 차장(次長)으로 전중한 자를 위하여 참최를 하는 것은, 그 중히 여기는 것이 적자에서 적자에게로 승계해 나아감에 있어서 조네(祖禰: 조상과 아버지를 모신 사당)의 정체(正體)를 높이는 것이니, 이를 미루어 나간다면 근본이 하나인지라, 실로 두 번 참최한다는 의심은 있을 수 없습니다. 지금 단궁(檀弓)의 문(免)과 자유(子游)의 최(衰)로 비유하고 있으니, 이는 더욱 내가 감히 알 수 없는 바입니다.

《예기》에서 공의중자(公儀仲子)의 상(喪)에 중자가 그의 적손(嫡孫)을 버리고 서자(庶子)를 세우니 단궁이 문(免)을 하여 기롱하였고, 사구(司寇)인 혜자(惠子)의 상(喪)에 혜자가 적자를 두고 서자를 세우니, 자유(子游)가 그를 위하여 최마(衰麻)의 상복으로 기롱하였습니다.

소현(昭顯)은 비록 자식이 있었으나, 선왕(先王)께서 폐하였고, 효종(孝宗)은 실로 인조(仁祖)의 차적(次嫡)이며, 이미 책립(冊立)하여 세자(世子)가 되어서 종통(宗統)을 계승하고 중을 전수받았으니, 예(禮)의 이른바 정체전중자(正體傳重者)인 것입니다. 지금 효종은 인조의 서자라고 하여도 안 될 것이 없다고 말함은, 비유하지 못할 비유로 비유한 것이 이보다 더 심할 수가 없는 것입니다.

사람들이 오류를 고집하면서 후회할 줄 모르고, 감히 큰소리를 하여 일세(一世)를 몰아 스스로 이기려 하는 것이 이와 같습니다.

진(晉) 나라의 민회태자(愍懷太子)는 서자로서 태자가 된 자인데, 훙하자 사예종사(司隷從事) 왕접(王接)이 의논하기를 '민회태자가 비록 태자가 되었으나, 이른바 전중(傳重)이면서 정체(正體)는 아닌 경우이니, 상복(喪服)의 전(傳)과 정현(鄭玄)의 해설에 의하여 복제 마련하는 것이 적자(嫡子)와 같이 할 수 없고 마땅히 서자의 예(例)에 따라야 합니다.'라고 하였습니다. 그러자 이를 힐난하는 자들이 '임금이 세운 것은 왕후(王后)의 소생과 같습니다. 이미 태자가 되었으면서 다시 적자가 아닐 수도 있는 것입니까?'라고 하였습니다. 이에 접이 말하기를 '적서는 정하여진 이름이니, 태자로 건립했다 해서 바꿀 수 있는 것은 아닙니다.'라고 하였습니다.

이제 첩의 자식이라는 호칭으로 감히 더 부를 수 없는 자리(왕의 자리)에다가 감히 덧붙였으니, 이 또한 생각해 보지 않음이 심합니다. 삼년의 제도는 본조(本朝)에 고사(古事)가 있습니다.

명종(明宗)의 상(喪)에 공의전(恭懿殿: 인종(仁宗) 비인 인성왕후(仁聖王后: 박씨)께서 명종과 수숙(嫂叔) 간이 되므로 수숙 간에는 복(服)이 없는 것인데, 기고봉(奇高峯)이 말하기를,

"형제(兄弟)가 서로 이어도 계체(繼體)의 중함이 있으므로 부자간

의 복을 갖게 되나니, 형후(兄后)가 이에 대해서 복 입는 것이 마치 어머니가 자식 복을 입는 것과 같은 것이다."

라고 하였고, 옥당(玉堂)에서도 이 예를 논하여 이에 예조에서 3년의 복제를 행하기로 결정하였던 것입니다. 수숙 간에도 이러하였거늘, 하물며 대왕대비(大王大妃)는 효종에게 친모 친자(親母親子)가 되는 경우이겠습니까? 이 일은 퇴계(退溪)와 고봉(高峯) 두 현인들의 유서(遺書)에도 모두 실려 있으며, 《명종실록(明宗實錄)》에서도 참고하고 의거한 곳이 있으니, 의심할 여지가 없는 것입니다.

사관(史官)으로서 《실록》을 참고하는 자들이 덮어 버리고 임금께 아뢰지 않아서 나라의 큰 예(禮)가 어지러우며, 세도(世道)는 땅에 떨어져 식자(識者)들이 두려워합니다. 옛날 군자들은 임금 섬기는 데 예를 다하였으나, 지금 군자들은 예를 버리고도 잘못된 것을 꾸며 대고 있으니 탄식한들 무엇하겠습니까?

하중원(河重遠: 이름은 홍도(弘度)로 예론학자임)이 말하기를,

"장문중(臧文仲)이 역사(逆祀)를 그대로 두니 공자가 말하기를, '형제가 군신(君臣)보다 앞서지 못하는 것이 예인 줄을 모르는 것이다.'라고 하였다."

하였습니다. 지금 다투는 바는 중히 여길 바가 나라의 대통(大統)에 있다는 것이요, 적서(嫡庶)와 장소(長少)는 논할 바가 아닙니다.

答堂兄雪翁

今見希仲來言。思誠見英甫。言三年之制。英甫意悟有悔色云。甚善甚善。希仲。以大統爲重。思誠令作書。通其議見。遲速當有一書。顧此事。截嚴可怕。

喪服斬衰章經曰。父斉-D001長子。疏曰。第一子死。則取嫡妻所生第二長者立之。亦名長子。父爲長子斬。非爲第一子也。爲傳重故也。第二長者旣立爲後。則尊祖敬宗。禮從而重。第一子不受重。則不三年。第二子受重。則三年。此人係於禮。所重在禮。今以爲旣爲第一子斬。爲第二子受重者不斬。則此禮係於人。傳重反輕。經傳之義不然。人之道莫重於宗統。所重在傳重。爲傳重者三年。不係第一子也。嫡妻所生第二長者受重者不三年。則其服當服何服。以正體傳重。服體而不正之期。無此理。

稽之禮典。儀禮喪服斬衰章父爲長子。註曰。不言嫡子。通上下也。亦言立嫡以長疏曰。嫡妻所生。皆名嫡子。第一子死。則取適妻所生第二長者立之。亦名長子。傳曰。何以三年也。正體於上。又乃將所傳重也。庶子不得爲長子三年。不繼祖也。註曰。庶子者。爲父後者之弟也。言庶者。遠別之也。疏曰。庶子。妾子之號。適妻所生第二長者。是衆子。今同名庶子。遠別於長子。故與妾子同號也。雖承重。不得三年有四種。一則正體不得傳重。謂嫡子有廢疾。不堪主宗廟。二則傳重非正體。立庶孫爲後是也。三則體而不正。立庶子爲後是也。四則正而不體。立嫡孫爲後是也。父子爲體。嫡統爲正。傳重非正體。正而不體。分言嫡孫，庶孫。正體不得傳重。體而不正。分言嫡子，庶子。於此四種。分嫡庶甚明。惟庶子不得爲長子三年之庶子。以遠別於長子。故與妾子同號也。旣曰庶子妾子之號。而五服圖分別庶子服圖凡十七條。不可亂如此。當時議禮者以爲第一子殤而死。則殤無服。其禮不舍不贈。不立主。不爲之服。必如此然後乃爲次嫡傳重者斬。旣爲長子斬。又爲次長傳重者斬。是貳斬。斷行期年之制。喪服小記曰。嫡婦不爲舅後者。姑爲之小功註曰。夫有廢疾他故。若死而無子。不受重者。婦旣小功。不大功。則夫死。不三年期可知。此固正體不得傳重者之期年是也。旣爲長子斬。爲次長傳重者

不斬。則其服當服何服也。立嫡以長。而爲妾子傳重者之期年。而又
與廢嫡同服。甚無義。嫡妻所生第二長者立之。不曰亦名長子乎。長
子之服喪服。不在斬衰乎。禮毋論爲第一子服斬不斬。而其服斬衰。
如長子之通上下也。所謂貳斬。又非此之謂也。適人之女。爲舅斬。
不爲父斬。爲人後之子爲所後父斬。不爲本生父斬。此則其義不同。
第一子死。爲次長傳重者斬。所重在適適相承。尊祖禰之正體。推之
一本。實無貳斬之疑也。今以檀弓之免子游之衰喩之。此尤非所敢知
者也。禮記公儀仲子之喪。舍其孫而立庶子。檀弓免而譏之。司寇惠
子之喪。廢嫡子而立庶子。子游爲之麻衰而譏之。昭顯雖有子。先王
之所廢。而孝廟實仁廟次嫡。旣冊立爲世子。承統受重。禮所謂正體
傳重者也。今以爲孝宗不害爲仁祖之庶子。喩以不當喩之喩。甚矣。
人之執謬不悔。敢爲大言。欲驅一世而自勝有如是也。晉愍懷太子。
以庶子爲太子者也。及薨。司隸從事王接議曰。愍懷太子。雖已建
立。所謂傳重。非正體者也。依喪服及鄭玄說制服。不得與嫡同。當
從庶例。難之者以爲君父立之。與后所生同。焉有旣爲太子而復非嫡
者乎。接曰。嫡庶定名。非建立所易。今以妾子之號。敢加於不敢加
之地。其亦不思甚矣。三年之制。又有本朝古事。明宗之喪。恭懿殿
於明宗爲嫂叔。嫂叔無服。奇高峯曰。兄弟相繼。有繼體之重。持父
子之服。兄后之爲之也。亦如母之視子。玉堂亦論此禮。於是禮曹定
行三年之制。嫂叔且然。況大王大妃於孝廟。爲親母親子者乎。此事
具在退溪高峯二賢遺書。明廟實錄。亦嘗有考據者無疑也。史官考實
錄者。掩不以聞。國之大禮亂矣。世道陷溺。識者懼焉。古之君子。
事君盡禮。今之君子。去禮而澤非。歎息奈何。

河重遠曰。臧文仲縱逆祀。孔子曰不知。兄弟之不先於君臣。非禮
也。今之所爭。所重在國之大統。嫡庶長少。非所論也。

한유(漢儒)들을 태학(太學)에서 제사 지냄

주(周) 나라의 도(道)가 쇠하고 공자가 몰(沒)하니, 이에 이단(異端)이 아울러 일어나고 또한 형명(刑名)·술수(術數)의 학(學)이 일어나 성인(聖人)의 가르침이 크게 무너졌다. 진(秦) 나라 사람들이 무도(無道)로써 천하를 어거하고는 비법(非法)이라고 진 나라를 비난함을 싫어하여 시서(詩書)를 불태우고 문학하는 선비들을 묻어 죽여 끝내 천하를 잃어버렸다.

한(漢) 나라가 일어나 진 나라 법을 없애고 학사(學士)를 불러 없어진 책을 구하였는데, 열에 두셋도 안 되었으며, 복생(伏生)이 나이 90여 세에 입으로 경문(經文)을 전수한 것이 겨우 20여 편이었다. 효경제(孝景帝) 때에 이르러서는 공씨 벽경(孔氏壁經)의 고문(古文)이 나왔으나, 훼손되고 마멸되어 알아볼 수 없는 것이 많았다.

한유(漢儒)들은 옛날과 머지않아 전인(前人)들에게서 예전부터 전해 내려오는 얘기를 들은 바가 있어, 여러 경(經)의 주소(註疏)가 일어나 경의 뜻이 비로소 드러나게 되고, 정주씨(程朱氏)에 이르러서는 그에 따라서 경의 뜻을 밝혔으니, 삼대의 예가 후세에도 없어지지 않게 된 것은 실로 한 나라 유학자들의 덕택이다. 한 나라의 고당생(高堂生)이 《사례(士禮)》를 전(傳)하였고, 후창(后蒼)·대덕(戴德)·대성(戴聖)이 모두 그 제자로서 후창은 곡대(曲臺)·명당음양(明堂陰陽)을 기록하였고, 대덕과 유향(劉向)은 예(禮)를 기술했으며, 가의(賈誼)는 《보부전(保傅傳)》을 지었고, 왕망(王莽) 시대에는 유흠(劉歆)이 《주관경(周官經:《주례(周禮)》를 말함)》을 건립하였다. 두자춘(杜子春)은 유흠에게서 배워 유흠의 무리 정흥(鄭興)·정중(鄭衆)

과 함께 《주관해고(周官解詁)》를 지었다.

마융(馬融)은 육관(六官)을 지어 전수하였는데, 마씨의 제자 정현(鄭玄)·왕숙(王肅)·간보(干寶) 모두 육관에 대하여 주석하였다. 유흠과 마융에 대하여는 후인(後人)들이 흠을 지적하였는데, 흠이 있다고 해서 그 공(功)을 덮을 수는 없는 것이니, 그들이 교화에 공이 있어 사족(祀族)에 끼어 태학(太學)에서 제사를 받았으며, 대대로 따라 하고 있다.

옛날 순(舜)이 사흉(四凶)을 벌하면서, 곤(鯀)을 우산(羽山)에 귀양보냈는데, 우산 사람들이 곤을 제사 지냈다.

이에 대하여 사전(祀典)에서 말하기를,

"곤이 홍수(洪水)를 막다가 귀양 가서 죽었는데, 우(禹)가 곤의 공(功)을 닦았으니, 그 공에 보답하는 예(禮)로 그러한 것이다."

라고 하였다.

예에, 학교 세울 것을 명(命)하고 제사(祭祀)를 제정함은 천자(天子)에게서 나온다 하였다. '왕제(王制)'에는 천자가 제후(諸侯)를 순수(巡守)할 때에 전례(典禮)에서 상고하여 벌주는 것 4가지 중에 하나가 좋지 않는 것[不從]인데, 이는 예를 변화시키고 음악을 바꾸는 것이라 하였다.

계씨(季氏)가 태산(泰山)에 여제(旅祭)를 지내니, 이는 제사 지내지 않아야 하는데 지낸 것이다.

공자가 이에 대하여 말하기를,

"그 해당되는 귀신이 아닌데도 제사 지내는 것은 아첨하는 것이다."

하였다. 아첨하면 사사로운 것이 되고 사사로우면 성실치 못하니, 오직 지성(至誠)이라야 신을 감동시킬 수 있는 것이요, 성실치 못하면 신을 감동시킬 수 없는 것이다.

옛사람들이 말하기를 '귀신은 총명 정직하여 한결같다.'고 하였으니, 귀신은 속일 수 없는 것이다. 음사(淫祀)에는 복(福)을 주는 것이 없다. 음사는 신을 모독하는 것이니, 신을 모독하면 도리어 재앙을 받는다.

漢儒祀於學

周道衰。孔子沒。於是異端竝起。又有刑名術數之學作。而聖人之教大壞。秦人以無道禦天下。惡以非法詆秦。燒詩書坑殺文學。卒以亡天下。漢興。除秦法。招學士。求亡書。亦十不二三。伏生年九十餘。口授經文。才二十餘篇。至孝景時。孔氏壁經古文出。而殘缺磨滅。不可知者亦多。漢儒去古未遠。猶有舊聞於前人者。諸經註疏作。而經義始著。至程朱氏。因以明之。三代之禮得不沒於後世者。實漢儒有力焉。漢高堂生傳士禮。后倉，戴德，戴聖皆弟子。后倉記曲臺明堂陰陽。戴德，劉向記禮。賈誼作保傳傳。莽時。劉歆建周官經。杜子春學於劉歆。與其徒鄭興，鄭衆。作周官解詁。馬融作六宮傳。授馬氏弟子鄭玄，王肅，于寶。皆有註。劉歆，馬融。後人指摘疵累。然疵累不可以掩其功。其有功於教。而列於祀族。享之於學。歷代因之。昔舜罪四凶。殛鯀于羽山。羽山祀鯀。祀典曰。鯀障洪水而殛死。禹修鯀之功。報功之禮然也。

禮。命學制祭。出於天子。王制。天子巡守諸侯。考之典禮。其罰有四。其一不從。曰變禮，易樂。

季氏旅於泰山。此不當祭而祭者也。孔子曰。非其鬼而祭之。諂也。諂則私。私則不誠。惟至誠能感神。不誠。不成感。古人曰。鬼神聰明正直而一者也。鬼神不可誣也。淫祀無福。淫祀瀆神。瀆神者。反受其災。

청사열전(淸士列傳)

서(序)

세변(世變)을 당했을 때 세상을 피하여 속세와 발을 끊으려 하는데, 더러는 행적을 더럽히고 행동만 조촐히 한 자가 있다. 몸가짐을 조촐히 하는 것과 방종함이 권도에 맞을 때 이는 성인도 허여한다. 그래서 《청사열전》을 짓는다.

> 自敍
> 當世變。逃世絶俗。或有穢其跡而潔其行者。身中淸。廢中權。聖人許之。作淸士列傳。

김시습(金時習)

김시습은 본디 창해(滄海: 강릉) 사람이다. 태어난 지 8개월에 글을 읽을 줄 알았으며, 5세에 《대학(大學)》·《중용(中庸)》을 환히 읽어 어른도 그를 스승으로 삼았다. 집현전(集賢殿) 학사 최치운(崔致雲)이 그를 보고 '뛰어난 인재이다.' 하면서 이름을 시습, 자를 열경(悅卿)이라고 지어 주었다.

세종이 이 소문을 듣고 불러 보고자 하였으나 임금의 신분상 그럴 수 없어서 승정원을 시켜 불러다 보고 그의 집에 많은 하사품을 내리

면서,

"잘 키워라. 크게 쓰일 것이다."

하였다. 이리하여 사방에서는 그를 '오세동자(五歲童子)'라 부르고 이름을 부르지 않았다.

문종 때에 와서는 시습이 점차 장성하여 벌써 널리 통달하고 남달리 유능하여 명예가 더욱 높았다. 노릉(魯陵: 단종(端宗))이 손위(遜位)하자, 시습은 책을 다 불사르고 집을 떠나 절로 도피하여 속세에 발길을 끊었다. 양주(楊州)의 수락산(水落山), 수춘(壽春: 춘천)의 사탄향(史呑鄕), 동해가의 설악산(雪嶽山)·한계산(寒溪山), 월성(月城)의 금오산(金鰲山)이 모두 시습이 머물던 곳이다. 스스로 호를 췌세옹(贅世翁)이라 하였는데, 혹은 청한자(淸寒子)·동봉(東峯)이라고도 불렀다.

시습은 일찍이 높은 명예를 얻었다. 그런데 세상의 변고[世故: 세조의 찬탈을 말함]를 만나 하루아침에 세상을 피해 속세에 발길을 끊고는 거짓으로 미친 척하며, 숨어 살았고 이상하고 기괴한 짓을 하면서도 후회하지 않았으니, 이것은 치세(治世)에 살면서 몸만 조촐히 하며, 인륜을 어지럽힘은 수치스러운 행위이고, 난세(亂世)를 만나서 대중을 떠나 멀리 나섬은 훌륭한 일이라고 여겨서였던 것이다.

개연히 미련 없이 떠나 이름난 산택(山澤)을 찾아다녔으니, 마아갑(摩阿岬)을 유람하였고, 개성에 가서 국학(國學)을 관람하였고, 살수(薩水)에 가서는 칠옹중(七翁仲) 시를 읊었다. 평양에서 정전(井田)을 관람하고 보현봉(普賢峰)에 오르니 신기한 멧부리[神岳]가 8만 4천이고, 그 밖의 아득한 북녘 땅에는 이상한 풀도 많고 괴이한 짐승도 많았다. 강남(江南)·해양(海陽)에 이르러서 값지고 이상한 물산(物産)의 풍요함을 보고 '백제는 이 때문에 강성했었고 이 때문에 망했구나.'라고 말하였다.

지(志)에,

"이곳 풍속이 강하고 사나우면서 원수 갚기를 좋아하는데, 이는 백제의 남은 기풍이 있어서이다."

라고 하였다. 다시 동으로 발길을 돌려 풍악산(楓嶽山)·오대산(五臺山)에 올라 동해 끝까지 다 구경한 다음 월송정(越松亭)에 노닐며, 울릉(鬱陵) 우산도(于山島)를 바라보았다.

성종(成宗) 때에 이르러서 속세로 돌아왔는데, 어떤 이가 벼슬을 하라고 권유하였으나 듣지 않고 발길 내키는 대로 떠돌면서 세상을 희평하며 유유자적하였다.

그의 편지에 보면,

"13세에 경사(經史)와 백가(百家)를 환히 통하였고, 활달한 기상에 비분강개한 큰 절개가 있었다. 19세에 손자(孫子)와 오자(吳子)의 병법을 배웠는데, 지금은 잊어버렸다."

하였다. 이어서 천지 만물의 조화를 서술하여 스스로의 울적한 회포를 풀었다.

또 어떤 이는,

"그는 욕심 없이 속세 밖을 노닐었고, 운명의 변화를 조정하는 술법에 능통하였다."

한다. 자화상이 있는데, 그 찬에,

"네 모습 지극히 보잘 것 없고, 네 마음 너무나도 미련하니, 마땅히 너를 구렁텅이 속에 두련다."

라고 하였다. 아내가 죽자, 다시 장가들지 않고 중의 차림으로 동해를 비롯 사방을 다니며 노닐었다. 홍산(鴻山) 무량사(無量寺)에서 세상을 마치니 59세였다. 주검을 불사르지 말라는 유언이 있어서 절 근처에 초빈하였다가 3년 후에 장사 지내려고 파 보았는데, 얼굴이 산 사람 같아 중들이 부처라 하였다. 화장을 한 다음 그곳에 부도(浮圖)를 세웠다.

저서(著書)로《사방지(四方志)》1천 6백 편과 산천 지리를 배경으로 쓴 작품 2백 편이 남아 있고, 이 밖에도 많은 시가 세상에 전해진다.

음애공(陰崖公: 이자(李耔))이 그 글을 읽어 보고,

"불가에 몸을 담고 유교를 행한 이다."

라고 평하였다.

金時習

金時習者。本滄海人。生八月。能知書。五歲。通大學,中庸。長者師之。集賢學士崔致雲見之曰。奇才。乃命名時習。字悅卿。世宗聞之。欲召見之不可。令承政院召見之。厚賜其家曰。善養之。當大用也。於是四方號之曰。五歲童子。而不名也。至文宗時。時習稍長成。旣博達異能。名譽益多。及魯陵遜位。時習悉燒其書。因亡去。逃於浮屠。以絶跡於世也。楊州水落,壽春史吞,海上雪岳,寒溪,月城金鰲。皆時習樂居其間者也。自號贅世翁。或曰淸寒子。或曰東峯。時習早得大名。逢世故。一朝逃世絶俗。佯狂自隱。乖詭譎奇。以取怪而不悔也。以爲居治世。潔身亂倫。恥也。遇亂世。離群遠引。善也。慨然長往。行名山澤。遊摩阿岬。開京觀古國學。薩水問七翁仲。平壤觀井田畎。遂登普賢神岳八萬四千。其外漠北之墟多異草木怪獸奇禽。至江南海陽。見珍異物産之饒曰。百濟以此强。亦以此亡。其志曰。其俗尚强悍報仇。有百濟遺風。出東晲。登臨楓嶽,五臺。窮海埦。遊越松。望鬱陵，于山。至成宗時歸俗。客勸之仕。
則不應放跡。玩戲自恣。以適意也。其書曰。十三。通經史百家。磊
落慷慨。十九。學孫吳兵法。今已消亡矣。仍言天地萬物之化以自
廣。或云無欲而遊方之外。能通氣機運化之法術。有自畫惟肖。其讚
曰。爾形至藐。爾心大侗。宜爾置之溝壑之中。妻死不更娶。作頭陀
形。東遊海上。適四方。終於鴻山無量寺。年五十九。遺命無燒。殯
於寺傍。三年將葬。發其殯。面如生。浮屠人以爲佛也。旣茶毗。爲
之立浮圖。有四方志一千六百。紀山紀地二百。又有詩卷。傳於世。
陰崖公讀其文曰。跡佛而儒行者也。

정북창(鄭北窓)

세상에서 나를 알아주는 자가 없다고 하여 숨어 살며, 이름을 감추
고 구차스럽게 살아가는 것을 수치로 여긴다면, 어찌 행실을 가다듬
어 이름을 세우는 선비와 비교가 되겠는가. 북창 선생의 열전을 짓는
다.

북창 선생은 성은 정(鄭)씨, 이름은 렴(磏), 자는 사결(士潔)이며,
북창(北窓)은 별호이다. 그의 선조는 백제 탕정현(湯井縣) 사람인데,
전대(前代)에 드러난 사람이 많았다. 우리 예종(睿宗)·성종(成宗)
연간에 걸쳐 교리 충기(忠基)와 헌납 탁(鐸)이 2대를 이어 높은 벼슬
을 하였다. 탁이 순붕(順朋)을 낳았는데, 순붕은 중종(中宗)·인종(仁
宗)·명종(明宗) 세 임금을 섬겼으니 가장 귀히 등용된 분이다. 그가
선생을 낳았다. 어머니는 태종의 장왕자(長王子) 양녕대군(讓寧大君)
이제(李禔)의 증손녀이다.

중종 원년(1506) 3월 갑신에 선생이 태어났다. 선생은 어릴 적부터
마음을 가다듬어 신(神)과 통할 줄 알았고, 가까이는 동리 집안의 사

소한 일에서 멀리는 사이 팔만(四夷八蠻) 밖 풍기(風氣)의 다른 점과 개소리·새소리 같은 오랑캐의 말까지도 마치 귀신처럼 잘 알아 맞추었으며, 방기(方技)의 온갖 술법도 모두 말은 하지 않아도 다 알았다.

14세에 중국을 관광하였는데, 이상한 기운을 바라보고 중국에 왔다는 유구(琉球) 사람이 선생을 보고 두 번 절하며 말하기를,

"내가 일찍이 운명을 점쳤더니 '아무 해 아무 달 아무 날에 중국에 들어가면 어떤 진인(眞人)을 만나게 될 것이다.' 하더니 당신이 참으로 그 사람이신가 봅니다."

하고, 그 자리에서 배우기를 청하였다. 이리하여 외국에서 온 모든 사람들이 이 소문을 듣고 앞을 다투어 찾아와 보았다. 선생이 각국의 말로 응대하니 사람들은 깜짝 놀라 이상히 여기지 않는 자가 없고 천인(天人)이라고 불렀다.

한 사람이 자기의 운명을 묻는데, 객관(客館)에서 품팔이로 땔나무를 나르는 사람이 그 앞에 서 있었다.

눈여겨보았더니 무슨 할 말이 있는 것 같아서,

"너도 할 말이 있어서인가?"

하니,

"그렇습니다."

하였다. 같이 말을 나누어 보니 음양(陰陽) 운화(運化)의 기이한 술법을 잘 통한 사람이었다.

선생이,

"네가 어찌하여 품팔이를 하는가?"

하니,

　"이렇게 살지 아니하였다면 저는 벌써 죽었을 것입니다."

하고, 스스로 말하기를,

　"저는 촉(蜀) 나라 사람입니다. 아무 해에는 아무 데로 가게 될 것
　입니다. 선생은 벌써 만물에 신통하여 무궁한 경지에 들어가셨으
　니, 《도덕경(道德經)》에 '문을 나가지 않고도 천하의 일을 다 안
　다.'고 한 말이 이를 두고 이르는 말인가 봅니다."

하였다. 선생은 천성이 술을 즐기어 두어 말[斗]을 마셔도 취하지 않
았다.

　언젠가 말하기를,

　"성인은 인륜(人倫)을 중히 여기는데, 석가(釋迦)와 노자(老子)는
　마음을 닦고 성불[見性]하는 것만 말하고 인사(人事)의 학문은 빠
　뜨렸다. 아마 석가와 노자는 대개는 같으면서 약간의 차이가 있는
　듯하다."

하였다.

　늘 탄식하기를,

　"말하여도 믿어 주지 않고 행하여도 알아주지 않는다."

하고, 마음껏 노래 부르며 스스로 희롱하며 방외에 즐거움을 붙였다.
그러면서도 보통 사람보다 남다른 점이 있다고 여긴 적이 없었다. 남
과 더불어 말할 적에는 단 한마디라도 공자(孔子)의 학에서 벗어난
말이 없으니, 아마 그 깨달음은 중[禪]과 같고 그 행동은 노자와 같았
으나, 사람을 가르치는 데는 한결같이 성인으로 종(宗)을 삼아서였을
것이리라.

내가 그의 사적을 상고해 보았더니, 19세 때 국자시(國子試)에 뽑히고는 다시 과거에 응시하지 않고, 양주 괘라리(掛蘿里)에 살 곳을 정하고 있었다. 중종 때에 장악원 주부, 관상감과 혜민서의 교수(教授)가 되었고, 뒤에는 포천 현감(抱川縣監)이 되었다가 갑자기 벼슬을 버리고 돌아갔다. 숨어 살며 세상에 발길을 끊고 침묵을 지킨 지 10년 만에 세상을 마치니, 때는 명종 4년(1549), 나이는 43세였다. 선생은 스승도 없었으며, 또한 제자도 없었다 한다. 양주 사정산(砂井山)에 북창 선생의 무덤이 있다.

鄭北窓

世旣莫我知。自隱無名。以苟存爲恥。烏可與砥行立名之士。比竝哉。作北窓先生列傳。

北窓先生者。鄭姓名礦。字士潔。北窓別號也。其先百濟之湯井縣人。前代多顯者。我睿宗成宗間。有校理忠基，獻納鐸。連二世得顯仕。鐸生順朋。事中宗仁宗明宗。最貴用。生先生。母太宗長王子讓寧大君禔之曾孫也。中宗元年三月甲申。先生生。自爲兒時。能攝心通神。近而閭里居室之微。遠而四夷八蠻之外。風氣之殊。狗韠鴃舌。知之如神。如方技百家之術。亦皆不言而喻。十四。觀中國。有琉球人望異氣至者。見先生。再拜曰。僕嘗占命。曰。至某年月日。入中國。當有眞人遇之。子眞是耶。因請學。於是諸蠻夷人至者聞之。皆爭來見之。先生能爲四夷語應之。莫不大驚異。號曰天人。有客問命。館人有傭任負薪者。前熟視之。若有言者。先生曰。若且有言乎。曰。然。與之語。能通陰陽運化傀異之法術者。先生曰。若奚爲傭任。曰。不如此。吾固已死矣。自言蜀人至某年當適某。先生旣神通萬類。入於無窮。道德經曰。不出戶知天下。其此之謂歟。先生性喜酒。能飲數斗而不醉。嘗言聖人重人倫。釋老。言修心見性。而遺人事之學者也。釋老。蓋大同而小異。常歎之曰。言不見信。行不見知。放歌自戲。託娛遊方之外。而未嘗自異於衆人。其與人居。無一不出於孔子之術者。蓋其悟類禪。其跡類老子。其教人一以聖人爲宗云。余嘗求考其事。十九。選國子試。更不復求擧。卜居楊州之掛蘿里。中宗世爲掌樂院主簿，觀象監惠民署敎授。後爲抱川縣監。
忽棄官歸。深居絶跡。守嘿十年而沒。當明宗四年。年四十三。先生
無師。亦無弟子云。楊州砂井山。有北窓先生塚。

동산옹(東山翁)

　동산옹(東山翁)은 성균관 진사 정두(鄭斗)란 분으로, 본관은 진주
(晉州)이며, 진주 동산(東山)에 살았기 때문에 후인들이 동산옹이라
고 불렀다. 성품은 효성이 극진하였으며 숨어 살면서 세상에 알리려
고 하지 않았다. 평생 허물을 숨기고 명예를 위하는 것은 수치로 여겼
고, 남들과 더불어 세속을 잘 따르므로 사람들은 기이하게 여기지 않
았다. 토정공(土亭公: 이지함(李芝菡))이 남방에 유람 갔을 적에 은거
중이던 남명(南冥: 조식(曺植))을 찾아본 다음, 다시 동산옹을 찾아보
고,
　"고사(高士)로다. 낙동강 오른쪽에는 이 한 사람이 있을 뿐이로다."
하였다. 진주 부로들의 전하는 말에, 옹은 날짐승의 말을 알아들었고,
산속에 들어가서 율(律)을 불면 날짐승이 와서 따랐다고 하니, 이것
은 무슨 일이었을까?
　옹이 죽을 때에 유언하기를,
　"머지않아서 동방이 크게 어지러워질 것이다."
하고, 동산 길섶을 가리키며,
　"내가 죽거든 이곳에 장사하라."
한 다음, 이어서 아들에게 말하기를,
　"아무 해 너는 여기서 죽을 것이고, 네가 죽으면 장사 지낼 사람이

없을 것이니, 장사 지낼 사람이 없을 바에는 차라리 이곳에 유해를
버리는 것이 나을 것이다."
하였는데, 알아듣는 이가 없었다. 임진년에 과연 왜구의 침입이 있었
고, 아들이 그곳에서 죽임을 당했는데, 주검을 거두어 장사 지낼 사람
이 없었다.

그러고 나서야 모두들,
"이상도 하다. 어떻게 뒷날의 일을 마치 귀신처럼 알아맞혔을까?"
하였다. 이 고장의 부로들은 지금까지도 감탄하며 얘기한다.

내가 진주(晉州)를 유람하면서 그 고장 사람들에게 물어보았더니,
옹은 우람하고 의젓한 체구에 소탈한 성격이었으며, 세상에서 알아
주지 않자 외물(外物)에 의탁하여 스스로 희롱했다고 한다. 그러나
그가 남긴 글을 읽어 보면 그 교훈은 공자의 사상에서 벗어난 것이
없으니, 또한 훌륭하다.

東山翁
東山翁。太學上舍鄭斗者也。晉州人。居晉之東山。後人號曰東山翁。
性至孝。隱居不售於世也。平生恥匿過而爲名。善與人徇俗。人莫以爲
奇也。土亭公嘗遊南中。見南冥隱者。又見東山翁曰。高士也。江右有
此一人而已。晉父老傳。翁通鳥獸語。入山中吹律而鳥獸來馴。此何
也。翁死遺命。不久東方大亂。指東山路傍曰。我死。葬於此。仍語其
子曰。至某年汝死於此。汝死。葬汝無人。與其無葬。寧遺骼於此。人
莫知也。及壬辰。果有倭寇。其子遇屠掠於此。死而終無收葬者。然後
莫不曰異哉。何先事而前知若是神也。鄉人父老至今嗟嘆言之。余遊晉
陽。問之鄉人。曰。翁蓋魁梧奇偉。不遇於世。託於外物以自戲。然讀
其遺文。其所立。不出於孔子之術者。亦賢也。

동우(棟宇)

죽서루기(竹西樓記)

관동 지방에는 이름난 곳이 많다. 그중에도 가장 뛰어난 곳이 여덟이니, 즉 통천(通川)의 총석정(叢石亭), 고성(高城)의 삼일포(三日浦)와 해산정(海山亭), 수성(垻城)의 영랑호(永郞湖), 양양(襄陽)의 낙산사(洛山寺), 명주(溟州)의 경포대(鏡浦臺), 척주(陟州)의 죽서루, 평해(平海)의 월송포(越松浦)인데, 관광하는 자들이 유독 죽서루를 제일로 손꼽는 것은 무슨 까닭인가.

대개 해변에 위치한 주군(州郡)들이 대관령(大關嶺) 밖은 동으로 큰 바다를 접했으므로 그 바깥은 끝이 없으며, 해와 달이 번갈아 떠올라 괴이한 기상의 변화가 무궁하다. 해안은 모두 모래톱인데, 어떤 데는 모롱이진 큰 소[大澤], 또 어떤 데는 불거진 기이한 바위, 그리고 또 어떤 데는 우거진 깊은 솔밭으로 되어 있어, 습계(習溪) 이북으로 기성(箕城) 남쪽 접경까지 7백 리는 대체로 다 이러하다.

유독 죽서루의 경치만이 동해와 마주하여 높은 산봉우리와 깎아지른 벼랑이 있으며, 서쪽으로는 두타산(頭陀山)과 태백산(太白山)이 우뚝 솟아 있는데, 짙은 이내 속으로 바위 너설이 아스라이 보인다. 큰 시내가 동으로 흘러 꾸불꾸불 50리의 여울을 이루었고, 그 사이에

는 울창한 숲도 있고 사람 사는 마을도 있다. 누각 밑에 와서는 겹겹
이 쌓인 바위 벼랑이 천 길이나 되고 흰 여울이 그 밑을 감돌아 맑은
소를 이루었는데, 해가 서쪽으로 기울녘이면 넘실거리는 푸른 물결
이 바위 벼랑에 부딪쳐 부서진다. 별구(別區)의 아름다운 경치는 큰
바다의 풍경과는 아주 다르다. 관광하는 자들도 이런 경치를 좋아해
서 일컫는 것이 아닌가 싶다.

이 고을 고사(故事)를 상고해 보아도 누를 어느 시대에 세웠는지는
알 수 없다. 그러나 황명(皇明) 영락(永樂) 원년(1403, 태조 3)에 부사
(府使) 김 효종(金孝宗)이 폐허를 닦아 누를 세웠고, 홍희(洪熙) 원년
(1425, 세종 7)에 부사 조관(趙貫)이 단청을 올렸다. 그 뒤 46년인 성
화(成化) 7년(1471, 성종 2)에 부사 양찬(梁瓚)이 중수했고, 가정(嘉
靖) 9년(1530, 중종 25)에 부사 허확(許確)이 남쪽 처마를 중축했다.
또 그 뒤 61년인 만력(萬曆) 19년(1591, 선조 24)에 부사 정유청(鄭惟
淸)이 다시 중수하였다.

태종(太宗) 영락 원년 계미(1403)에서부터 청주(淸主) 강희(康熙)
원년 임인(1662, 현종 3)까지는 260년이 된다. 옛날에 누 밑에 죽장사
(竹藏寺)란 절이 있었는데, 누 이름을 죽서라고 부른 것은 아마 이
때문인 듯하다. 이상을 기록하여 죽서루기로 삼는다.

竹西樓記
東界多名區。其絶勝八。如通川叢石亭, 高城三日浦海山亭, 迸城永
郎湖, 襄陽洛山寺, 溟州鏡浦臺, 陟州竹西樓, 平海越松浦。遊觀者
獨稱西樓爲第一。何也。蓋濱海州郡關嶺以外。東盡大海。其外無
窮。日月迭出。怪氣萬變。海岸皆沙。或匯爲大澤。或矗爲奇巖。或
鬱爲深松。自習溪以北。至箕城南境。七百里。大體皆然。獨西樓之
勝。隔海有高峯峭壁。西有頭陀, 太白。巍峨巃嵸。浮嵐積翠。巖岫

杳冥。大川東流。屈折爲五十瀨。間有茂林墟煙。至樓下。層巖蒼壁
千尋。清潭脩瀨。灣洄其下。西日。綠波潾潾。澹灩巖壁。別區勝
槩。與大海之觀絶殊。遊觀者其樂此而云云者耶。考官府故事。樓不
知作於何代。而至皇明永樂元年。府使金孝宗。修廢墟起此樓。洪熙
元年。府使趙貫。施丹�‧‧。其後四十六年成化七年。府使梁瓚。重修
之。嘉靖九年。府使許確。增作南檐。又其後六十一年萬曆十九年。
府使鄭惟清。復重修之。自太宗永樂元年癸未。至清主康熙元年壬
寅。爲二百六十年。樓下。古有竹藏古寺。樓有竹西之名。蓋以此
云。仍誌之。以爲竹西樓記。

반구정기(伴鷗亭記)

　반구정은 먼 옛날 태평 재상 황 익성공(黃翼成公: 황희(黃喜))의
정자이다. 상국이 죽은 지 2백 년이 채 못 되어 정자가 헐렸고, 그
터전이 쟁기 밑에 버려진 땅이 된 지도 1백 년이 된다. 이제 상국의
후손 황생(黃生)이 강 언덕에 집을 짓고 살면서 옛 이름 그대로 반구
정이라 하였다. 이는 정자의 이름을 없애지 않으려 함이니 역시 훌륭
한 일이다.

　상국의 사업이나 공렬은 어리석은 사람도 다 왼다. 상국은 조정에
나아가 벼슬할 적에는 임금을 잘 보좌하여 정치 체제를 확립하고 모
든 관료를 바로잡았으며, 훌륭하고 유능한 자를 직에 있게 하여 온
국가가 걱정이 없고 온 백성이 모든 업(業)에 만족하도록 하였다. 물
러나 강호(江湖)에서 여생을 보낼 적에는 자연스럽게 구로(鷗鷺)와
같이 세상을 잊고 높은 벼슬을 뜬 구름처럼 여겼으니, 대장부의 일로
그 탁월함이 마땅히 이와 같아야 하겠다.

　야사(野史)에서 전하는 명인(名人)의 고사에, 상국은 평생 말과 웃

음이 적어서 사람들은 그의 희로(喜怒)를 알 수 없었고, 일을 담당하여서는 대체에만 힘쓰고 자질구레한 것은 묻지 않았다 한다. 이것이 이른바 훌륭한 상국이고 이름이 백세에 남게 된 것이리라.

정자는 파주 부치에서 서쪽으로 15리 되는 임진(臨津) 가에 있는데, 썰물이 물러가고 갯벌이 드러날 때마다 갈매기들이 모여든다. 강가의 잡초 우거진 벌판에는 모래밭으로 꽉 찼다. 또 9월이 오면 기러기가 찾아든다. 서쪽으로 바다 어귀까지 10리이다.

(상(上) 6년 5월 16일)

伴鷗亭記 在臨津下

伴鷗亭者。前古昇平相黃翼成公亭也。相國歿近二百年。亭毀。爲耕犁棄壤。且百年。今黃生。相國之子孫。結廬江上居之。仍名曰伴鷗亭。以不沒其名。亦賢也。相國之事業功烈。至今愚夫愚婦。皆誦之。相國進而立於朝廷之上。則能佐先王。立治體正百僚。使賢能在職。四方無虞。黎民樂業。退而老於江湖之間。則熙熙與鷗鷺相忘。視軒冕如浮雲。大丈夫事。其卓犖當如此。野史傳名人古事。相國平生寡言笑。人莫知其喜怒。當事務大體。不問細故。此所謂賢相國而名不沒於百代者也。亭在坡州治西十五里臨津下。每潮落浦生。白鷗翔集江上。平蕪廣野。沙渚瀰滿。九月陽鳥來賓。其西距海門二十里。上之六年仲夏旣望。眉叟。記。

후조당기(後凋堂記)

후조당은 세조 때, 명신 권 익평공(權翼平公: 권람(權擥))의 옛집이다. 당은 목멱산(木覓山) 북쪽 기슭 비서감(祕書監) 동쪽 바위 둔덕에 있다. 세조가 그 집에 거둥한 후 오늘날까지 그 서쪽 둔덕에 있는 돌샘을 '어정(御井)'이라 부른다. 그 위에 소한당(素閒堂)의 유지(遺址)

가 남아 있다. 당(堂)은 3칸에 남쪽으로 온돌방이 있는데, 겨울에 따스한 볕이 들고 여름에 시원한 바람이 든다. 화려하게 꾸미지 않아서 푸른 언덕에 석양이 비낄 때면 창가는 쓸쓸하기만 하다.

세운 지는 아주 오래되었는데, 상국이 살던 당시에서 오늘날까지 수백 년을 거쳐 6대째 사도공(司徒公: 형조 판서 권반(權盼)을 가리킴)에 이르러 비로소 중건되었다. 마룻대를 고치거나 기둥을 갈거나 하지도 않았고 또 더 꾸미지도 않았으며, 기울고 무너진 곳을 보수하고 때묻은 곳이나 닦아서 집은 예나 다름이 없다. 집 남쪽 돌 아래에서 솟는 샘물이 매우 맑고 차갑다. 섬돌 밑은 모두 산돌에 펑퍼짐한 너럭바위이고 뜨락에 깎아지른 듯한 벼랑이 더욱 기이하다. 3월에는 산꽃이 만발하고 동산에 꽉 들어선 소나무는 겨울 추위가 닥쳐와도 이파리가 변하지 않는다.

태사공(太史公 사마천(司馬遷))이,

"날씨가 추워진 뒤에야 송백(松柏)이 맨 나중에 시듦을 알 수 있다."

란 공자의 말을 일컬었는데, 이 말에 연유하여 '후조당'이라 하였으니, 자신을 경계하는 뜻이다. 지세가 높아 북록(北麓)을 바라보면 화산(華山)·백악산(白岳山)·인왕산(仁王山) 멧부리가 벌여섰고, 금원(禁苑)의 깊은 숲에 층층이 솟은 높은 궁궐들이 관청과 시가(市街)를 이루고 있어 정사를 내는 벼슬아치와 재산을 늘리는 장사치들이 사방에서 몰려드니, 종횡으로 누빈 넓디넓은 길과 집이 다닥다닥한 장안 터전은 구계(久溪)·학동(鶴洞)과 함께 남산의 명승으로 불린다.

사도공의 손자인 사부(師傅) 적(蹟)이 뒤를 이어 당 앞에 돌을 깨고 연못을 팠는데, 이끼는 짙고 물은 맑아 바위 그림자가 환히 비친다. 사부는 아들 흠(歆)을 두었는데, 그는 곧고 올바름을 좋아하며 학식이 넓고 행실이 훌륭하다. 때문에 나는 권씨 집안에 인재가 있다고 여겼다. 그가 지난 세대의 고사 고적을 열거하여 나에게 '후조당 기문'을 청하기에 글을 지으니 3백여 글자로 사실을 기록했다.

우리 대행(大行) 15년(1674, 현종 15) 10월 신축일이다.

後凋堂記

後凋堂者。世祖名臣權翼平公舊宅。堂在木覓北麓祕書監東巖石之崖。世祖幸其第。後世迄于今稱云。其西崖。有石泉。命曰御井。其上。有素閑堂遺址在焉。堂三間。南有溫室。冬就溫。夏就涼。不尙奢華。蒼崖夕照。戶牖蕭灑。制作古遠。自相國之世。歷數百年。六傳而至司徒公。迺始重創之。不改棟易楹。亦不加增飾。其傾圮者完。黝暗者新。堂宇如舊。堂廡南。泉出石下。極清冽。階礎下。皆山石盤陁。庭畔層壁尤奇。三月山花盛開。滿園多松。冬寒至。柯葉不改。太史公稱歲寒然後知松柏之後凋。此所謂後凋堂。警戒之義也。地勢高。觀望北麗。華山，白岳，仁王列岫。禁苑穹林。層宮高闕。建官立市。治道之所出。百貨之所殖。四方輻輳。經緯九軌。紫陌萬井。與叉溪，鶴洞。竝稱南山勝區。司徒公二世。有師傅蹟。穿堂前石池。苔深水清。巖影畢照。師傅有男歆。好方正能博文善行。吾以爲權氏有人。歷擧前代古事古跡。請余後凋堂記。文成三百志之。我大行十五年冬十月辛丑。

구묘문(丘墓文)

육신 의총비(六臣疑塚碑)

세종 명신(名臣)에 박팽년(朴彭年)·하위지(河緯地)·성삼문(成三問)·유응부(俞應孚)·이개(李塏)·유성원(柳誠源)이 있어 육신(六臣)이라 부르는데, 그 사적은 육신본전(六臣本傳)에 실려 있다.

이른바 육신총(六臣塚)이 서호(西湖)의 노량진(露梁津) 강 언덕에 있는데, 세상에서 전하기를 '옛날에 사람을 이곳에서 죽였다.'고 한다. 모두 비석에 새기기를 '박씨(朴氏)·유씨(俞氏)·이씨(李氏)·성씨(成氏)의 묘(墓)'라고 하였는데, 박씨의 묘가 가장 남쪽에 있고 그 북쪽이 유씨의 묘, 그 북쪽이 이씨의 묘, 그 북쪽이 성씨의 묘이며, 또 성씨의 묘가 그 뒤 10보쯤 떨어진 지점에 있는데, 성씨 부자의 묘로, 뒤에 있는 것이 성승(成勝)의 묘라고 한다.

아, 육신이 죽었을 때 그 시체를 거두어 장사 지낸 자는 누구이고, 비석을 세워 그 묘를 표지(標識)한 자는 누구인지 알지 못하겠으니, 자취가 다 없어져서 후세에는 알 수 없음이리라. 육신은 친척이 모두 멸족되어 씨도 남지 않았으니, 이는 필시 평소 교류하던 자가 그 의리를 사모하여 화고(禍故)로써 서로 저버리지 않고 몰래 각각 그 시체를 표시하였다가 이처럼 나란히 장사를 지내고, 돌에 새겨 그곳을 표지하되 일부러 그 이름을 숨겨서 마치 부인의 비석처럼 모씨 모씨(某氏某氏)라고 한 것일 터이니, 그의 마음 참으로 가상하도다.

추강 처사(秋江處士: 남효온(南孝溫))가 '육신 열전(六臣列傳)'을 짓고 또 당시의 현인(賢人)과 절사(節士)의 행적을 썼는데, 기록이 꽤 상세하다. 그런데 육신의 묘소는 말하지 않았으니 무엇 때문일까. 이것은 모두 당시의 일이라 알 수가 없는 것이다.

영남(嶺南) 일선부(一善府: 선산(善山))에 하씨의 묘는 있는데, 유독 유씨(유성원)는 장지가 없다.

그 전기에 이르기를,

"모의(謀議)가 누설되었다는 말을 듣고, 일이 이뤄지지 못할 것을 알고서 스스로 목을 찔러 죽으니, 관리가 추후에 그 시체를 가져다가 찢었다."

고 하였다. 그렇다면 처형한 시기가 서로 같지 않고 시신을 찢은 장소도 또 같지 않아서 그 장사 지낸 곳이 다른 것인지, 아니면 혹 불행하여 끝내 장지가 없는 것인지. 아, 모두 알 수가 없도다.

호서(湖西) 홍주(洪州)에 성씨의 묘가 있고, 충주(忠州) 덕면리(德面里)에 박씨의 묘가 있다.

성씨의 외손이 전하는 바에 의하면,

"성씨의 묘소는 사지 하나만을 매장한 것이다."

라고 하니, 박씨의 묘소도 또한 그러한지 알 수가 없다.

어떤 이는 말하기를,

"종적이 이미 인멸되었으니 민간에서 전하는 말을 다 믿을 수가 없다."

고 하니, 그 말이 참으로 옳다. 이는 강상(江上)의 부로(父老)들이 서로 전하여 오늘날에 이른 것에 불과할 뿐, 그 처음 누가 보고 누가 기록했는지는 알지 못한다. 지금에 와서는 이미 옛 일로 증거 댈 만한 것이 없으니, 고집해서 꼭 믿을 것이라고 할 수도 없고 반대해서 꼭 믿지 못할 것이라고 할 수도 없다.

다만 염려되는 것은, 지금부터 수백 년 이후에는 세대가 더욱 멀어져 민간에서 더욱 전하지 않을 것인데, 묘소가 오래 변하여 반신 반의 속에 사라진다면 지사(志士)의 추한(追恨)이 무궁할 것이다. 하물며 인인(仁人)·효자(孝子)의 마음임에랴.

박씨(박팽년)의 6세손이며, 지금 동궁(東宮)의 좌익찬(左翊贊)인 숭고(崇古)가 묘소를 수축한 다음 그곳에 비석을 세우고 나에게 부탁하여 그 의심된 점과 미더운 점을 갖추어 기록하여 후세에 민몰되지 않게 하려고 하니, 아, 어질도다.

이어서 다음과 같이 명(銘)한다.

忠臣之埋(충신지매)
志士之悲(지사지비)
岷俗之傳(맹속지전)
百代之疑(백대지의)
西之人深目而髯(서지인심목이염)
得其實者伊誰(득기실자이수)

충신의 무덤은
지사가 비통해하는 바인데
민간에서 전하는 말

백대의 의혹이로세

서쪽 사람 눈 우묵하고 수염 많은 이로

그 사실 아는 자 누구인가.

금상(今上) 3년 신묘년 5월 하지일(夏至日)에 후학(後學) 양천(陽川) 허목
(許穆)은 쓴다.

六臣疑塚碑

世宗名臣。有朴彭年, 河緯地, 成三問, 兪應孚, 李塏, 柳誠源。號
爲六臣。事在六臣本傳。所謂六臣塚者。在西湖露梁下江岸上。世傳
古時。傯人於此云。皆刻石曰朴氏, 兪氏, 李氏, 成氏之墓。蓋朴氏
之墓最在南。次北曰兪氏之墓。又次北曰李氏之墓。又次北曰成氏之
墓。而又有成氏之墓。在其後十許步間。自古以爲成氏父子之葬。而
其在後者。成勝墓云。嗟乎六臣之死。不知其收葬者爲誰。刻石表其
葬者又爲誰。蓋皆沒其跡。後世莫知也。六臣者。親戚皆死。噍類不
遺。必有賓客慕義。不以禍故相負。竊各識其屍。列葬之如此。因刻
石表其處。而故匿其名。爲某氏某氏。如婦人之表耶。其心良苦。有
秋江處士。作六臣列傳。又著書時之賢人節士之行。頗記之詳矣。然
而不言六臣之葬。何也。此皆當時事。不可知者也。嶺南一善府。有
河氏之墓。獨柳氏無葬處。其傳曰。聞謀泄知事不濟。自剄死之。吏
追取屍磔之云。然則施刑先後不同。磔死人。其地又不同。其收葬處
異耶。或不幸而終無葬處耶。嗟乎。皆不可知也。湖西洪州。有成氏
之葬。忠州德面里。有朴氏之葬。成氏有外子孫相傳。所謂成氏之
墓。藏其一體云。朴氏之墓。亦如此。未可知也。或曰。蹤跡已泯。
氓俗相傳。不可盡信。其言固然。此不過江上父老相傳至今。不知其
初孰見而孰識之也。於今旣無古事可徵。不可執以爲必信。又不可拒
以爲必不信。但恐自此千百年後。世益遠。氓俗益不傳。墟墓久變。
幷其疑信而泯沒。則志士之追恨無窮。況仁人孝子之心乎。朴氏有六
世孫。今東宮左翊贊崇古。封其墓。表其處。屬余俱記其疑信。欲不
沒於後世。嗟乎。亦仁也。因銘曰。
忠臣之埋。志士之悲。氓俗之傳。百代之疑。西之人深目而鬐。得其

實者伊誰。
上之三年辛卯仲夏日長至。後學陽川許穆。著。

박익찬(朴翊贊)에게 답한 글

그대가, 내가 비록 쇠둔(衰鈍)하나 그래도 들어서 아는 것이 있다고 해서 욕되게 생각지 않고, 육신(六臣)의 무덤에 대해 묻는데, 내가 어찌 감히 들은 바를 다 말씀드리지 않아서 그대의 고인을 돕는 행실을 저버리겠는가.

서호(西湖) 육신의 무덤에서 곧장 서쪽에 있는 고목황대(古木荒臺)는 바로 우리 선대의 이우정(二憂亭)이라서, 이른바 육신의 무덤이란 것을 가리키며 서로 전해 온 지가 내게까지 4대일세. 나도 어릴 적에 선인(先人)을 따라가 직접 그 영역의 불변한 모습을 보았는데, 박씨·유씨·이씨와 성씨의 상하 2총(塚), 도합 5분(墳)이었고, 모두 단갈(短碣)이 서 있었는데, 석각(石刻)이 깎여서 글자가 많이 마멸되었으나 그래도 그 새긴 흔적을 식별할 수가 있었다네.

전일에 권귀(權貴)한 사람이 서호(西湖)에 별장을 지었는데, 그 사람은 꺼리는 바가 없어서 강가에 명인(名人)들의 무덤이 많이 있었지만 그가 그 크고 작은 비석들을, 혹은 넘어뜨리기도 하고 혹은 부수기도 하였으니, 이른바 육신의 무덤이 거의 실전하게 된 유래일세. 다행히 그 비석들이 넘어진 것은 다시 서게 되고, 부서진 것도 또한 옛 자리를 잃지 않게 된 것은 모두가 우리 선인께서 하신 일일세. 그후 권귀한 사람이 패망하자 강가를 많은 사람들이 장지로 사용해 여러 무덤이 빽빽하게 들어박혔으니, 성씨의 두 무덤도 그 하나는 여러 무덤에 섞이고 단갈도 역시 잃어버렸다네. 아, 선인께서는 이미 세상을 떠나셨고, 나는 난리를 만나 유락하여 거리가 천 리나 되지만 전일의 일을 추억하면 이미 30년이 흘렀으니, 슬픈 감회가 참으로 많네. 옛날 장릉(章陵: 원종(元宗)의 능)을 이장할 때 육신의 무덤 아래로 통로를 닦게 되었는데, 그때 나의 동생 하나가 마침 강가에 살았고, 또 선인께서도 살아 계셨으므로 아우에게 영역을 범하지 못하도록 서서 지키게 하셨으며, 다시 기백(畿伯)이 뒤이어 사람을 시켜서 엄격히 금계(禁戒)하게 했다네.

내가 항시 한스럽게 여기는 것은, 하씨·유씨(柳氏)의 장지를 모르는 일일세. 유씨는 목을 찔러 자살하자 관리가 추후에 그 시체를 가져다가 찢었다는데, 처형된 시기가 서로 같지 않아서 장지가 다른 것인지, 아니면 불행히도 장지가 끝내 없었던 것인지, 당시의 일이라 알 수가 없네. 그러나 이것은 본디 강가 사람들의 전설일 뿐이고, 다른 옛일로 증거 댈 만한 것이 없으니 후세의 의심이 어찌 꼭 없다고 할 수 있겠는가. 그러니 그 의심되고 의심되지 않는 점에 대해서는 말할 것이 못 되며, 우선 묘를 수축하고 비석을 새겨서 의심과 믿음을 다 드러내어 영구히 민멸되지 않도록 하게. 비록 천 년 뒤에라도 그 의리를 사모하는 자가 있으면 또한 당시의 일을 상상해 보고 더욱 이에 감동하는 바가 있을 것이니, 자손만을 위하여 이 일을 전할 것만은 아닐 것일세. 이만 줄이네.

(4월 19일 허목 돈수(頓首))

答朴翊贊書
吾子不辱。以僕雖衰鈍。尚有所聞知。問六臣塚事。僕安敢不盡所聞。以負左右古人之行也。西湖六臣塚。直西古木荒臺。吾前代二憂

亭也。所謂六臣塚者。指而相傳。至吾身且四世矣。僕童子時。從先
人。亦親見其封域不變。朴氏兪氏李氏成氏上下二塚共五墳。皆有短
碣。而石刻剝落。字多漫滅。然猶識其刻跡可見。前時。有權貴人築
別業西湖。其人無忌憚。江上多有名人塚墓。於是其大小碑碣。或踣
或碎。所謂六臣之塚。幾失其傳。幸而其碣踣者立之。碎者亦不失故
處。此皆吾先人事。後其權貴人敗。江上葬人日多。群塚纍纍。成氏
二墓。其一雜於群塚。而其碣亦失之。嗟乎。先人已下世。僕遭亂。
流落且千里。追思前日事。已三十年。愴懷良多。昔時章陵之遷。除
道於六臣塚下。時僕有一弟適在江上。且先人在世。使之立守之。令
毋犯其塋域。復有畿伯。追使人嚴立禁戒云。僕常恨之。河氏柳氏不
知葬處。柳氏剄自殺。吏追取屍磔之。施刑先後不同。收葬處異耶。
抑不幸而終無葬處耶。當時事不可知也。然此其初江上人傳說而已。
無他古事可徵。後世之疑。又惡可謂必無也。然其疑不疑。不須言
也。爲之修墓刻石。疑信俱著。令不沒於久遠。則雖千載之後。有悲
其義者。亦想見當時事。尤有感於斯者矣。又不特爲子孫傳此事而已
也。不宣。四月十九日。穆。頓首。

노릉(魯陵: 단종(端宗)) 때의 정승 황보공(皇甫公)의 묘문(墓文)

노릉 때 정승 황보공의 묘가 파주(坡州) 천참(泉站) 서쪽 발흥(勃
興) 관도(官道)에 있다. 그 연대를 상고하니, 노릉 2년(1453, 즉위년까
지 계산하여 2년이 됨)에 공이 이미 화를 당했는데, 묘소에 표지를
세운 것은 중종 14년(1519)이었으니 67년 만이다. 화를 당하여 자손
이 모두 죽어서 현재는 황보씨의 대가 끊어졌으며, 그를 거두어 장사
지내고 또 묘소에 표지를 세운 자도 모두 이름이 전해지지 않아 후세
에서 알 수가 없다. 그래서 이를 기록하여 파평고사(坡平古事)에 붙
이는 바이다.

그 묘표(墓表)의 글을, '영천 황보공의 묘[永川皇甫公之墓]'라고 크

게 새겼고, 또 작은 글씨로,

"공의 휘는 인(仁)이니, 노산조(魯山朝)의 수상이다. 경태 계유년 (1453, 단종 1) 정난(靖難) 때에 두 아들, 한 손자와 같이 화를 당하였다.[公諱仁魯山朝首相景泰癸酉靖難時幷二子一孫被禍]"

라고 22자를 새겼으며, 맨 끝에는 또,

"정덕 기묘년(1519, 중종 14) 2월에 비를 세웠다.[正德己卯二月立石]"

고 새겼다.

금상(今上) 7년 병오(1666, 현종7) 4월 상현(上弦) 후 2일에 허목은 쓴다.

魯陵相皇甫公墓
魯陵相皇甫公墓。在坡州泉站西勃興官道上。考其年月。魯陵二年。
公旣被禍。立標其葬。在恭僖十四年。爲六十七年。當禍子孫皆死。
今皇甫氏已絶世。其收葬而又表其葬者。皆沒其名。後世莫知也。識
之以附坡平古事。其墓表之文。大刻永川皇甫公之墓。又小刻公諱
仁。魯山朝首相。景泰癸酉靖難時。幷二子一孫被禍。二十二字。末
又刻曰。正德己卯二月。立石。
上之七年丙午四月上弦後二日。穆識。

운곡 선생(耘谷先生) 묘명(墓銘)

선생은 원주인(原州人)으로 성은 원씨(元氏), 휘는 천석(天錫), 자는 자정(子正)이다. 고려의 국자 진사(國子進士)로 고려의 정치가 어지러움을 보고 은거하여 지절(志節)을 지키며, 호를 운곡 선생이라고 하더니, 고려가 망하자 치악산(雉嶽山)에 들어가 종신토록 나오지 않았다.

태종이 여러 번 불러도 오지 않았는데, 태종은 그의 의리를 고상하게 여겨서 동쪽으로 유람할 때 그의 집에 행차하였더니 선생은 숨어

버리고 뵙지를 않았다. 태종은 시냇가 바위 위로 내려가서 그 집을 지키는 노파에게 후한 상을 하사하고 그 아들인 형(泂)에게 기천 감무(基川監務)를 제수하였으므로 후인들이 이 바위를 태종대(太宗臺)라고 부르는데, 그 대는 치악산의 각림사(覺林寺) 옆에 있다.

지금 원주(原州) 치소(治所)에서 동으로 10리 떨어진 석경(石鏡) 마을에 운곡 선생의 묘소가 있는데, 그 앞에 또 하나의 분묘는 부인인 유인(孺人)의 묘소라고 한다.

처음 선생에게는 장서(藏書) 6책이 있었으니, 이는 망국(亡國: 고려)의 고사를 말한 것이었다. 자손들에게 망녕되이 펼쳐 보지 말라고 경계하였으나, 그 책이 여러 대를 전하여 자손 중에 한 사람이 가만히 펼쳐 보고는 크게 두려워하면서,

"우리 집안이 멸족된다."

하고 들어다가 불살랐으므로 그 책은 전해지지 않는다. 남긴 시집이 있으니 이른바 《시사(詩史)》란 것이다. 나는 들으니 '군자는 숨어 살아도 세상을 저버리지 않는다.'고 하더니, 선생은 비록 세상을 피하여 스스로 숨었지만 세상을 잊은 분이 아니며, 변함없이 도를 지켜 그 몸을 깨끗이 하였다.

백이(伯夷)의 말에,

"옛날 선비는 치세(治世)를 만나면 그 직임을 피하지 않았고, 난세를 만나면 구차하게 있으려고 아니하였다. 지금은 천하가 어두우니 그를 피하여 나의 행실이나 깨끗이 하는 것이 좋겠다."

고 하였으므로, 그 열전(列傳)에 칭송하기를,

"날씨가 추운 뒤에야 소나무와 전나무가 더디 조락(凋落)한다는 것

을 알고, 온 천하가 혼탁한 뒤에야 청렴한 선비가 더욱 드러난다."
하였고, 맹자도,

　"백이(伯夷)는 그 임금이 아니면 섬기지 아니하고 그 백성이 아니
　면 부리지 아니하며, 치세에는 나아가고 난세에는 물러나니 백이
　는 성인의 청(淸)한 자이다."

고 하였으니, 선생은 아마도 백이와 같은 유라고 하겠다. 고을 사람이
선생을 위하여 사우(祠宇)를 세우고 제사를 지내니, 그 사우는 원주
(原州) 북쪽 30리 칠봉(七峯) 마을에 있다.

　선생의 세계를 상고하면, 시조는 호장(戶長) 극부(克富)이다. 극부
가 종유(宗儒)를 낳고, 종유가 창정(倉正) 보령(寶齡)을 낳고, 보령이
창정 시준(時俊)을 낳고, 시준이 정용별장(精勇別將) 열(悅)을 낳고,
열이 종부시 영(宗簿寺令) 윤적(允迪)을 낳았으며, 윤적은 천상(天常)
・천석(天錫)・천우(天佑)를 낳았다. 천상은 진사(進士)를 지냈다.
혹은 '본조(本朝)에 벼슬하여 드러났다.' 하나 참고할 데가 없다. 천우
는 현령(縣令)을 지냈다. 부인인 유인(孺人) 원씨(元氏)는 종부시 영
광명(廣明)의 딸인데, 같은 원씨는 아니다. 원주에 두 원씨가 있다는
것이 바로 이것이다. 장남인 지(沚)는 직장동정(直長同正), 차남인 형
(洞)은 기천 감무(基川監務)를 지냈다. 선생의 후손이 매우 번성한데
그중 기천 감무의 후예가 가장 많다.

　다음과 같이 찬(贊)한다.

　　　巖穴之士(암혈지사)
　　　趣舍有時(취사유시)
　　　縱不列於世(종불렬어세)

能不降其志(능불강기지)

不辱其身(불욕기신)

敎立於後世(교립어후세)

則禹稷夷齊一也(칙우직이제일야)

先生(선생)

可爲百代之師者也(가위백대지사자야)

속세를 떠나서 암혈에 사는 선비

나아가고 머무름 때가 있나니

세상에는 나서지 않을지라도

그 뜻을 굽히지 아니하고

그 몸을 욕되게 아니해서

후세에 교훈이 되게 한다면

우직이제와 같을 것이리

아, 선생은

백대의 스승이 될 만하도다.

耘谷先生銘

先生。原州人。姓元氏。諱天錫。字子正。高麗國子進士。見麗氏政亂。隱居獨行。號曰耘谷先生。及麗亡。入雉嶽山。終身不出。太宗累召不至。上高其義。嘗東遊。幸其廬。先生避匿不見。上下溪石上。召守盧嫗。厚賜之。官其子洞。爲墓川監務。後人名其石曰太宗臺。臺在雉嶽覺林寺傍。今原州治東十里石鏡。有耘谷先生墓。又前一墓。孺人之葬云。初先生有藏書六冊。言亡國古事。戒子孫勿妄開。其書傳之累世。有子孫一人。竊開之。大懼曰。吾家族矣。擧而燒之。其書不傳。猶有餘遺詩什。所謂詩史者也。吾聞君子隱不遺世。先生雖逃世自隱。非忘世者也。守道不貳。以潔其身。伯夷之言

曰。古之士。遭治世。不避其任。遇亂世。不爲苟存。天下暗矣。不
如避之以潔吾行。故其傳曰。歲寒然後知松柏之後凋。擧世泯亂。清
士乃見。孟子曰。伯夷。非其君不事。非其民不使。治則進。亂則
退。伯夷。聖人之清者也。先生蓋白夷之倫也。鄉人爲之立祠以祀
之。祠在州北三十里七峯。稽其世牒。始祖戶長克富。克富生宗儒。
宗儒生倉正實齡。實齡生倉正時俊。時俊生精勇別將悅。悅生宗簿令
允迪。允迪生天常，天錫，天祐。天常。進士。或曰仕顯於本朝。無
所考。天祐。縣令。孺人元氏。宗簿令廣明之女。非一元。族氏以爲
原有兩元是也。長男浤。直長同正。次男洞。基川監務。先生後世子
孫甚衆。基川之世。最大。其贊曰。
巖穴之士。趣舍有時。縱不列於世。能不降其志。不辱其身。敎立於
後世。則禹稷夷齊一也。先生可爲百代之師者也。

간이당(簡易堂) 묘갈(墓碣)

공은 휘가 립(岦), 자가 입지(立之), 성이 최씨(崔氏)이며, 아버지
자양(自陽)은 국자 진사(國子進士)였다. 공은 어려서 어버이를 여의
고 말도 잘 못하여 난 지 10년 만에 처음으로 글을 읽었으나, 겨우
성동(成童)에 태학(太學)에 오르고 문장이 날로 세상에 유명해졌으
며, 20세에는 문과(文科)에 장원하였으니, 바로 명종 14년이었다. 전
후 일곱 고을을 다스렸고, 선조 26년(1593)에는 전주 부윤(全州府尹)
을 지냈다.

그 후 형조 참판이 되어서는 임진왜란으로 나라가 크게 어지러운
때를 당하여 날로 명 나라 천자에게 구원을 청해서 크게 군사를 내어
왜병을 정벌케 하니, 상은 항시 공에게 분담한 직책에 구애되지 말게
하고 승문원(承文院)의 일까지 겸하여 사명(詞命)을 관장하게 하였
다. 그리하여 중국에 자주(咨奏)한 글이 대소 합하여 44건이요, 전후

중국을 세 번이나 들어가서 상서한 것이 33건이었는데, 그중 4건만이 《회전(會典)》을 반행(頒行)하는 일이었으며, 그 나머지는 모두가 나라가 존재하느냐 망하느냐에 관한 급박한 것이었으므로, 그 글이 구정(九鼎)·대려(大呂)보다 중하다.

그 후 공은 나아가 간성 태수(杆城太守)로 있으면서 《주역구결(周易口訣)》4권을 지어 상께 올리고, 홍범학기(洪範學記) 5백여 언을 저술하였다. 공은 평생 반고(班固)와 한유(韓愈)의 글을 좋아하여 그 문장이 깊고 간결하며, 고아하여서 법받을 만하니, 동방 문학에서 1천 년에 단 한 사람이었던 것이다.

공이 73세에 돌아가니 고양(高陽)의 부서(鳧嶼)에 안장하였다. 처음 공의 별호는 동고(東皐)였는데, 뒤에 간이(簡易)라고 바꾸었다 한다. 아들 동망(東望) 또한 문학으로 진출하여 용강 현령(龍岡縣令)으로 죽었는데 후사가 없다. 서자(庶子)가 있으니 동문(東聞)·동관(東觀) 두 사람이다.

인조 때 사신(詞臣) 이정귀(李廷龜)가 상(上)에게 아뢰기를,

"최립이 문장으로 세상에 이름났는데, 그 글이 민몰되어 전하지 못하니 책으로 간행하소서."

하여, 공이 돌아간 지 40년 만에 처음으로 그 글이 간행되니, 《간이당유문(簡易堂遺文)》29권이다.

다음과 같이 찬한다.

自高麗中世以後(자고려중세이후)
文學甚盛(문학심성)
李相國牧隱最著聞(리상국목은최저문)

李相國特雄偉(리상국특웅위)

本朝諸名家作者(본조제명가작자)

亦不爲不盛(역불위불성)

而簡易諸作(이간역제작)

特瓌健簡奧獨傑然(특괴건간오독걸연)

可爲千載一人云(가위천재일인운)

고려 중세 이후로

문학이 심히 성하여

이상국과 이목은이 가장 드러났는데

이상국이 특히 웅위하였고

본조 명가의 저작도

또한 융성하였지만

간이의 작품이

특별히 웅건하고 간오하여 홀로 뛰어났으니

일천 년에 단 한 사람 될 만하도다.

簡易堂碣

公諱崒。字立之。姓崔氏。父自陽。國子進士。公少孤。不慧於言。
生十年。始讀書。甫成童。陞太學。文章日有名於世。二十주-D00
1。擢上第。當恭憲王十四年。前後領邑七。昭敬王二十六年。守甄城
尹。後爲司寇亞卿。當壬辰兵革國大亂日。請救於天子。大發兵征
倭。上常令公毋拘以分職。兼管承文院事。掌詞命。咨奏書大小四十
四。前後三入京師。上書三十三。其四。頒行會典事也。餘皆存國亡
國之急也。於是其文重於九鼎大呂。後出爲杆城太守。上周易口訣四
卷。作洪範學記五百餘言。公平生好讀班固，韓愈書。其文閎深簡
奧。古雅可法。東方文學。千載一人。公七十三沒。葬高陽之鬼嶼。

初。公別號東皐。後易之以簡易云。子東望。亦以文學進。終龍岡縣
令。無子。又有庶出子。東聞，東觀二人。仁祖世。有詞臣李廷龜白
上曰。豈以文章名世。沒而無傳。請刊行其書。公沒四十年。其文始
行。簡易堂遺文二十九卷。
其贊曰。自高麗中世以後。文學甚盛。李相國，牧隱最著聞。李相國
特雄偉。本朝諸名家作者。亦不爲不盛。而簡易諸作。特瑰健簡奧。
獨傑然。可爲千載一人云。

호음(湖陰)의 천장 음기(遷葬陰記)

우리나라의 문학이 융성하다는 것은 예부터 기록된 것이다.
설자(說者)가 말하기를,

"국초(國初)의 모든 저작은 옛것을 약간 변화시켜서 아담하고 화려
하게 하였다. 신라 때부터 천 수백 년을 내려오는 동안에 재주가
뛰어난 최학사(崔學士: 최치원(崔致遠))·이상국(李相國)·이목
은(李牧隱)·점필재(佔畢齋: 김종직(金宗直)) 같은 분들의 작품은
당송(唐宋)의 문장과 겨룰 만한데, 그 중에도 이상국이 가장 재주
가 많았다."
한다. 우리 중종(中宗)·명종(明宗) 이후로 시를 가지고 이름난 분이
백여 년 동안에 또한 많았는데, 호음(湖陰)의 시가 후세에 특히 일컬
어진 것은 무엇 때문일까?
그 서문에 이르기를,
"그는 남보다 뛰어난 천재로 어려서부터 글을 읽을 줄 알아서 매일
수천 언을 기록하였다. 문장이 일찍이 성취되어 온 세상에 드러나
게 되었다."

하였고, 오태사(吳太史)는 일컫기를,

"산수며, 동물이며, 식물이며, 변태(變態)며, 호흡이며, 음률이며,
요속(謠俗) 같은 것들을 한결같이 읊조리는 데에 붙였다. 풍(風)에
능하였으며, 시가 온후하고 화평하여 기괴하지만 잔재주를 부리지
않았다. 그래서 중국 사신과 수창(酬唱)한 작품이 천하에 크게 전
한다."

하였다. 지금 호음의 시로 세상에 행하는 것이 수천 편이다. 호음 당
시에 재학(才學)이 많기로 일컬어지던 어숙권(魚叔權)·이붕상(李鵬
翔)·임기(林芑)·노서린(盧瑞麟)·권응인(權應仁) 같은 선비들이
모두 호음의 문하에서 나와 그때에 울린 명성이 지금까지 전한다.

공은 휘가 사룡(士龍), 자가 운경(雲卿), 성이 정씨(鄭氏)이며, 호음
(湖陰)은 그의 별호이다. 지금도 호음의 옛집이 의춘현(宜春縣) 정호
(鼎湖) 가에 있다. 세조 때 명신 동래군(東萊君) 정난종(鄭蘭宗)의 손
자요, 창원 도호(昌原都護) 정광보(鄭光輔)의 아들이며, 중종 때 정승
정광필(鄭光弼)의 종자(從子)이다. 홍치(弘治) 7년 갑인(1494, 성종
25)에 출생하여 16세에 상사(上舍)에 오르고 19세에 박사과(博士科)
에 뽑혔으며, 이어 문과(文科)에 장원하여 높은 벼슬로 네 왕조(중종
·인종·명종·선조)를 섬기다가 선조 6년 계유(1573)에 이르러 영
중추부사(領中樞府事)로 세상을 마치니, 나이는 80세이다. 분묘는 양
주(楊州)에 있다.

지금 3세손 정지문(鄭之問)이 곽박(郭璞)과 이순풍(李淳風)의 풍
수설(風水說)에 통하여 그의 말대로 장사를 지내면, 자손들의 빈부
(貧富)·궁달(窮達)·화복(禍福)·수요(壽夭)가 털끝만큼도 어긋나

지 않았다. 그가 일찍이 영평(永平)의 용화길(龍化吉)에 장지를 잡아
두었다가 하루아침에 3대(代)의 묘소를 다 이장하니, 공의 묘소는 80
여 년 만에 개장하게 된 것이라 한다.

湖陰遷葬陰記

吾東方文學之盛。自古記之。說者曰。國初諸作。稍變舊。裁之以雅
麗。自新羅歷數千百年。其間高才傑出者。如崔學士，李相國，牧
隱，佔畢諸老之作。能頡頏唐宋氏。而李相國最大才。自我中明以
來。以詩名家者亦多。百餘年間。湖陰之詩特稱於後世。何也。其敍
曰。天才絕倫。自髫齕知讀書。日記累千言。文章卓然早成。遂顯於
一世。吳太史稱之曰。若流峙動植。變態吐納。音律謠俗。一寓於吟
哦。而長於風。爲詩。溫厚和平。奇怪而不譎。於是皇華酬唱之作。
大傳於天下。今有湖陰詩什。行于世者累千篇。當湖陰之世。稱多才
學之士。如魚叔權，李鵬翔，林芑，盧端麟，權應仁之徒。皆出湖陰
門下。名其時至今。公諱士龍。字雲卿。其姓鄭氏。湖陰。別號也。
今湖陰舊業。在宜春縣鼎湖上。世祖名臣東萊君蘭宗之孫。昌原都護
光輔之子。中宗相光弼之從子也。弘治七年甲寅生。十六。陞上舍。
十九。選博士科。繼以魁科貴。歷事四朝。至宣祖六年癸酉。以領中
樞卒。年八十。墳墓在楊州。今其三世孫之問。能言郭璞，李淳風之
術。葬而子孫之貧富窮達禍福壽夭。無毫髮失。嘗卜葬於永平之龍化
吉。一朝遷其三世之葬。公之墓歷八十餘年。乃改葬云。

박평산(朴平山) 묘갈(墓碣)

공은 휘가 진영(震英), 자가 실재(實哉), 성이 박씨(朴氏)이다. 선대
는 본래 밀양인(密陽人)이었는데, 후대에 강우(江右)의 함안(咸安)으
로 이사하여 관향으로 정했다. 증조부 유(楢)는 무안 현감(務安縣監)
인데 중종조(中宗朝)에 대년질(大年秩)로 종2품에 올랐고, 조부 종수
(宗秀)는 증(贈) 한성부 우윤(漢城府右尹)이었으며, 부(父) 오(旿)는

증(贈) 형조 판서(刑曹判書)요, 모(母) 이씨(李氏) 증(贈) 정부인(貞夫人)은 관향이 경주(慶州)이니, 증(贈) 병조 참판(兵曹參判) 경성(景成)의 딸이다.

공은 재식(才識)이 남보다 뛰어나서 호걸스럽고 기개도 있었지만 잡다하게 공명이나 위하는 것은 즐기지 않았다. 임진왜란을 당하여 공은 군수 유숭인(柳崇仁)과 의병(義兵)을 모아 적을 치는데, 이때 의병장(義兵將) 곽재우(郭再祐)가 공을 불러서 머물러 있게 하려고 하자, 공은 사양하기를,

"이미 남과 사생을 같이 하자고 약속했으니, 저버리는 것은 불가합 니다."

하니, 곽재우는 마음으로 어질게 여겨 다시는 머물러 있으라고 말하지 않았다. 마침 큰 난리를 당한 때인지라, 공은 무과(武科)로 발신(發身)하였으니, 나이가 26세였다. 그해에 아버지의 상을 당하였는데도 여러 선비들과 기복(起復)되어 원수(元帥)의 막부(幕府)를 따랐다. 비록 병진(兵陣) 중에 있을지라도 사생활일 경우에는 거처에 예가 있었으므로 온 부중(府中)이 모두 그를 어질게 여겼다.

기해년(1599, 선조 32)에 용궁 현감(龍宮縣監)이 되었는데, 이후로 십수 년 동안은 천거해 주는 자가 없어서 벼슬은 부(府)의 판관(判官)에 불과하였다. 계축년(1613, 광해군 5)에 경흥 도호부사(慶興都護府使)가 되었다. 이때 인접한 오랑캐들이 자주 반란을 일으켜 변방의 백성 가운데 포로로 잡혀간 이가 몹시 많았는데, 공이 물화를 주고 그들을 되돌려 왔다. 임기가 만료되자 순찰사(巡察使) 권진(權縉)이 불러서 중군(中軍)에 임명하고, 이어 그 공적과 재능을 상신하여 절

충장군(折衝將軍)으로 승급하였다. 기미년(1619, 광해군 11)에는 순천군수(順川郡守) 겸 우영장(右營將)이 되었다. 전해에 요좌(遼左)가 함락되어 요동 백성이 강을 건너서 피난 왔는데, 그들이 민간에 섞여 강한 자는 폭력으로 물품을 강탈하므로 백성들의 근심이 날로 커 갔다.

공이 그들과 약속을 한 다음, 주리는 자를 관에서 구휼하는 한편, 그 약속을 따르지 않는 자는 가차 없이 처벌하니, 그 후엔 주객(主客)이 서로 편안하여 인심이 크게 안정되었다.

찬획사(贊畫使) 이시발(李時發)이 순행차 본군에 이르러서 열병(閱兵)을 하는데, 군중의 한 병사가 그 재능을 자랑하기 위하여 서서 총을 쏘아 나는 새를 떨어뜨렸다. 그러자 온 군중은 크게 기뻐하며 '상을 주어야 한다.'고 했다.

공은 말하기를,

"불가하다. 군중에서는 장군의 명을 들어야 하는데 명령 없이 발포하였으니, 법으로 다스릴지언정 상을 줄 수 없다."

고 하니, 찬획사가 크게 칭찬하고 상을 주지 않았다.

관서 어사(關西御史) 한 사람이 자신의 과오를 지적하였다고 공에게 불만을 품고는 복명(復命)하는 자리에서 그의 불법을 말하여 내쫓게 하려고 하자, 간관(諫官) 김시양(金時讓)이 아뢰기를,

"신이 알기로 이 사람이 본디 청렴하고 곧은 것으로 시기를 당하여, 공이 많은데도 벼슬이 낮아 사람들이 애석하게 여깁니다."

하니, 그 사람은 부끄러워서 말을 못하였다. 치적이 훌륭하기 때문에 유임된 지 2년만에 해서도 방어사(海西道防禦使)가 되었다. 이듬해

이괄(李适)의 반란이 일어났다. 이때 도원수(都元帥) 장만(張晚)이 평양(平壤)에 주둔하였으므로 공이 그에게 갔다.

이괄이 이 소식을 듣고 말하기를,

"원수의 장수 가운데는 남이흥(南以興)·박진영(朴震英)·유효걸(柳孝傑) 몇 사람뿐이다."

하고, 이간하는 편지를 썼는데, '임금 측근의 악인을 제거하겠다.' 하고는 피봉에 '남이흥·유효걸·박실재'라고 썼으나, 남이흥이 그때 원수의 부중에 중군(中軍)으로 있었으므로 원수는 이간하는 것임을 알고, 공을 별장(別將)으로 삼고 더욱 신임하였다.

원수가 말하기를,

"이괄이 거느린 군사는 정병(精兵)과 항왜병(降倭兵) 합쳐 수만 명인데, 우리의 군사는 수천 인도 채 못 되니 그 형세를 당할 수 없다. 저들 장사(將士) 중에서 이괄을 따르지 않는 자가 있다면 누구이겠는가?"

하니, 공이 말하기를,

"이윤서(李胤緖)가 죽지 않았으면 반드시 무슨 일을 하려고 할 것입니다."

하였다. 공은 지나가는 이윤서의 종 한 사람을 오게 해서 대의(大義)로써 타이르고 편지를 주어 윤서에게 보내려 하니, 곧 허락하였다. 이를 원수에게 보고하고 편지에 '의리상 적을 따라서는 안 된다.'라 쓰고 서명을 하는데, 동료들을 돌아보며 말하기를,

"여러분은 어떠하겠소?"

하였으나 모두 돌아보고 기꺼이 하려 하지 않았는데, 오직 남이흥·

유호걸 두 사람만이 따라서 서명을 하였다.

이윤서는 이미 죽기를 결심하였고 딴 뜻이 없기 때문에 편지를 보고는 곧 이신(李愼)·유순무(柳舜懋)·이택(李托) 등과 더불어 몰래 모의하고 밤 3경에 화포(火砲)로 신호하여, 각기 거느린 군사로써 진(陣)을 뚫고 나온 자가 3천 인이나 되었다. 이윤서는 원수를 보더니 '적중에 있으면서 적을 죽이지 못하여 세상에 설 면목이 없다.'고 말하고는 목을 찔러 죽었다.

적이 샛길로 자산(慈山)을 나와 곧바로 황주(黃州)로 가므로 원수가 비로소 군사를 출동하였는데, 앞 부대가 적을 만나 신교(新橋)에서 패배를 당하자, 공은 분발하여 꾸짖기를,

"패군한 자는 죽여야 하고 용서해서는 안된다."

고 하였다. 적이 서울에 들어와서 상이 이미 남으로 파천하자, 원수는 뒤에 여러 장수들에게 서호(西湖)를 건너서 남으로 가라고 명령하였으나, 남이흥·정충신(鄭忠信) 등이 그 명령을 따르지 않고 군사를 재촉하여 먼저 안령(鞍嶺)을 점거하였으므로 대군(大軍)은 이들을 따르게 되었고, 공과 신경원(申景瑗)은 동교(東郊)에 주둔하게 되었다.

이괄이 패전하여 그 부하에게 논공행상을 하는데, 공은 한 자급(資級)만이 올랐을 뿐, 봉작(封爵)하는 데는 참여하지 못하였으나, 일체 자신의 공을 말하지 않았다.

공은 평산도호부사 겸 해서방어사(平山都護府使兼海西防禦使)가 되었다가 그해에 파직되어 고향으로 돌아왔는데, 그 길로 벼슬에 나가지 않았다.

전일 간관이었던 김시양이 영남 안무사(嶺南按撫使)가 되어 바닷가를 순행하다가 전사(田舍)에 있는 공을 방문하여 말하기를,

"어찌해서 벼슬하지 않소?"

하니 공이 대답하기를,

"무능한 사람으로 은혜를 이미 후하게 받았는데 또 무엇을 구하겠소."

하니, 김시양이 탄식하면서 돌아갔다.

공은 매양 일이 없어 한가할 때에는 거문고 타기를 좋아하였는데 세속의 음악은 타지 않았으며, 책도 즐겨 보아서 책이 손에서 떠나지 않았다. 병자호란이 있은 뒤부터는 강개하고 낙이 없어 날마다 술 마시는 것으로 세월을 보냈으며, 때로는 칼을 어루만지며 긴 한숨을 쉬었고 밤이면 천문(天文)만을 볼 뿐이었다.

인조 19년(1641)에 나이 73세로 광려산(匡廬山) 아래에서 돌아가자 동군(同郡) 구음곡(仇音谷)에 장사 지냈고, 숭정대부(崇政大夫) 판돈녕부사 겸 판의금부사 오위도총부도총관(判敦寧府事兼判義禁府事五衛都摠府都摠管)의 벼슬이 추서(追敍)되었다.

공은 평생에 절검(節儉)을 숭상하고 시여(施與)를 좋아하였으며 종족끼리 화목하고 적서(嫡庶)에 대해 엄격하였다.

병이 위독하자 아들들에게 경계하기를,

"예법을 삼가 지켜 가훈을 무너뜨리지 말라."

고 할 뿐, 다른 말은 없더니 얼마 후에 운명하였다. 부인 정경부인(貞敬夫人) 어씨(魚氏)는 관향이 함종(咸從)으로 증(贈) 한성부 우윤(漢城府右尹) 응해(應海)의 딸로 아들 둘을 낳았으니 세룡(世龍)·형룡

(亨龍)이다.

서자(庶子)가 다섯 있으니, 유룡(庾龍)·임룡(任龍)·기룡(起龍)·
자룡(子龍)·현룡(見龍)인데, 유룡은 율포 권관(栗浦權管)이며, 임룡
은 적성 현감(積城縣監)이다.

딸이 여섯인데 둘은 직장(直長) 윤태지(尹泰之)와 절도사 남두병
(南斗柄)의 첩이 되었고, 넷은 남두격(南斗格)·권복경(權復慶)·김
정구(金鼎耉)·곽지립(郭智立)의 아내가 되었다.

다음과 같이 명한다.

> 忠不見功(충불견공)
> 廉不見容(렴불견용)
> 順受其正(순수기정)
> 窮亦不慍(궁역불온)
> 汙濁之戒(오탁지계)
> 良善之勸(량선지권)

> 충성하였건만 공로가 드러나지 않았고
> 청렴하였건만 용납되지 못했네
> 순순히 그 바름 받아서
> 궁하여도 노여워하시 않았으니
> 오탁한 이의 경계가 되고
> 선량한 이의 권면이 되었네.

朴平山碣
公諱震英。字實哉。姓朴氏。其先本密陽人。後世徙江右之咸安。遂
爲貫籍。三世祖榴。爲務安縣監。恭僖世。以大年。秩從二品。大父

宗秀。贈漢城府右尹。父旿。贈刑曹判書。母李氏贈貞夫人。籍慶
州。贈兵曹參判景成之女也。公才識異等。豪擧有氣槩。亦不肯屑屑
爲名。壬辰之亂。與郡守柳崇仁募兵伐賊。義兵將郭再祐。召公欲留
之。公謝曰。旣與人約爲死生。背之不可。郭公心賢之。不復言留。
時當大亂。慨然以騎射發身。時二十六。其年有父憂。以列士起復。
從元帥幕府。雖在戎間。私則居處有禮。府中賢之。己亥。爲龍宮縣
監。自此十數年間。無薦引者。官不過諸府判官。癸丑。爲慶興都護
府使。時藩胡數叛。邊邑人口虜獲甚衆。公悉以貨贖歸。及苽。巡察
使權縉。召拜中軍。仍上其功能。陞折衝將軍。己未。爲順川郡守兼
右營將。前年遼左陷敗。遼民渡江者。雜於民間。其強者攻劫以取
足。爲民患日多。公爲約束。官恤其餓者。而其不從約束者不假。然
後主客相安。人心大悅。贊畫使李時發巡行至郡閱兵。有軍中士欲售
其才能。立發砲墮飛鳥。一軍大喜。當賞。公曰。不可。軍中聽於
將。無令發砲。有軍法。無軍賞。贊使稱謝。不果賞。關西御史一
人。因恥過。不快於公。旣復命。言不法。欲黜之。諫官金時讓曰。
臣知此人。素以廉直見嫉。功多而官卑。人心惜之。其人憨。無以
言。以治理仍任者二年。爲海西道防禦使。明年。李适叛時。都元帥
張晩。軍平壤。公往從之。适聞之曰。帥府諸將。惟南以興，朴震
英，柳孝傑數人而已。爲間書言除君側之惡。而封外。書南以興，柳
孝傑，朴實哉云。以興方爲帥府中軍。元帥知其爲間。以公爲別將。
倚信之加甚。元帥曰。适所領精兵降倭數萬。我兵不滿數千。其勢不
可當。彼諸將士有不從者爲誰。公曰。李胤緒不死則必欲有爲也。公
得胤緒蒼頭過者一人。諭以大義。欲遺書遣之。卽許諾。以此具告元
帥。乃爲書言義不從賊。旣署。顧同列曰。諸君何如。皆相顧不肯。
惟以興，孝傑二人從署。胤緒已決死無他意。見書卽與李愼，柳舜
懋，李玒陰與謀。夜三鼓。皆應砲。各以所領兵潰陣出者三千人。胤
緒見元帥。自言在賊中不殺賊。無面目立於世也。遂自刎以死。賊間
出慈山。直趨黃州。元帥乃始出兵。前騎遇賊。潰於新橋。公發憤罵
曰。敗軍者當斬。不可貸也。及賊入京。上已南狩。元帥後令諸將。
欲從西湖渡兵而南。南以興，鄭忠信等不從其令。促兵已先據鞍嶺。
大軍繼之。公與申景瑗。軍東郊。适戰敗。爲其下所殺。及論功賞。
公陞一資而已。不預行封。而公口不言功。公爲平山都護府使兼海西

防禦使。其年。罷歸鄉里。因不出。前時諫官金時讓。爲嶺南按使。
巡行海上。訪公於田舍曰。何爲不仕。公謝曰。以無能。受恩已厚。
又何求也。時讓爲之嘆息而去。每閒暇無事。喜鼓琴。亦不彈世俗之
樂。觀書手不釋卷。自丙子大亂後。忼慨不樂。日飲醉自遣。時撫劍
太息。夜則仰觀星文而已。仁祖十九年。七十三。卒於匡廬山下。葬
於同郡仇音谷。追爵崇政大夫判敦寧府事兼判義禁府事五衛都摠府都
摠管。公平生尚節儉。好施予。睦宗族。嚴嫡庶。疾病。戒諸子曰。
謹守禮法。毋墜家訓。無他語。尋卒。貞敬夫人魚氏。籍咸從。贈漢
城府右尹應海之女。生二男。世龍，亨龍。庶出男五人。庚龍，任
龍，起龍，子龍，見龍。庚龍。栗浦權管。任龍。積城縣監。女六
人。二人直長尹泰之，節度使南斗柄妾。四人嫁爲南斗格，權復慶，
金鼎奇，郭智立妻。銘曰。
忠不見功。廉不見容。順受其正。窮亦不慍。汚濁之戒。良善之勸。

북청 판관(北靑判官) 이공(李公)의 묘갈(墓碣)

공은 휘가 순형(純馨), 자가 계훈(季薰), 성이 이씨(李氏)이다. 시조
는 덕원군(德源君) 이서(李曙)로 세조의 제왕자(諸王子)인데, 그가
연성군(蓮城君) 이지(李漬)를 낳고, 연성군이 인강군(仁江君) 이량
(李樑)을 낳고, 인강군이 금계군(錦溪君) 이인수(李仁壽)를 낳았다.
공은 금계군의 차자였는데, 숙부인 금평군(錦平君) 이의수(李義壽)
에게 양자로 들어갔다.

공은 어려서 문장을 최간이(崔簡易)에게 배웠다. 27세에 진사(進
士)가 되었는데, 광해 5년(1613)에 영창대군(永昌大君)의 옥사(獄事)
가 일어나 진신(搢紳)들이 크게 몰락되고, 정인홍(鄭仁弘)의 무리인
이위경(李偉卿)이란 자가 태학(太學)에 있으면서 폐모후의(廢母后
議)를 맨 먼저 꺼냈다.

사람들은 크게 두려워서 감히 이의를 내세운 자가 없었으므로 공은 개탄하여 말하기를,

"윤리와 기강이 멸망되었다."

하고, 태학생 3백 인과 상소하여 윤리와 기강의 일을 말하였다. 고상(故相) 이 문충공(李文忠公: 이원익(李元翼))이 간하다가 죄를 얻자, 공은 또 진사 홍무적(洪茂績)·정택뢰(鄭澤雷) 등과 연달아 상소하여 극언하였지만 태후(太后: 인목대비)는 서궁(西宮)에 유폐되고 간언한 자가 모두 죄를 얻었는데, 공도 금고(禁錮) 10년에 처하게 되었다.

계해년(1623, 인조 1) 인조반정(仁祖反正)으로 일이 풀려서, 신미년(1631, 인조 9)에 처음 서사(筮仕: 처음 벼슬을 얻음)하여 의금부 도사가 되었다가, 을해년(1635, 인조 13) 증광시(增廣試)에 급제하여 자궁(資窮)으로 승문원의 판교(判校)가 되었더니, 얼마 후 나아가 북청도호부 판관(北靑都護府判官)이 되었다.

병자호란에 남한산성이 40여 일 간 포위되자, 공은 군현(郡縣)에 격문을 돌려 의병 3천 인을 모집하여 장차 구원하려 하였는데, 순찰사 민성휘(閔聖徽)가 남북(南北)의 정예병을 규합하여 근왕(勤王)하므로 공은 영흥(永興)에 주둔하여 군량을 공급하였다.

이때 청인(淸人)은 이미 강화를 맺고 돌아가는 판이었는데, 관군(官軍)이 그를 만나 안변에서 싸우다 크게 패배하였다. 지날 달 상(上)이 남한산성을 나오면서 모든 진영(鎭營)의 군사를 해산할 것을 명했기 때문에 공은 군사를 해산하고 고을로 돌아가는 길이었으므로 청병의 추격을 받아 북쪽 끝까지 계속 도망쳐서 겨우 화를 모면하게

되었다. 청병은 순찰사의 군사를 격파하고는 지나는 곳마다 백성을 도륙하니 여러 성들이 크게 무너졌다.

그러자 모두 원망하기를,

"순찰사 때문이다."

라고 하니, 그는 마음이 부끄러워서 불안하기도 하거니와, 일찍이 공에게 불만을 품은 적도 있었으므로,

"적병이 돌아가는 갑산(甲山)까지의 길목은 텅 비어 관수(官守)가 없었으니, 모(某: 공을 가리킴)가 실상은 그 책임을 져야 합니다."

라고 조정에 보고하였다. 공이 끝내는 이 때문에 파직을 당하니, 사람들은 더욱 불복하였다.

공은 평생에 큰 절개를 좋아하였으며, 심후(深厚)하고 아량이 있어서, 젊어서는 공보(公輔)의 명망에 올랐었는데, 불행히도 궁하게 그 몸을 마치고 말았다. 공은 죄 아닌 것으로 폐출을 당하였지만, 일찍이 슬픈 표정을 얼굴이나 말에 나타낸 일이 없었고, 생도를 교수하는 것으로 취미를 삼았다.

인조 26년(1648) 2월 1일 공이 69세로 세상을 뜨니, 다음 달에 파주(坡州) 용지산(龍池山) 아래에 안장하였다. 부인은 숙인(淑人) 인동 조씨(仁同曺氏)이다. 장남은 운관(云灌), 차남은 운점(云漸)인데, 다 아들이 없고, 3남 운제(云濟)는 2남 3녀를 낳아, 큰 아들 두성(斗星)을 운관에게 양자로 들였다. 나머지는 모두 어리다. 서출녀(庶出女) 한 사람이 있으니 사위는 경우(慶寓)이다.

다음과 같이 명한다.

榮辱倘來(영욕당래)
君子不貳(군자불이)
直道在我(직도재아)
窮亦樂義(궁역악의)

영욕이 설사 온다 하여도
군자는 변심하지 않나니
바른 도 나에게 있으므로
궁하여도 의를 즐기네.

北靑判官李公碣

公諱純馨。字季薰。姓李氏。始祖德源君曙。世祖諸王子。生蓮城君
澗。蓮城君生仁江君樑。仁江君生錦溪君仁壽。公錦溪君次子。而爲
後於叔父錦平君義壽。少學文章於崔簡易。二十七。成進士。光海五
年。永昌獄起。搢紳大陷。鄭仁弘之徒。有李偉卿者。在太學。首發
廢母后之議。人心大懼。莫敢有異議者。公慨然曰。倫紀滅矣。與太
學諸生三百人上疏。言倫紀事。故相李文忠公諫而得罪。又與進士洪
茂績，鄭澤雷等。連上疏極言。太后旣閉之西宮。諫者皆得罪。而公
禁錮且十年。癸亥。仁祖旣反正。事得解。辛未。初筮仕。爲義禁府
都事。乙亥。登增廣及第。以資窮爲承文院判校。尋出爲北靑都護府
判官。丙子之亂。南漢受圍四十餘日。公傳檄郡縣。召集義兵。得三
千人。將入援。巡察使聖徽。合南北精兵勤王。公軍永興。給餽餉。
時淸人業已講解而歸。官軍遇戰於安邊大敗。前月上出南漢。已令諸
鎭罷兵矣。公罷兵之邑。爲淸兵所追躡。入窮北僅免。淸人旣擊破巡
察軍。所過屠殺。列城大潰。皆怨之曰。巡察使之故也。彼心內愧不
安。嘗不快於公。以爲敵人歸路至甲山。空無官守。某實任其咎。以
聞於朝。公卒以此廢。人心益不服。公平生好大節。深厚有雅量。少
有公輔之望。不幸窮抑。以沒其身。公以非罪坐廢。未嘗慼慼見於色
詞。敎授生徒以自娛。仁祖二十六年二月一日。公年六十九歿。後
月。葬坡州龍池山下。淑人仁同曹氏。長子云灌。次子云漸。皆無

子。少子云濟。生二男三女。其一子斗星爲云灌後。餘幼。有庶出女
一人。壻曰慶宇。銘曰。
榮辱倘來。君子不貳。直道在我。窮亦樂義。

영변 부사(寧邊府使) 양공(梁公) 묘명(墓銘)

공은 휘가 응심(應深), 자가 언용(彦容), 성이 양씨(梁氏)이다. 본래
남원(南原) 대성(大姓)으로 오조(五朝: 세종·문종·세조·예종·성
종)의 재상(宰相)이었던 양성지(梁誠之)의 6세손이다. 증조는 곡산
군수(谷山郡守) 윤정(允精)이요, 조부는 사헌부 감찰(司憲府監察) 사
눌(思訥)이니 수직(壽職)으로 절충장군(折衝將軍)을 제수받았으며,
아버지는 은(誾)인데 일찍 세상을 떠나 호조 참판에 추서(追敍)되었
다. 어머니 이씨(李氏)는 돈용교위(敦勇校尉) 사안(思安)의 딸이니
태종의 아들 효령대군(孝寧大君) 이보(李補)의 6세손이다.

공은 남다른 큰 뜻이 있어서, 글을 배워 봤자 이름을 이루지 못한다
고 걷어치우고 31세에 무과에 급제하여 처음엔 선전관을 제수받았고
재선(才選)으로 주사랑(籌司郎: 비변랑(備邊郎))을 겸임하다가 1년
후에 이성 현감(利城縣監)이 되었으며, 그후 3년 봄에는 도총 도사(都
摠都事)로 명천 현감(明川縣監)이 되었다. 그해에 명천현이 도호부
(都護府)로 승격되는 바람에 체직되어 형조 좌랑이 되었다가, 선조
말년(1608)에 평양부 판관(平壤府判官)이 되고, 그 후 6년에 태안 군
수(泰安郡守)가 되었다.

때는 바야흐로 광해군의 정치가 혼란하던 시기여서, 벼슬하려는
자들이 흔히 뇌물로 벼슬을 얻으므로 이를 부끄럽게 여기고 밭을 갈

아서 자급(自給)하였으며, 다시 벼슬을 구하지 않은 지 10년이었더니, 인조 5년(1627)에 청병(淸兵)이 연달아 양서(兩西)를 함락하자 서울이 요란하여 상이 강도(江都)로 행차하니, 공은 칼을 짚고 상을 따라가 군기시 부정(軍器寺副正)에 서용되었다.

그 이듬해 조정은 청 나라와 화친을 끊고는 직접 장수를 뽑았는데, 공은 절충장군에 올라 관서 병마우후(關西兵馬虞侯)가 되고, 1년 후에는 영변대도호부(寧邊大都護府)로 옮겼는데, 당시 재신에게 잘못 보여서 파직되었다.

공은 평생에 청렴하고 깨끗하기를 좋아하였으므로 전후 20년 동안이나 벼슬을 하였지만 털끝만큼도 남을 해치지 않고 자기를 더럽히지 않았다.

인조 10년(1632) 7월 29일 63세로 세상을 떠났다. 그해 9월에 파주(坡州) 성산(城山)의 양씨 종산에 안장하였다.

공은 엄중하여 위의가 있고 말과 웃음이 적었으나, 세무(世務)를 널리 알아서 일에 임하면 여유로웠다. 그런데 고고해서 권귀(權貴) 섬기기를 즐겨하지 않았으니, 공은 끝내 이 때문에 전리(田里)에서 한가한 세월을 보냈다.

시냇가에서 고기 낚기를 즐기고 초서(草書)·예서(隷書)를 잘 썼으며 인(仁)·효(孝)의 착한 행실이 있어 가르침이 가정에 행해졌다. 두 아우가 있으니, 응원(應源)은 효도로 소문이 났고, 응함(應涵)은 변진(邊鎭)의 연수(連帥)를 지냈는데, 청백리로 이름이 높다.

아들 일(佾)·현(俔)·엄(儼)은, 형제 모두가 가정을 잘 다스린다고 일컬어졌다. 엄도 또한 초서와 예서를 잘 썼다.

부인인 숙부인(淑夫人) 신씨(申氏)는 본관이 고령(高靈)으로 보성군수(寶城郡守) 여관(汝灌)의 딸인데, 공과 같은 해에 나서 공보다 20년 전에 44세로 돌아갔으니, 공이 태안 군수로 나가던 해 4월 17일이었다.

장지는 공과 같은 자리에 쌍분으로 모셨다. 3남에 사위 하나가 있으니, 사위는 신영필(愼英弼)이다. 일(侑)의 아들은 익순(益恂)·익침(益忱)·익염(益恬)·익제(益悌)·익경(益憬)이요, 사위는 원재(元梓)이며, 현의 아들은 익삼(益三), 엄의 아들은 익태(益泰)·익정(益鼎)이요, 사위는 한덕량(韓德亮)이다.

다음과 같이 명한다.

> 駑駘之駟(노태지사)
> 驥騏之恥(기기지치)
> 鉛刀之利(연도지리)
> 鐵劍之棄(철검지기)
> 曾謂干城之傑(증위간성지걸)
> 終焉田里之棲棲者耶(종언전리지서서자야)

> 둔마가 달림은
> 준마의 부끄러움이며
> 연도가 잘 듦은
> 철검이 버려짐이다
> 일찍이 간성의 재목이라 일컬어지던 이가
> 끝내는 시골에서 서성거리고 있음에라.

梁寧邊墓銘

公諱應深。字彦容。姓梁氏。本南原大姓。五朝宰相梁誠之六世孫
也。曾祖谷山郡守允精。祖司憲監察思訥。以壽考。進折衝將軍。父
閨早世。追爵戶曹參判。母李氏。敦勇校尉思安之女。太宗子孝寧大
君補之六世孫也。公傑魁有大志。學書不成名。去之。三十一。選武
擧。初授宣傳官。以才選兼任籌司郞。一年。爲利城縣監。後三年
春。以都摠都事。爲明川縣監。其年。以縣陞都護府。遞爲刑曹佐
郞。宣祖末年。爲平壤府判官。後六年。爲泰安郡守。方光海政亂。
爲官者多以賄賂得仕。恥之。耕田自給。不復覓官求仕十年。仁祖五
年。奴連陷兩西。京城擾亂。上出幸江都。公杖劍從上。敍爲軍器副
正。明年。朝廷與奴絶和親。選將帥。公陞折衝將軍。爲關西兵馬虞
侯。一年。移寧邊大都護。不悅於時宰。罷。公平生好廉潔。爲官前
後二十年。不以一毫干人。亦不以一毫累己也。十年七月廿九日。公
歿。年六十三。其九月。葬坡州之城山梁氏族葬。公嚴重有威儀。寡
言笑。能博達世務。臨事裕如。落落不肯事權貴。公卒以此窮。閒暇
田里。樂臨川釣魚。善草隷。有仁孝善行敎行於家。有二弟。應源。
以孝聞。應涵。連帥邊鎭。以淸白名。男佾，俔，儼。皆以兄弟善居
家稱之。儼亦善草隷。淑夫人申氏。籍高靈。寶城郡守汝灌之女。與
公同年生。先公二十年四十四歿。公出泰安之年四月十七日也。其葬
與公同原而雙墓者也。三男一壻。壻愼英弼。佾生益怕，益忱，益
恬，益悌，益憬。壻元梓。俔生益三。儼生益泰，益鼎。壻韓德亮。
銘曰。
駑駘之駟。驥騏之恥。鉛刀之利。鐵劍之棄。曾謂干城之傑。終焉田
里之棲棲者耶。

등암 처사(藤庵處士) 묘명(墓銘)

만력(萬曆) 말기에 나는 영남 여러 고을에 벼슬살이하는 아버지를
따라 다니다가 거창(居昌) 객관(客館)에서 처음으로 공을 알았다.
공은 자신을 지킴이 엄격하고 주고받는 관계가 올바르며, 군자의

풍류를 말하기 좋아하였으므로 나는 마음으로 존경하였다. 그 후 한강(寒岡) 정선생(鄭先生: 정구(鄭逑))이 작고하자 같은 문생(門生)의 열에 서서 조문하였는데, 서로 소식이 끊긴 지 10여 년 만에 영남 선비 편에 전현(前賢)의 유적(遺籍)을 보기를 요구했더니, 그해에 상변사(上變事)가 있어서 선량한 이들이 연루되었고, 공도 포박되어 서울에 들어왔는데, 《오선생예설(五先生禮說)》을 가져다 주면서 말하기를,

"나는 죽어도 저버리지 않겠다."

고 하였다. 공이 이미 사면되어 고향에 돌아간 지 몇 해 후에 나는 영남으로 피난하여 어른들을 뵙고 새로운 것을 들어서 배웠다.

매양 공을 찾아가 노덕(老德)으로 섬겼는데, 몇 해 전에 공의 작고 소식을 듣고 침문(寢門) 밖에서 곡하였으며, 장사 때에도 공을 위하여 애사(哀詞)를 지었다.

이제 남긴 아들 둘이 있어, 삼년상을 마치고 선인의 묘소에 비석을 세우고자 1천여 리 길에 사람을 보내서 나에게 명(銘)을 부탁하였다. 나는 덕을 사모하는 정성으로 사양하지 않고, 공의 선행(善行) 가운데, 드러난 것만을 논찬(論撰)하여 다음과 같이 돌에 적는다.

"공은 재식(才識)이 남보다 뛰어났다. 젊어서 한강 선생(寒岡先生)을 사사하여 군자의 가르침을 받았다. 공은 힘써 배워서 여러 번 공거(公車)에 뽑혔으나, 불행히도 선장군(先將軍)이 비명에 작고함을 만나서 다시는 과거를 보지 않고는 이름을 숨기고 힘써 농사를 지어 어머니를 봉양하였다. 어린 동생이 하나 있었으므로 공은 마음이 더욱 괴로워 교훈을 게을리 하지 않았다. 과실이 있으면

눈물을 흘리며, 종아리를 때리므로 학업이 날로 성취하여 그 이름이 남주(南州)에 들렸으니, 이가 곧 배상호(裴尚虎)로 자가 계장(季章)이다. 그는 태학(太學)에 올랐는데, 명이 짧아서 일찍 죽자, 공은 지나치게 애통하여 마음에 더욱 인사(人事)를 즐기지 않고, 무흘산(武屹山)의 천석(泉石)을 따라서 늙었으며, 별호를 등암(藤庵)이라고 하였다. 어떤 이가 그 어짊을 천거하면 공은 즐겨 돌아보지 않았으므로 끝내 추천하는 자를 만나지 못하고 세상을 떠났다.

공은 평생토록 착함을 한없이 좋아하였으며, 남의 잘못을 보면 마치 수치가 자신에게 있는 것처럼 여겼다. 그 독실한 행실은 친족을 친히하여 인자하고 사랑하며, 나아가 소원한 데까지 미루어서 미쳤으므로, 일문(一門)이 다 가르침을 권면하여 가정이 엄하면서도 정이 있었는데, 중히 여긴 것은 관혼상제(冠婚喪祭)였다.

공은 휘가 상룡(尚龍), 자가 자장(子章), 성이 배씨(裴氏)로 성주인(星州人)이다. 조부는 사재감 정(司宰監正) 덕문(德文)이요, 부는 영남 수군절도사(嶺南水軍節度使) 설(楔)인데, 부와 조부 모두 호조 참판에 추서되었고, 어머니 정부인(貞夫人) 송씨(宋氏)는 관향이 야성(冶城)인데 충순위(忠順衛) 원(源)의 딸이다.

공은 명 나라 만력(萬曆) 2년 곧 우리 선조대왕 7년 갑술(1574)에 출생하여 효종 6년 을미(1655)에 작고하니 나이 82세였다. 부인 거창 신씨(居昌愼氏)는 사재감 정 인서(仁恕)의 딸로 온공(溫恭)하고 독후(篤厚)하였다.

공이 부모를 섬기고 형제 자매와 사는데 각기 다 마음이 기뻤음은 역시 부인의 어짊이라 일컫는다. 공보다 23년 전에 작고하였는데, 공과 합장하여 그 묘소가 금물법(今勿法) 후리곡(厚理谷)에 있다. 2남 2녀를 두었는데, 아들은 세유(世維)·세기(世紀)이고, 두 사위는 이유전(李惟銓)·김시수(金是燧)로 모두 사인(士人)이다. 공은 이미 작고하였으나, 그 유풍(遺風)과 여훈(餘訓)을 또한 자손에게서 볼 수가 있다."

다음과 같이 명한다.

嗚呼(오호)
懷寶遯世(회보둔세)
不見知而不悔(불견지이불회)
確而和(확이화)
忠慤而無侉(충각이무과)
鄕人畏服(향인외복)
尙有老德(상유로덕)

아
보배를 품고 세상에서 은둔하여
알아주지 않아도 후회하지 않았네
확고하면서 온화하며
성실하고 자만이 없었으므로
향인이 두려워 복종하였으니
고상한 노덕이 있었네.

藤庵處士銘
萬曆末。穆從先人累官大嶺之南。初識公於居陀客館。公自守嚴。取與正。樂稱君子之風。穆心敬之。其後寒岡鄭先生歿。相弔於加麻之列。相阻十餘年。因南中士。求見前賢遺籍。其年有上變事。連累良善。公以縲紲入京。持五先生禮說授之曰。吾死不負矣。旣赦還之。數年。穆避亂大嶺之外。從長者。益聞所不聞。每過公。以老德事之。頃年。聞公之喪。哭於寢門之外。其葬也。爲之作哀詞。今遺有二孤。旣三年喪畢。將表其先人之墓。走人千餘里。問銘於穆。穆以慕德之誠。不讓。論撰公善行表著者。書諸石曰。公才識過人。少師事寒岡先生。得聞君子之教。能力學。累選公車。不幸遭先將軍非命。不復求擧。沒名不出。力作以養母。有一弟幼孤。公心愈苦。教訓不怠。有過則涕泣而撻之。學日就。名聞南州。此裵尚虎季章也。陞太學。無命早夭。公哭之傷心。益不樂人事。從武屹巖泉以至老。別號曰藤庵。或薦其賢。公不肯顧。亦終無推挽者以歿。公平生好善無窮。規人之過。若恥之在己也。其篤行。自親親仁愛。推及疏遠。一門皆勸。教家嚴而有恩。所重冠婚喪祭。公諱尚龍。字子章。姓裵氏。星州人。大父司宰監正德文。父嶺南水軍節度使楔。皆追爵戶曹參判。母貞夫人宋氏。籍冶城。忠順衛源之女。公皇明萬曆二年我宣祖七年甲戌生。孝宗六年乙未歿。年八十一。孺人居昌愼氏。司宰監正仁恕之女。溫恭篤厚。公事父母。居昆弟姊妹。各盡懽心。亦稱婦人之賢。先公二十三年歿。合葬之。墓在今勿法厚理谷。有二男二女。男世維，世紀。二壻李惟銓，金是燧。皆士人。公旣歿。其遺風餘教。亦在子孫。可觀。其銘曰。

嗚呼懷寶遁世。不見知而不悔。確而和。忠愨而無侜。鄉人畏服。尚有老德。

선행(善行)

효자 문계달 비승(文繼達丕承)의 장표(葬標)

　문계달 비승(文繼達丕承: 비승은 자(字)임)은 선대가 본디 호남(湖南)의 남평현(南平縣) 사람인데, 중세(中世)에 영남(嶺南)으로 이사하여 부조(父祖) 때부터 처음 삼가현(三嘉縣) 병목리(竝木里)에 살았다.

　군은 무인(武人)의 아들이라 비록 배운 바는 없으나 지성(至性)이 있는 때문에 그 고을 은군자(隱君子) 조경덕(曺敬德) 선생이 사위로 삼았다. 군은 그를 아버지처럼 섬겼다.

　군의 아버지 임(任)이 일찍이 반노(叛奴)를 잡아 송사로 다스리다가 도리어 그에게 죽음을 당하였다. 군은 날마다 울부짖으며 방백(方伯)에게 송사를 하였지만, 원수의 친족들이 강력하게 뇌물을 써서 벗어나고 말았다.

　군은 어머니와 작별하며 말하기를,

　"원수를 갚지 않으면 맹세코 그와는 세상에 같이 살지 않겠습니다."

하고, 7년이나 상복을 벗지 않은 채 여러 고을을 돌면서 하소연하였는데, 몹시 파리하고 애처로웠다. 남쪽 인사들이 그 행실에 감동하여 다투어 함께 반노를 원수로 여기니, 반노들은 어찌할 바를 몰라 밤낮으로 도리어 죽이려는 계책을 세웠다.

군은 객지에서 갖은 고난을 겪었으나 답답하게도 뜻대로 되지 않으므로 항시 칼을 갈아서 싸우다 죽기를 각오하였다. 하루는 군이 산골짜기를 지나는데 날은 저물고 동행이 없었다. 호랑이가 으르렁거리고 길에 나타나 앞으로 가지 못하게 하더니 얼마 후 과거 보러 가는 선비들이 있어 함께 가자, 호랑이는 곧 사라졌다. 드디어 앞으로 가니 원수가 과연 시퍼런 칼을 끼고 산골짜기에 잠복하였다가 많은 사람들이 오는 것을 보고는 계획이 틀어져 흩어지려고 하였다.

군이 그들을 만나 크게 호통치고 칼을 빼어 격투하니 여러 선비들이 크게 놀라서 함께 원수를 잡아 고을에 고발하여 다스리게 하였는데, 과연 주모자가 자백을 하자 태수(太守)는 놀라 탄복하며 어질다고 칭찬하였다. 반노들도 끝내는 자백하여 주인을 죽인 자 14, 5인을 모두 죽였다.

군 또한 힘이 빠져서 도중에서 죽었는데 아들이 없었다.

군이 죽자 그가 타던 말도 3일 동안이나 눈물을 흘리다가 죽으니, 고을의 부로(父老)들은 눈물을 흘리며 서로 말하기를,

"이는 영남 효자의 이적(異蹟)이다."

라고 하였다. 아, 슬프도다. 사무치는 원한은 금수(禽獸)도 감응시킬 수 있었거늘, 하물며 사람이겠는가. 3년이 지난 여름 내가 남쪽에 노닐 때 그 고을에 들러서 부로를 만나 사실을 물었더니, 효자가 죽은 지 이미 30년이 지났는데, 고을 사람들이 그 지극한 행실에 감격하지 않는 이가 없었고, 또한 조경덕(曺敬德) 선생을 칭송하였다.

효자의 아우 문홍달(文弘達)이 비석에 글을 새겨서 무덤을 표시할
것을 청하였다.

孝子文繼達丕承葬標

文繼達丕承。其先本湖南之南平縣人。中世徙大嶺之南。自其父祖始
居三嘉縣竝木里。君武人子。雖無所學。有至性。其鄕有隱君子曹敬
德先生者。以女妻之。君父事之。其父任嘗得叛奴。訟而治之。反爲
所賊殺。君日號哭訟於方伯。讎族類强力行賂以求脫。君與母訣曰。
讎不復。誓不與共生。爲之七年不除喪。轉訟數郡。羸毁愈苦。南方
之人士感其行。爭與同讎之。讎計不知所出。日夜爲反殺之謀。君辛
苦羈旅。悒悒困不得理。常礪劍。欲必鬪而死。嘗過峽中。日暮獨
行。有猛虎怒當路。若令之莫之前者。良久。適有諸生應擧者。偕
至。虎乃去。遂前行。讎果挾白刃。潛伏山谷。見多人至。謀沮欲散
去。君遇之。奮呼。抽劍搏鬪。諸生大驚。共執讎。告郡邑治之。果
首謀者辭服。太守爲之驚嘆賢之。其叛奴窮。自言盜殺主者十四五
人。而皆殺之。君力竭死途中。無子。君死而其所乘馬。亦流涕三日
而死。鄕邑父老爲之涕泣。相語以爲南中孝子之異蹟。悲乎。怨毒之
感。尙喩於禽獸。而況於人乎。三年夏。吾南遊。入其鄕。逢父老。
問其事。孝子死已三十年。鄕人莫不感其至行。亦稱道曹敬德先生。
其弟弘達。請刻石以表其葬。

효자 권을(權乙)

권을은 자가 차갑(次甲)으로 창원군(昌原郡) 상남면(上南面) 바
닷가 사람이다. 권을이 을미년(1595, 선조 28)에 출생했기 때문에 아
버지가 을이라 불렀는데, 아버지가 작고하여 고치지 못하고 결국 이
름으로 살았다. 그 아버지는 정유년(1597, 선조 30) 난리 때 섬으로
피난가다가 바다에 빠져 죽었는데, 당시 을은 어려서 아무 것도 몰랐
다. 8, 9세가 되어 비로소 철이 들자 여러 아이들과 놀다가 돌아와서

어머니에게 묻기를,

"아이들은 모두 아버지가 있는데 나만이 없는 것은 무엇 때문입니까?"

하였다. 어머니는 흐느끼며,

"네가 어려서 아직 철들지 않았을 때 난리를 만나서 아버지는 바다를 건너다가 바다에 빠져 작고하셨다. 그래서 나와 너는 과부와 고아로 하소연할 곳 없이 외롭고 쓸쓸하게 되었다."

하고, 울음을 터뜨렸다.

을은 이 사실을 알자 비통하고 상심하여 이후로는 바다에서 나는 모든 음식을 먹지 않았고, 종신토록 남을 대하여 웃거나 즐기는 일이 없었으며, 아버지에게 관계되는 이야기가 나오면 반드시 눈물을 흘렸다. 집이 매우 가난하였으므로 부지런히 농사지어 어머니를 섬겼는데, 매일 맛있는 음식을 장만하여 봉양하였고, 여가가 있으면 글을 읽었다. 어머니를 섬긴 지 30여 년 만에 어머니가 천수를 누리고 작고하니, 초상에는 그 예절을 다하였고, 삼년상을 이미 마친 뒤에는 그대로 여묘(廬墓)에 머물러서 아버지를 위하여 삼년상을 입되 마치 초상 때처럼 슬퍼하니, 사람들은 모두 착한 행실이라 하였고, 부도(浮屠)와 선학(禪學)을 하는 이들도 감화하였다.

을은 6년의 거상을 마친 이듬해에 작고하였으며, 전염병이 유행하여 온 집안이 모두 죽었다. 그의 두 아들이 아직 어린 나이에 떨고 굶주리며 의지할 곳이 없었으므로 아버지 친구가 가련히 여겨 자기 집에서 기르며 아들처럼 가르치려고 하니, 두 아들은 사양하기를,

"선인과의 관계로 저희들을 구휼하려고 하시지만, 삼년상을 당한

몸으로 곡읍(哭泣)의 자리를 떠나고 싶지 않습니다."
하고 따르지 않았으므로 듣는 자가 모두 감탄하고 어질게 여겼다.
　다음과 같이 찬(讚)한다.

　　　　乙幼無所知(을유무소지)
　　　　生九歲能立行如此(생구세능립행여차)
　　　　長則又學以益之(장칙우학이익지)
　　　　又敎其子以禮賢也(우교기자이례현야)
　　　　治西安城里(치서안성리)
　　　　有孝子塚(유효자총)
　　　　觀察使林公墰(관찰사림공담)
　　　　追其善行恤其家(추기선행휼기가)

　　　　　권을은 어려서 아는 바 없으련만
　　　　　난 지 아홉 해 만에 이러한 훌륭한 행실을 하였으며
　　　　　장성해서는 배움에 힘쓰고
　　　　　또 아들을 예로써 가르쳤으니 어질도다
　　　　　읍치 서쪽 안성리에
　　　　　효자의 무덤이 있네
　　　　　관찰사 임공 담이
　　　　　선행을 추서하여 그 집을 구휼하였네.

孝子權乙

權乙。字次甲。昌原上南海上人也。乙以乙未歲生。故父呼曰乙。而
父死不改。因遂名之。父當丁酉之亂。奔竄海島。溺海死。時乙幼無
所知。及髫齔。始有知。從群小兒戲嬉而歸。問其母曰。兒皆有父而
我獨無。何也。母於悒曰。汝唯童騃無所知。遭亂。父涉海死海中。
吾與汝嫈孤無所告。零丁至此。因泣之。乙驚痛悲傷之。自此。凡食
物之出於海者。皆不食。終其身。未嘗對人言笑作懽。言及父。必涕
泣。家苦貧。勤苦力作以事母。日供甘旨以養。餘力則讀書。事母三
十餘年。母以天年終。喪必盡其禮。旣三年。因不去其廬。爲父三
年。哀毀如初。人皆以爲善行。而浮屠禪學化之。乙居喪六年之明年
死。而大疫闔家皆亡。其二子幼稚。飢寒無所依。有父客憐之。欲育
於家。敎之如子。二子辭曰。以先人之故。欲收恤其遺孤。然不欲以
三年之哀。去哭泣之次。不從。聞者皆嗟嘆賢之。
讚曰。乙幼無所知。生九歲能立行如此。長則又學以益之。又敎其子
以禮。賢也。治西安城里。有孝子塚。觀察使林公墫。追其善行。恤
其家。

동래(東萊) 노파

동래 노파는 본래 동래의 사창(私娼)이었다. 선조 25년(1592)에 왜
구(倭寇)가 보물과 부녀를 크게 약탈해 간 일이 있었는데, 노파는 당
시 30여 세의 나이로 왜국에 잡혀가 10여 년을 지냈다. 그후 선조 39
년(1606) 봄 왜구가 이미 화친(和親)을 했기 때문에 우리나라 사행(使
行)이 돌아오는 편에 지난날 잡아간 사람들을 돌려보내게 되어 노파
도 돌아오게 되었다.

노파에게 늙은 어머니가 있었는데, 난리에 서로 간 곳을 몰랐다.
돌아와서 그 어머니의 소재를 물으니 모두 말하기를,

"난리에 잡혀가서 돌아오지 않았다."

하였다. 원래 모녀가 같이 왜국에 있으면서도 10년 동안을 서로 알지 못하였던 것이다.

노파는 사적으로 그 친족들과 작별하면서,

"맹세코 어머니를 보지 못하면 돌아오지 않는다."

하고, 다시 바다를 건너 왜국에 이르렀다. 거리에서 걸식하는 등 왜국에서 온갖 고생을 다하며 전국을 누벼서 어머니를 찾았다. 모녀는 다 늙었는데, 어머니는 70여 세로서 아직 정정하였다. 왜인이 모두 크게 놀라 감탄하고 어질게 여겨서 눈물까지 흘렸다. 이 이야기가 전하여 국중에 들리자 왜의 추장은 어머니와 함께 송환하도록 허락하였다.

노파는 어머니를 모시고 고향에 돌아왔으나 재산도 직업도 없어서 살아갈 길이 없자 노파는 언니와 함께 어머니를 업고 강우(江右)로 가서 함안(咸安) 방목리(放牧里)에 거주하였다. 어머니가 천수를 누리고 작고하니 자매가 서로 의지하고 살았다. 날마다 품팔이를 해서 생활을 하였는데, 무릇 옷 한 가지, 음식 한 가지가 생기면 언니에게 먼저 주고 자신은 뒤에 가졌다.

노파는 80여 세에 죽었는데, 동리 사람들이 모두 '동래 노파'라고 불러서 그대로 호가 되었다 한다. 아, 여자로서 능히 바다를 건너 만리 타국의 험난한 바닷길에서 모녀가 서로 만날 수 있었던 것은 하늘이 돌본 것이다. 자고로 남자도 하지 못할 일을 능히 해서 세상에 뛰어난 절행(節行)을 세워 오랑캐를 감화시켰으니 아, 어질도다.

東萊嫗

東萊嫗者。本東萊私娼也。昭敬王二十五年。有倭寇。大掠貨寶婦女而歸。嫗三十餘被擄。至倭中十餘年矣。三十九年春。有奉使者還。倭旣和親。還前所擄獲人口。嫗亦得還。嫗有老母。當亂相失。歸問其母。皆曰。亂中。亦被擄不還。蓋母與女俱在倭中十年。不相知。
嫗私與其族訣。誓不見母不還。復涉海至倭中。行乞道路。積苦海
島。遍國中得之。母與女皆老。而其母七十餘。尚無恙。倭人莫不大
驚嗟嘆賢之。皆泣下。傳稱之。聞於國中。其酋長則許其母俱遣之。
嫗以母旣還鄉土。失其資業。無所料生。則與其姊負母。轉客江右。
住咸安放牧里。其母以天年終。姊與姊相依爲生。日傭任以取給。凡
得一衣一食。必先姊而後己。嫗年八十餘死。其里中皆呼曰。東萊
嫗。因以爲號云。嗟乎。以女子。能涉海萬里絶國。艱難海道。得母
子相遇。天也。自古男子之所不能者而能之。能立絶世之行。至使蠻
夷感化。賢哉。

산천(山川)

지리산(智異山) 청학동기(靑鶴洞記)

남방의 산 중에서 지리산이 가장 깊숙하고 그윽하여 신산(神山)이라 부른다. 그윽한 바위와 뛰어난 경치는 거의 헤아릴 수 없는데 그중에서도 청학동(靑鶴洞)이 기이하다고 일컫는다. 이것은 예부터 기록된 것이다. 쌍계(雙溪) 석문(石門) 위에서 옥소(玉簫) 동쪽 구렁을 지나는 사이는 모두 깊은 물과 큰 돌이라 인적(人跡)이 통하지 못한다. 쌍계 북쪽 언덕을 좇아 산굽이를 따라서 암벽을 부여잡고 올라가 불일전대(佛日前臺) 석벽 위에 이르러서 남쪽으로 향하여 서면, 곧 청학동이 굽어보인다. 돌로 이루어진 골짜기에 가파른 바위요, 암석 위에는 소나무·대나무·단풍나무가 많다. 서남쪽 석봉(石峯)에는 옛날 학 둥우리가 있었는데, 산중의 노인들이 전하기를,

"학은 검은 깃, 붉은 머리, 자줏빛 다리로 생겼으나 햇볕 아래에서 보면 깃이 모두 푸르며, 아침에는 빙 돌아 날아올라서 하늘 높이 갔다가 저녁에는 둥우리로 돌아오곤 했는데, 지금 오지 않은 지가 거의 백 년이 된다."

하였다. 그리하여 봉우리를 청학봉(靑鶴峯), 골짜기를 청학동이라고 하였다.

남쪽으로 향로봉(香爐峯)을 마주하고, 동쪽은 석봉(石峯) 셋이 벌여 솟았으며, 그 동쪽 구렁은 모두가 층석기암(層石奇巖)인데, 어젯밤 큰비로 폭포수가 골짜기에 가득하였다. 그 대(臺) 위의 돌에는 완폭대(玩瀑臺)라고 새겨져 있고, 그 아래에는 못이 있다.

숭정 13년(1640, 인조 18) 9월 3일에 나는 악양(嶽陽: 하동(河東) 악양(岳陽))에서 섬진강(蟾津江)을 거슬러 올라가 삼신동(三神洞)을 지나 아침에 쌍계의 석문을 보고, 또 쌍계사(雙溪寺)에서 최 학사(崔學士: 최치원(崔致遠))의 진감선사비(眞鑑禪師碑)를 관람하였는데, 천여 년이 지난 지금까지도 이끼 사이로 보이는 문자를 읽을 수 있었다.

이어서 불일전대에 올라가 청학동기(靑鶴洞記)를 지었다.

智異山靑鶴洞記

南方之山。惟智異最深邃杳冥。號爲神山。其幽巖絶境。殆不可數記。而獨稱靑鶴洞尤奇。自古記之。蓋在霫溪石門上。過玉簫東壑。皆深水大石。人跡不通。從霫溪北崖。隨山曲而上。攀傳巖壁。至佛日前臺石壁上。南向立。乃俯臨靑鶴洞。石洞嶄巖。巖石上。多松多竹多楓。西南石峯。舊有鶴巢。山中老人相傳。鶴玄翅丹頂紫脛。日色下見翅羽皆靑。朝則盤回而上。入於杳冥。夕則歸巢。今不至者幾百年云。故峯曰靑鶴峯。洞曰靑鶴洞。南對香爐峯。其東列爲三石峯。其東壑皆層石奇巖。前夕大雨。瀑布滿壑。其臺上石刻曰玩瀑臺。其下潭水。崇禎十三年九月三日。余從嶽陽遡流蟾江。過三神洞。朝日觀霫溪石門。又霫溪寺觀崔學士。眞鑑禪師碑。至今千餘年。莓苔間尚見文字可讀。因登佛日前臺。作靑鶴洞記。

빙산기(氷山記)

빙산(氷山)은 문소(聞韶: 의성(義城)의 고호(古號)) 남쪽 47리 떨어진 지점에 있다. 그 산에 쌓인 돌은 울퉁불퉁하고 구멍이 많아서 마치 낙숫물 그릇과도 같고, 사립문과도 같고, 규호(圭戶: 홀(笏) 모양으로 된 방문)와도 같고, 부엌과도 같고, 방과도 같은 것이 자못 헤아릴 수가 없다.

이 산은 입춘(立春) 때 찬 기운이 처음 생겨 입하(立夏)에 얼음이 얼고, 하지(夏至)의 막바지에 이르면 얼음이 더욱 단단하고 찬 기운이 더욱 매섭다. 그래서 아무리 성덕(盛德)이 화(火)에 있어 찌는 듯한 무더위가 성한 대서(大暑)라도 공기가 차고 땅이 얼어서 초목이 나지 못한다. 입추(立秋)에 얼음이 녹기 시작하여 입동(立冬)에 찬 기운이 다하고 동지(冬至)의 막바지에 이르면 구멍이 모두 비게 된다. 얼음이 없을 시기에 얼음을 보기 때문에 기이함을 적어서 산을 빙산(氷山), 시내를 빙계(氷溪)라 한 것이다.

일찍이 들건대, 천지의 기운이 봄과 여름에는 따뜻한 기운을 내어 발육하기 때문에 응결된 음기(陰氣)가 안에 있고, 가을과 겨울에는 거두어 간직하기 때문에 온후(溫厚)한 것이 안에 있다고 한다. 이는 바위 구멍이 땅바닥까지 뚫려서 땅속에 잠복한 음기가 이를 통하여 스며나오는 것이리라.

그러므로 입춘에 춥기 시작하여 입하에 얼음이 얼고 하지에 얼음이 굳으며, 입추에 얼음이 녹기 시작하여 입동에 얼음이 다 녹고 동지에 구멍이 비는 것이니, 이는 곧 일음(一陰)·일양(一陽)의 소장(消長)·왕래(往來)하는 기운을 징험할 수 있는 것이다.

그러나 개론적으로 말하자면 지기(地氣)의 충만함이 동남 지역은 부족하기 때문에 그 뜨고 성기어서 새 나오는 것이 이와 같다. 그 서쪽으로 백 수십 리쯤 떨어진 주흘산(主屹山) 아래에 조석천(潮汐泉)이 있는데, 바다와의 거리가 4백여 리나 되는데도 그 찼다 줄었다 하는 것이 바다의 조수와 같다 한다.

氷山記
氷山。在聞韶南四十七里。山積石磊魂。多竅穴。若雷若扉若圭戶若竈若房。殆不可數記。立春寒氣始生。立夏氷始凝。至夏至之極。氷益壯。寒氣益洌。雖大暑盛德在火。爤煥方盛。寒洌地凍。草木不生。立秋氷始消。立冬寒氣盡。至冬至之極。竅穴皆虛。以見氷於無氷之節。志異。故山謂之氷山。溪謂之氷溪。嘗聞天地之氣。春夏則呴噓發育。洹陰在內。秋冬則闔歙閉藏。溫厚在內。此蓋巖竇竅穴。疏通無底。地中伏陰之氣。於是焉泄矣。故立春而始寒。立夏而始氷。夏至而氷壯。立秋而氷消。立冬而氷盡。冬至而竅穴虛。則一陰一陽。消長往來之氣。驗矣。然槩論地氣之磅礡。東南爲不足。故其浮疏泄漏者如此。其西百數十里主屹下。有潮汐泉。去海上四百餘里。其盈涸。與海爲消息云。

풍악(楓嶽)

일찍이 지지(地誌)를 읽으니, 지달(怾怛)은 동해(東海) 가의 명산이었다. 봉우리가 삐쭉삐쭉 치솟아서 1만 2천 봉인데, 비로봉(毗峯)과 국망봉(國望峯)은 가장 높고 커서 해 뜨는 적해(赤海)의 동쪽 끝을 굽어본다. 산수(山水)로는 만폭동(萬瀑洞)·구룡연(九龍淵)이 가장 기이하다. 가람(伽藍)과 난야(蘭若)는 108개 소인데, 이름난 사찰로 마하연(摩訶衍)이 가장 깊숙이 있고, 보덕굴(普德窟)이 그 다음에, 표훈사(表訓寺)가 또 그 다음에, 장안사(長安寺)가 가장 아래에 있어 1만 5천53개의 부처에게 크게 공양을 드린다.

장안사와 표훈사가 처음 건립된 것은 신라 법흥왕(法興王) 시대이며, 고려도 5백 년간 숭봉하였는데, 원(元) 나라 말년에 이르러 기 황후(奇皇后)가 복을 비느라고 해마다 내탕(內帑)의 저폐(楮幣) 천여 정(錠)을 내어 수축하였다 한다. 정양사(正陽寺)는 산 중턱에 있는데, 지대가 가장 높아서 여러 산과 봉우리들을 굽어보고 한없이 아스라 하였다. 유점사(楡岾寺)는 비로봉 동쪽 구정(九井)의 남쪽에 있는데, 우리 혜장왕(惠莊王: 세조) 12년(1466)에 옛 절터에다 다시 증축하여 제일 큰 사찰을 지었다. 앞 내는 남석(南石)으로 흘러간다.

부처를 섬기던 세대에는 경고(京庫) 두 곳을 설치하여 동계(東界) 의 전조(田租)를 거두어 부처를 공양하였는데, 하나는 열산(烈山)에 있고 다른 하나는 백천교(百川橋) 밖에 있다.

지달을 혹은 풍악(楓嶽), 혹은 개골산(皆骨山)이라 하고, 중들은 금 강산(金剛山)이라 부르는데, 불서(佛書)에,

"담무갈(曇無竭)이 거주한 곳이다."

하였으므로, 오차(烏次)・지제(支題)와 더불어 모두 설법하는 곳이 라고 한다. 독지지(讀地誌) 229언(言)을 짓는다.

楓嶽 讀地誌

嘗讀地誌。恨恒東海上名山。巖岫矴碑磈磈。萬有二千。毗盧，國望 最高大。瞰日域赤海無東。山水萬瀑洞，九龍淵最奇。伽藍，蘭若百 八所。其名刹。摩訶衍最深。普德窟次之。表訓又次之。長安最在 下。大祀萬五千五十三佛。長安，表訓。初作於新羅法興時。麗氏崇 奉五百年。至元之末世。奇后祝釐。歲出內帑幣千數以增飾云。正陽 在山之中。地界最高。瞰列岫層巒。杳冥無窮。楡岾在毗盧東九井 南。我惠莊十二年。因古寺增作之最大刹。前川出南石事佛之世。置 京庫二所。收東界田租。以供浮屠。一在烈山。一在百川橋外。恨 恒。或曰楓嶽。或曰皆骨山。浮屠人謂之金剛山。佛書云。曇無竭所 住。與烏次支題。皆其大言者云。作讀地誌二百二十九言。

제 3 부

評說

미수기언(眉叟記言)

Ⅰ. 머리말

이 책은 미수(眉叟) 허목(許穆) 선생의 문집인 《기언(記言)》 67권과 《기언별집(記言別集)》 26권을 완전히 우리말·우리글로 옮겨서 전부 8책으로 만들고 따로 색인 1책을 붙여서 모두 9책으로 내게 된 것이다.

지난 1978년에 한국고전번역원에서 초판으로 《기언》을 번역·출판하여 학계(學界)에 제공한 바 있는데, 그때에는 완역(完譯)을 하지 못하였다. 원집과 별집에서 그리 중요하지 않다고 여겨지는 것은 추려 내고 대략 5분의 3에 해당하는 것만을 책으로 발행하였다. 그것으로 일단 학계의 요구를 해갈(解渴)시키려 했던 것이다.

그러나 미수 선생의 학자로서의 존재 비중과 그 인물의 역사적 위치로 볼 때에 그 유문(遺文)의 일자 일구(一字一句)도 소중히 다루어야 하는 데다가 또한 요즘 학계의 요구가 날로 높아져서 이에 구역(舊譯)을 다시 손보는 한편, 전에 남겨 두었던 글들을 빠짐없이 번역하여 드디어 전서(全書)를 세상에 내보내게 된 것이다.

'기언'이라는 것은 말을 기록했다는 뜻이다. 사람의 말을 기록한 것이 글이니, 미수가 자기의 글을 모아 《기언》이라고 한 것은 이상할 것이 없다. 그러나 종래 학자들이 그저 문집이라고 해 왔던 것을 미수가 남달리 《기언》이라고 명명(命名)한 데에 특징이 있다. 명칭만이 아니고 그 내용의 편집 체제도 일반 문집과는 매우 다르다. 고문(古文)·고서(古書)를 좋아하여, 힘써 우하은주(虞夏殷周)의 고전(古典)의 세계를 추구하던 미수의 고풍(古風)스러운 표현의 하나인 것이다.

II. 미수의 생애

1595년(선조 28) 서울 창선방(彰善坊)에서 탄생하여 1682년(숙종 8) 경기도 연천(漣川)에서 88세의 고령으로 세상을 떠난 미수는 17세기 우리나라 역사상의 인물로 너무나 잘 알려져 있다. 그는 본관이 양천(陽川)인 허씨 명문의 출신으로 을사사화(乙巳士禍) 때 홍원(洪原)으로 귀양을 간 좌찬성(左贊成) 자(磁)의 증손이며, 모계(母系)로는 시인으로 유명한 백호(白湖) 임제(林悌)의 외손이다.

그런데 조부와 부친이 모두 사환(仕宦)으로 크게 현달(顯達)하지 못했을 뿐 아니라 미수 자신도 반평생이 넘도록 벼슬과 인연이 없이 오직 한 사람의 학자로서 연구와 저술을 일삼는 한편, 각 지방으로 여행과 유람을 다니고 있었다.

그러다가 55세 되던 효종(孝宗) 1년에 비로소 능참봉(陵參奉)으로 제수되었고, 64세에 지평(持平)으로, 그리고 65세에 장령(掌令)으로 임명되어, 여러 번 사양하다 못해 차차 관계(官界)로 발을 들여놓게 되었다. 이리하여 현종(顯宗) 1년부터 경연(經筵)에서 국왕을 가까이 하면서 정치적 견해를 피력하였고, 숙종(肅宗) 1년, 81세가 되던 해에 이조 판서를 거쳐 우의정에 대배(大拜)하게 되었다. 늦게 출발한 관력(官歷)으로 인신(人臣)의 최고 지위인 삼공(三公)의 자리에 앉게 된 것은 결코 쉬운 일이 아니며, 또 그러한 예가 많았던 것도 아니다. 일반 과거 출신자로서는 생각조차 못할 일이다.

미수는 산림(山林)으로 진출한 분이다. 산림이라는 것은 벼슬에 뜻을 두지 않고 임하(林下)에서 독서강도(讀書講道)하는 선비를 가리키는 말이다. 이조 후기, 즉 인조반정(仁祖反正) 이후에 이 임하의 선비들 가운데 명망이 높은 인사를 골라, 국왕이 직접 초빙하는 형식으로 서울에 불러 올려 특별한 예우(禮遇)를 가하고 관직을 불차(不次)로 승전(陞轉)시켰으며, 이들 인사를 특별 대우하기 위하여 신규로 관제(官制)를 마련하기도 하였다.

시강원(侍講院)의 자의(諮議)·찬선(贊善)이나 성균관의 사업(司業)·좨주(祭酒) 등이 그것이다. 특히 좨주는 사유(師儒)의 자리라 하여, 품계는 대사성(大司成)과 같이 정3품(正三品)이지만 그 지위와 권위는 과거 출신인 대사성보다 훨씬 높았다. 신독재(愼獨齋) 김집(金集)을 위시하여 동춘(同春) 송준길(宋浚吉), 우암(尤庵) 송시열(宋時烈) 등이 모두 산림으로 등장했으며, 거의 같은 시기에 탄옹(炭翁) 권시(權諰)와 함께 미수도 같은 경로로 세상에 나가게 된 것이다.

그러나 동춘·우암에 비해 미수는 그 정치적 진출이 상당히 늦었다. 미수가 성균관 좨주를 지낸 것이 숙종 1년에 이르러서 가능했다는 사실만으로도 알 수 있다. 그 이유는 정치적 사정 때문이다. 인조

반정 이후 정권은 서인(西人)의 차지가 되어, 서인인 동춘·우암은 집권층과 손쉽게 연결될 수 있었지만 미수는 남인(南人)인 까닭으로 대단히 불리했던 것이다.

미수의 일생에 있어서 그 정치적 운명은 처음부터 서인계 학자들과의 학설상의 대립, 특히 국가 전례(典禮)에 관한 이론의 대결로 시종된 느낌이 있다. 30대에 동학재임(東學齋任)으로 있을 때 서인계 유신(儒臣) 박지계(朴知誠)가 당시 국왕의 사친(私親)인 계운궁(啓運宮)에 대하여 추숭(追崇)의 의(議)를 제창하자 미수는 그를 '봉군난례(逢君亂禮)', 즉 임금에게 아첨하여 예(禮)를 문란하게 하였다고 비판하고 그의 이름을 유적(儒籍)에서 지워 없애 버렸다.

이것이 문제가 되어 미수는 유생(儒生)의 신분으로 과거정지령(科擧停止令)을 받아 과거 응시의 자격마저 박탈당한 적이 있었다. 이를 계기로 과거를 외면해 버린 미수는 뒤에 산림으로 나온 후에 다시 동춘·우암과 예론(禮論)을 통한 정치적 대결을 피할 수가 없었다.

유명한 기해례송(己亥禮訟)이 그것이다. 효종의 초상에 대한 모후(母后)의 복상(服喪) 기간이 논란을 일으키게 되어, 유교적 예의 원칙을 교조적(敎條的)으로 원용(援用)하려는 서인계 학자들이 기년설(朞年說)을 주장하며 그대로 실시했음에 대해 군주의 대통(大統)을 강조하는 남인들은 삼년설(三年說)을 내세워 반론을 펴면서 서인들을 '오례난통(誤禮亂統)', 즉 국가 전례를 그르쳐서 왕위 계승의 정통성을 어지럽혀 놓았다고 공격하였다.

이 반론은 미수를 선두로 하여 백호(白湖) 윤휴(尹鑴), 고산(孤山) 윤선도(尹善道) 등의 주동에 의한 것이며, 이 남인계 학자들의 이론은 또한 논리가 정연한 것이었다.

따지고 보면 당시의 전 국론을 양분시켰던 이 양파의 주장에는 각기의 정치적 입장이 깔려 있었던 것이다. 이미 집권층에 의한 벌열 정치(閥閱政治)가 형성되기 시작하여 왕실을 둘러싼 벌열 세력의 상승(上昇)은 왕실 자체를 벌열에 속한 한 가문(家門)과 같은 차원에서 생각하게 하였고, 따라서 왕실에 대해서도 유교적 예의 원칙을 수평적으로 적용하려고 한 서인계 학자들의 이론은 벌열 세력의 이익을 옹호하는 결과가 되게 마련이었다면, 정권에서 소외된 남인계 학자들이 군주의 대통을 강조하는 이론은 왕권의 강화를 통한 왕조 질서의 확립과 벌열 세력의 억제를 통한 일반 사대부(士大夫)의 기회 균등을 되찾으려 하는 운동에 연결되었던 것이다.

남인계 학자들의 정연한 논리는 서인들을 당황케 하였고 이로 인한 양파의 당쟁은 여러 차례의 정치적 기복을 가져왔다. 미수가 멀리 삼척부사(三陟府使)로 좌천된 것이 첫 보복을 받은 것이지만, 현종을 거쳐 숙종에 이르는 동안 서인들의 이론적 모순이 계속 드러나서 한 차례 실각을 당하게 되었고, 이로 인해 남인들이 한때 집권하였다. 미수의 우의정 취임이 이때였다.

그러나 권력에 유착되기를 싫어하는 미수의 학자적 체질은 항상 노병(老病)을 이유로 은퇴를 요구하여 연천의 향리로 돌아가 있을 때가 많았다. 이와 동시에 영의정 허적(許積)이 오래 권좌(權座)에 앉아 체찰부(體察府)와 같은 특수 기구를 만들어 병권(兵權)을 장악하는 등, 장차 큰 화기(禍機)를 양성(釀成)할 우려가 있다고 판단하여 허적을 비난하는 소(疏)를 올렸다.

평소에 허적의 정치적 태도가 선명치 못하다고 하여 못마땅하게 여겨 왔던 미수는 허적의 아들 허견(許堅)의 횡포를 더욱 방치할 수 없었던 것이다.

청남(淸南)·탁남(濁南)으로 갈라진 것이 이때이지만 탁남 측의 무반성으로 마침내 서인들에게 이용되어 남인 전체의 비참한 몰락을 가져오고 말았다. 이른바 경신대출척(庚申大黜陟)이 온 것이다. 국가의 원로로서 향리에 가 있었던 미수도 관직을 삭탈당한 채 1년 남짓하여 드디어 고종(考終)했던 것이다.

Ⅲ. 미수의 학통

미수는 퇴계학파에 속한다. 퇴계학파는 지역적으로 보아 영남학파 (嶺南學派)와 근기학파(近畿學派)로 나누어지는데, 미수는 바로 근기학파의 성립에 기초 구실을 한 인물이다. 일찍이 번암(樊巖) 채제공(蔡濟恭)이 성호(星湖) 이익(李瀷)의 묘갈명(墓碣銘)을 지으면서,
　　"우리의 학문은 원래 계통이 서 있다. 퇴계는 우리나라의 공자 (孔子)로서 그 도(道)를 한강(寒岡)에게 전해 주었고 한강은 그 도를 미수에게 전해 주었는데, 성호는 미수를 사숙(私淑)한 분으로서 미수를 통하여 퇴계의 학통에 이어졌다."
하였다. 이에 의하면 미수는 위로 퇴계의 학을 물려받아 아래로 성호의 학으로 발전적 계승을 이루었음을 볼 수 있다.

미수는 원래 서울에서 생장하여 향리인 연천에서 만년을 보냈다. 그런데 그가 퇴계의 학통, 영남의 학통에 접한 것은 한강 정구(鄭逑)

를 스승으로 섬기면서부터였다. 그는 젊은 나이에 부친의 임지(任地)를 따라 고령(高靈) · 거창(居昌) 등, 영남 여러 고을에 왕래하면서 한강의 학덕을 존모하여 23세 때에 거창에서 그의 종형 관설공(觀雪公)과 함께 성주(星州)로 찾아가서 한강을 만났다.

당시 한강의 문하(門下)에는 많은 제자들이 드나들었는데, 한강은 이 근기 지방의 젊은 내방객을 눈여겨보았고 뒤이어 곧 그에게 큰 촉망을 보냈다. 마침내 한강의 많은 제자 가운데 가장 후배였던 미수가 후일 한강 학문의 상속인이 되었을 뿐 아니라 한강의 학통을 근기 지방으로 가져와서 근기학파를 형성시킴으로써 서애(西厓) · 학봉(鶴峯)의 후계자들인 영남학파와 함께 퇴계학통의 새 조류(潮流)를 이루게 하였다.

여기서 우리가 크게 주목해야 할 것은 미수의 학사적(學史的) 위치이다. 위에서 밝혀진 바와 같이 미수가 위로 퇴계의 학통을 물려받고 아래로 성호의 학통으로 발전시킨 인물이라 한다면, 미수는 영남의 성리학(性理學)과 근기의 실학(實學)에 가교자적(架橋者的) 역할을 하였음이 틀림없다.

실학의 발생은 이조 후기에 있어서 벌열 정치의 출현과 상품화폐 경제의 새로운 작용 등 정치 · 경제 관계의 변화와 밀접한 관련을 갖는 것이지만, 또한 사상사(思想史) 자체의 내재적(內在的) 전개를 간과해서는 안 된다. 이조 전기의 성리학과 후기의 실학을 본래 무관한 것으로 완전히 떼어서 생각하는 경향도 있지만 사실은 그렇지 않다. 이조 전기부터 성리학이 관념화 · 형식화되어 스스로 현실에 대처할 능력이 없게 되자 관념 세계로부터 현실 세계로, 내면 세계로부터

외면 세계로 눈을 돌리면서 자기 극복을 통하여 발전적으로 전개된
것이 곧 이조 후기의 실학이다. 이런 점에서 미수의 학사적 위치는
그 중요함을 거듭 느끼게 한다.

미수의 스승인 한강은 퇴계학의 적전(嫡傳)이라는 평도 있지만 한
강의 학문은 심학(心學)·예학(禮學)에서 뿐 아니라, 그의 학문의 영
역은 대단히 넓고도 실용적이었다. 우선 그의 저술과 편찬에 속한 책
들만 보아도 역사(歷史)·지지(地誌)·문학·의학(醫學) 등 방대한
양에 달한다.

한강의 이러한 학풍은 뒤에 미수에게 깊은 영향을 끼쳐 미수의 사
고(思考)를 더욱 현실에 밀착시키고 그 학문적 시야를 더욱 열어 주
었다. 특히 우리나라의 역사·지리·인물·물산 방면에 관한 학문적
관심을 크게 높여 주게 되었다. 이러한 조류 속에 성호의 학단(學團)
이 이루어진 것은 두말할 필요도 없다고 하겠다.

Ⅳ.《기언》의 편차와 미수의 정신

《기언》은 얼핏 보아 편집 체제가 복잡하지만 크게 나누어 원집(原
集)·속집(續集)의 두 개로 되어 있다. 원집은 다시 상편(上篇)·중편
(中篇)·하편(下篇)·잡편(雜篇)·내편(內篇)·외편(外篇)으로 나누
어지고, 속집에는 산고(散稿)·습유(拾遺) 등이 들어 있다. 합해서 모
두 67권이다. 그러나 《기언》 67권과는 달리 《기언별집》 26권이 따
로 수록되어 있다. 편집 체제는 《기언》과 대동소이하면서 비교적 정
돈된 인상을 준다.

미수는 고문(古文)·고서(古書)를 좋아한다는 스스로의 기록이 여러 곳에 보인다. 이 고문·고서의 '고(古)'는 무엇을 의미하는가?

첫째, 문자(文字)에 있어서 진한(秦漢) 이전의 문자, 즉 창힐(蒼頡)·사주(史籒) 등의 문자를 좋아하여 그것을 열심히 익히고 섭취하였다. 독특한 그의 전자(篆字), 이른바 미수체(眉叟體) 전자도 이러한 데에서 온 것이다. 그러나 미수가 이러한 고문자(古文字)를 좋아한 것은 결코 서예적(書藝的) 취미만은 아니고 그 이상의 무엇이 있었던 것 같다.

둘째, 전적(典籍)에 있어서 주로 《시(詩)》·《서(書)》·《역(易)》·《춘추(春秋)》·《예(禮)》의 오경(五經)을 좋아하고 송유(宋儒) 이래 중시해 오던 사서(四書), 특히 정주(程朱)의 장구(章句)에 대해서는 별로 언급이 없다. 《심경(心經)》·《근사록(近思錄)》 등의 성리학 서적들에 대해서는 더욱 그러하다. 그러나 오경을 좋아한다고 하여 한대(漢代) 경사(經師)의 훈고(訓詁)나 청대(淸代) 경학가(經學家)의 고증벽(考證癖)에 쏠린 일은 전혀 없었다.

이와 같이 고문·고서의 '고'를 숭상하는 미수의 상고 정신(尙古精神)은 흔히 말하는 복고주의(復古主義)와는 아주 차원을 달리한다. 미수의 상고 정신은 중세(中世)에 대한 부정(否定)이며, 중세에 대한 부정은 동시에 관념화된 당시의 성리학, 즉 주자학적 정신 풍토의 부정이다. 주자학적 권위주의가 우리나라에서 정점에 도달한 17세기 당시에 그 권위의 구축에 일생의 정력을 다 바친 우암과는 매우 대조적이다.

미수는 백호 윤휴나 서계(西溪) 박세당(朴世堂)과 같이 주자의 경전 해석을 한 구절 한 구절 비판한 적이 없다. 그러나 미수의 기본적 학문 태도, 나아가 그 정신세계를 옳게 이해한다면 그의 상고 정신이 시대에 역행한 것이 아님은 물론이고 후일 실학사상의 발달에 큰 근원이 되었음을 알 수 있다.

미수는 〈자서(自序)〉라는 글을 남겼는데, 자기 평생의 중요한 경력을 적어 놓은 일종의 자서전이다. 거기에 당시 시국에 관한 자기의 정치·사회적 견해를 몇 가지 열거해 두었다. 그중에서도 아문(衙門)과 둔전(屯田)의 혁파 문제, 그리고 시전(市廛)의 정리 문제는 본래의 상소문(上疏文)을 그대로 옮기다시피 하여 그 문제의 심각성과 자기 견해의 타당성을 되풀이하여 말하였고, 그 밖에 체찰부(體察府) 문제, 무사(武士)에 대한 만인과(萬人科) 문제, 호포(戶布) 문제 등에 관해 중언부언 소신을 말해 놓았다.

미수의 사회적 신분이나 정치적 처지로 보아 그의 주관상의 양심에도 불구하고 그의 견해가 한결같이 전진적일 수만은 없었다. 그러나 시대 현실을 눈앞의 과제로 삼고 그것에 대응해 나가려는 그의 숭고한 학자적 사명감은 높이 받아들여야 할 것이다. 《기언》을 읽을 독자들에게 우선 이 점에 유의해 줄 것을 당부하고자 한다.

2006년 대설(大雪) 날에

새로 발굴한 가사 작품
〈미강별곡(嵋江別曲)〉에 대하여

구 사 회
(선문대학교 교수)

Ⅰ. 머리말

한국 시가문학사에서 시조와 더불어 가사만큼 우리 국문학의 질량을 압도했던 경우는 없다. 가사는 다른 시가와 구별되는 독자적인 장르 성격과 미의식을 지녔는데, 작품 분량도 이본을 포함하여 7,000여 편에 이르고 있다. 게다가 가사는 오랜 세월을 거치면서 양반에서 평민으로, 남성에서 여성으로, 유학자와 승려에서 동학교도나 천주교도 등에 이르는 다양한 계층으로 확대되면서 근대에 이르렀다.

가사 연구도 장르론과 형태론, 발생론과 형성론, 작가론과 작품론 등의 여러 분야에서 이뤄졌다. 가사 작품에 대한 발굴과 정리 작업은 1950년대부터 근래에 이르기까지 여러 연구자들에 의해 꾸준히 이루어졌는데, 특히 임기중의 일련의 작업은 이 분야의 집대성이라고 불러도 좋을 것이다.

가사 작품은 판본과 필사본으로 전해지고 있는데, 장책(裝冊)이나 접책(摺冊), 또는 두루마리나 전장지(全壯紙) 등과 같은 다양한 형태를 보여주고 있다. 지금도 많은 가사 작품들이 초야에 묻혀 있다가 연구자들의 손에 들어오는데, 그 대부분은 이미 학계에 알려진 작품들이다. 그럼에도 불구하고 가사 발굴에 관심을 갖고 있는 연구자라면 고서점의 후미진 곳에 쌓여있는 옛 문건들을 주목할 필요가 있다. 그런 곳에서 뜻밖의 새로운 자료가 나올 가능성도 있기 때문이다. 이번에 필자가 발굴하여 공개하는 〈미강별곡〉도 그런 사례에 해당한다. 〈미강별곡〉은 지금까지 학계에 보고된 수많은 가사 작품 중에서 어디에도 들어있지 않았던 새로운 작품이다.

〈미강별곡〉은 윤처사라는 사람이 미수 허목을 배향했던 미강서원의 둘레를 주유하면서 그곳의 풍광을 읊는 형식으로 구성되어 있는데, 선생의 덕망과 유풍을 기리는 내용을 함축하고 있다. 본고는 새로운 가사 작품인 〈미강별곡〉을 학계에 보고하는 자리이니만큼, 먼저 작품 문헌과 가사 원문을 제시하면서 작자로 기록된 윤처사가 구체적으로 어느 시대의 누구였는지를 추론하고 그것의 창작 배경도 살펴보도록 한다. 이와 같은 논의를 바탕으로 작품의 내용과 성격을 규명하고 그것이 지닌 문학사적 의의도 함께 점검하고자 한다.

II. 〈미강별곡〉의 작품 서지와 작자 문제

1. 작품 서지

〈미강별곡〉이 기록된 서책은 앞뒤가 망실되어 표제를 알 수 없다. 〈미강별곡〉은 서책의 중간에 〈황산별곡〉과 함께 필사되어 있다.

서책은 18 x 39㎝의 한지로 되어 있고, 102면에 걸쳐서 여러 가지 내용들이 기록되어 있다. 여기에는 이런저런 잡다한 내용들이 94면에 걸쳐서 기록되다가 6면은 빈 공간이고, 나머지 뒷부분은 후대에 기록된 것으로 보인다.

　서책에는 기록자의 작품으로 보이는 〈보석십이경(補石十二景)〉이라는 연작시를 시작으로 시사(詩社)에서 함께 교유하며 활동했던 시인들의 한시 작품들, 국내외에 널리 알려졌던 역대 시인들의 작품들, 그리고 주위의 가까운 사람들끼리 주고받은 편지나 친인척의 제문 등이 실려 있다. 여기에는 당시 국내에 보급된 안경을 소재로 한 한시도 있고, 담배에 대한 풍물기도 보인다. 서책에는 〈작걸인(作乞人)〉과 〈안경(眼鏡)〉이라는 김삿갓의 한시 2수가 서로 떨어져 기록되어 있는데, 전자는 이미 학계에서 확인된 작품이고 후자는 기존에 알려진 작품과 동일한 제목이나 내용이 다르다. 따라서 〈안경〉이라는 김삿갓의 새로운 한시 1수가 추가되는 셈이다. 서책에는 개구리, 뱀, 쥐, 좀, 매미 등을 형상화하고 있는 영물시도 보이는데, 이들은 모두 기록자의 작품으로 보인다.

　이 서책이 누구에 의해서 언제 어떤 과정을 거쳐서 필사되었는지는 명확하지 않다. 기록자는 여러 수록 작품에 대해서 일일이 필자를 밝히고 있다. 예를 들어 처음 시작되는 『경기과제(京畿課題)』의 「보석십이경(補石十二景)」 부분에는 보석의 열 두 경관을 읊는 시 작품과 함께 다른 인사들의 작품들을 기록해 놓고 있는데, 타인의 작품에는 호(號)나 이름을 밝히고 있다. 다른 부분에서도 자신의 작품이 아닌 것은 필자를 밝히고 있다. 따라서 군이 필자를 밝히지 않고 먼저 기록한 시문들은 기록자의 작품으로 보인다.

　〈미강별곡〉이 기록되어 있는 이 서책은 19세기 말엽에 기록되었을 것으로 보인다. 김삿갓의 한시나 안경 소재의 영물시가 실려 있는 것으로 미루어 그것을 짐작할 수 있다. 이 시기에는 김삿갓의 한시가 사람들 사이에서 유전되며 널리 읽혀졌고, 안경이 사람들 사이에서 보급되면서 시인묵객들의 흥미로운 시적 소재로 많이 등장하였기 때문이다. 사물을 관찰하여 흥미롭게 형상화하는 영물시도 이 시기에 많이 지어졌다. 그리고 시대적으로 가사 작품의 작자인 윤처사와도 관련이 있을 것으로 보인다.

이번에 새로 발견된 〈미강별곡〉은 3단2구씩 필사되어 있었는데, 가사의 전문은 다음과 같다.

嵋江別曲(미강별곡)

八景(팔경)

十里蒼壁 細雨漁艇 一帶澄潭 夕陽風帆
(십리창벽 세우어정 일대징담 석양풍범)

峨嵋半輪 鷗浦紅錦 鳳岩千仞 鶴亭丹霞
(아미반륜 구포홍금 봉암천인 학정단하)

어와 벗님네야 嵋江山水(미강산수) 구경가싀

시절(時節)을 도라보니 花柳春風(화류춘풍) 三月(삼월)힐셰

일업시 놀닐며서 翫景(완경)닌덜 안니ᄒ랴

數三朋友(수삼붕우) 다리고서 澄波渡江(징파도강) 비를 씌워

嵋江(미강)으로 도라드니 數棟阮宇(수동완우) 巍然(외연)ᄒ다

거록홀ᄉ 宣廟朝(선묘조)의 우리 先生(선생) 나 계시니

光風霽月(광풍제월) 氣像(기상)이오 文手井足(문수정족) 精神(정신)일셰

道德文章(도덕문장) 禮學經術(예학경술) 退陶淵源(퇴도연원) 이어계네

平生(평생)의 호신 일이 莘野渭水(신야위수) 出處(출처)로다

陶然(도연)히 退老(퇴로)호니 萬鍾相(만종상) 浮雲(부운)일시

奇異(기이)호 이 江山(강산)에 億萬年(억만년) 妥灵所(타령소)라

濟濟(제제)호 靑衿(청금)들은 禮儀(예의)도 彬彬(빈빈)홀사

宮墻(궁장)에 攝提(섭제)호여 膽拜(담배)호고 도라셔셔

層樓(층루)의 올나안즈 八景(팔경)을 구경호 후

十里蒼壁(십리창벽) 屹立(흘립)호데 先生氣像(선생기상) 宛然(완연)호며

一帶澄潭(일대징담) 말가시니 先生胸次(선생흉차) 彷彿(방불)할샤

細雨(세우)예 쩐는 漁艇(어정) 渭水漁翁(위수어옹) 아니오며

夕陽(석양)예 가는 風帆(풍범) 商川舟楫(상천주집) 想像(상상)호니

峨嵋山(아미산) 半輪影子(반륜영자) 寒水秋月(한수추월) 여기로다

壁立千仞(벽립천인) 져 鳳凰(봉황)은 吳庭簫韶(오정숙소) 춤추는듯

鷗浦蹖躅(구포척촉) 爛漫(난만)호니 武夷紅錄(무이홍록) 依然(의연)호며

八景(팔경)을 다 보 후의 遺風餘韻(유풍여운) 景仰(경앙)호니

消去鄙吝(소거비린) 여기로다 感發良心(감발양심) 졀노호네

黃鶴山(황학산) 이居士(거사)도 通法先生(통법선생) 호라호고

竹杖芒鞋(죽장망혜) 簞瓢子(단표자)로 風乎詠而(풍호영이) 도라오니

寒芝山(한지산) 져녁 風氣(풍기) 沂水春服(기수춘복) 다 졋겻다

童子(동자)아

盞(잔)가득 붓지마라 醉(취)할짜 져허호노라

2. 작자 문제

〈미강별곡〉의 작자는 분명하지 않다. 다만 서책에 함께 필사된 〈황산별곡〉의 앞부분에 '선산 연흥 윤처사작(善山 延興 尹處士作)'이라는 언급이 있고, 〈미강별곡〉의 뒷부분에는 '우가사 상위무 인증(右歌詞 相違無 認證)'이 기록되어 있을 뿐이다. 이것은 이들 가사가 선산(善山)의 연흥(延興)에 사는 윤처사(尹處士)에 의해 지어졌으며 가사가 정확히 필사되었다는 것을 증명한다는 말이다.

〈황산별곡〉과 〈미강별곡〉을 필사했던 서책의 주인이 누구인지 모르지만 가사의 작자인 윤처사와는 가까웠던 것으로 보인다. 왜냐하면 서책의 다른 지면에는 기록자가 윤처사와 주고받은 글이 남아 있기 때문이다. 하지만 여기에서도 윤처사에 대한 단서를 찾을 수 있는 것은 아니다. 결국 윤처사에 대한 단서는 두 가사 작품을 통해서 유추할 수밖에 없었다.

먼저 〈황산별곡〉은 동방의 도통을 밝히면서 성현들의 숭고한 정신을 본받아서 자신의 삶을 영위하겠다는 내용을 담고 있다. 여기에서는 고대 성인들과 만대의 스승인 공자의 학설이 안자(顔子)·증자(曾子)·자사(子思)·맹자(孟子)로부터 염계주씨(濂溪周氏: 周敦頤)·횡거장씨(橫渠張氏: 張載)·하남양정(河南兩程: 程顥·程頤)·고정 주부자(考亭 朱夫子: 朱熹)로 계승되고 있음을 밝히고 있다. 그리고 이것은 다시 동방으로 이어져서 마침내 퇴계(退溪) 이황(李滉)으로 이어지는 도학적 적통을 읊고 있다.

반면에 〈미강별곡〉에서는 경기도 연천군 마전면에 자리를 잡고 있는 미강서원 주위의 풍광을 읊으면서 그곳에 배향된 미수(眉叟)

허목(許穆: 1595-1682)을 기리고 있고, 선생의 유풍을 추모하고 칭송하는 내용이다. 한 마디로 말해서 미수 허목이 문목공 정구에게 도학을 사사했다는 사실을 고려한다면, 작자는 〈황산별곡〉과 〈미강별곡〉을 통해서 궁극적으로 허목 미수에게 작품의 초점을 맞추려는 의도가 있었던 것으로 보인다.

〈미강별곡〉의 작자는 직간접적으로 미수 허목을 존숭하면서 위업을 선양하려는 의도가 엿보이는데, 실제로 이런 내용의 상소를 올린 역사적 사건이 있었다. 고종 20년(1883) 10월에 지방에 거주하는 진사 윤희배(尹喜培)가 문정공 허목을 문묘에 배향해 달라고 장문의 상소를 올려서 조야의 논란이 있었다.

　　방외 유생 진사 윤희배(尹喜培) 등이 상소하기를, "삼가 아룁니다. 도의 큰 근원은 하늘에서 나와 사람에게 보존되어 있으니, 사람은 잠시도 도를 떠날 수 없습니다. 그러나 하늘이 어찌 곡진하게 가르쳐 명할 수 있겠습니까. 만일 총명하고 지혜로운 자로서 타고난 성품을 극진히 할 수 있는 자가 나온다면, 하늘은 반드시 그를 명하여 스승을 삼고 교화를 세워서 사람들로 하여금 각각 그 도를 얻게 할 것입니다. 이에 이제삼왕(二帝三王)이 이 도를 가지고 서로 전했고 중도(中道)를 잡아 법칙을 세워 천하를 교화하였습니다. 그런데 우리 부자(夫子, 孔子)와 같은 분은 백성이 있은 이래로 그렇게 훌륭한 분은 아직 없었으나, 낮은 지위에 있었기 때문에 도를 행할 수 없었습니다. 그러나 천성의 으뜸이 되고 만세의 스승이 된 것은 천지에 세워도 부끄러움이 없고 귀신에게 질정해도 의심할 것이 없다고 하겠습니다. 그래서 안자(顔子)·증자(曾子)·자사(子思)·맹자(孟子)로부터 염계주씨

(濂溪周氏: 周敦頤)·횡거장씨(横渠張氏: 張載)·하남양정(河南兩程: 程顥·程頤)·고정 주부자(考亭 朱夫子: 朱熹)에 이르기까지 도통을 전한 것이 유래가 있다고 하는 것입니다. 우리 동방에 이르러서는 문순공(文純公) 이황(李滉)이 위로 주자의 통서를 계승했고, 문목공(文穆公) 정구(鄭逑)가 직접 문순공에게 가르침을 받았는데, 문목공의 문하에서 적전(嫡傳)을 얻은 자는 선정신(先正臣) 문정공(文正公) 허목(許穆)이 바로 이분입니다.

허목은 남다른 자질을 타고났으니 헌걸차고 키가 컸으며, 이마는 오목하고 눈썹은 길어 눈을 덮었으며, 손바닥에는 '문(文)'자 무늬가 있었고, 발바닥에는 '정(井)'자 무늬가 있었으며, 기상은 담담하고 화평하였고, 용모는 이미 뭇사람 중에서 뛰어났습니다.

- (중략) -

미강서원의 사액문에 '오직 덕이 그의 벼슬이 되고, 우뚝한 것이 그의 도였도다. 학문은 경전을 종주로 삼았고, 예는 의도에 밝았도다. 아, 성균관에서 강론할 때 많은 선비들이 모범으로 삼았도다.'라고 하였으며, 또 미천서원의 사액문에 '기영(箕潁)의 맑은 모습이고 수사(洙泗)의 정맥이로다. 정사에 대해서는 황왕(皇王: 三皇五帝)의 도이고 천인(天人)에 대한 학문이었도다. 이황(李滉)의 유업을 잇고 정구(鄭逑)의 의발을 받았도다. 문장은 심오하고 넓지만 천지처럼 간이(簡易)하였도다.'

- (중략) -

라고 하겠습니다.

삼가 원컨대, 성명께서는 사운의 대의를 깊이 진념하시고 온 나라의 공변된 의논을 힘써 따르시어 문정공 허목을 문묘에 배향하라는 특명을 내리신다면, 유를 숭상하는 훌륭한 덕에 빛남이 있을 것이며, 문을 숭상하는 정치에 보탬이 있을 것입니다. 신 등은 두려워하고 떨면서 간절히 바라는 심정을 가누지 못하고 삼가 죽음을 무릅쓰고 아룁니다".

이 상소문에서 윤희배는 요순 이래로 삼왕의 도를 다시 일으켜 세운 공자를 도학의 조종으로 내세우고, 이후로 내려온 도학의 전통을 서술하고 있다. 중국을 거쳐 우리나라로 이어졌던 그것은 퇴계 이황에서 문목공 정구로 이어지고 있고, 그것은 다시 미수 허목으로 이어졌다고 역설하고 있다. 이와 같은 상소 내용은 앞서 언급한 윤처사의 〈황산별곡〉에서 서술하는 내용과 거의 일치하고 있다. 게다가 〈미강별곡〉에서의 "거룩홀스 宣廟朝(선묘조)의 우리 先生(선생) 나 계시니, 光風霽月(광풍제월) 氣像(기상)이오 文手井足(문수정족) 精神(정신)일세. 道德文章(도덕문장) 禮學經術(예학경술) 退陶淵源(퇴도연원) 이어계네." 라는 구절은 상소문에서 허목 선생에 대한 면모를 그대로 요약한 내용에 다름이 아니다. 특히 가사의 '文手井足(문수정족)'이라는 어휘는 상소문에서 "손바닥에는 '문(文)'자 무늬가 있었고, 발바닥에는 '정(井)'자 무늬가 있었으며(手握文足履井),"라는 구절에서 나온 말이다. 이런 언급은 윤희배의 상소문과 윤처사의 〈미강별곡〉에서만 나타나는 용어 때문이기도 하다.

윤희배의 상소는 〈황산별곡〉과 〈미강별곡〉의 합친 내용과 많은 부분에서 교집합을 이룬다고 말할 수 있다. 따라서 〈황산별곡〉과

〈미강별곡〉의 작자로 언급된 윤처사는 고종 20년(1883) 10월에 미수 허목을 문묘 배향해야 마땅하다는 상소를 올렸던 윤희배(尹喜培: 1827-1900)로 추측된다.

윤희배는 본관이 파평(坡平)이고 정정공(貞靖公) 윤번(尹璠)의 후손이다. 그는 아버지 윤대(尹懟: 1800-1845)와 어머니 평강 채씨(平康蔡氏)의 사이에서 순조 27년(1827)에 3남 중의 막내로 태어나서 고종 37년(1900)에 별세했다. 자(字)는 기원(起元)이며, 호(號)는 연사(蓮士)였다. 고종 13년(1876)에 50세의 늦은 나이로 식년시를 통하여 진사가 되었고, 고종 33년(1896)에는 적성군수를 지냈다. 남인 계통이었던 그는 고종 20년(1883) 10월에 허목을 문묘 배향하자는 상소를 올려 논란을 일으켰고 마침내 조정과 유림의 반발을 사서 처벌을 받았다.

윤희배가 〈황산별곡〉과 〈미강별곡〉을 지은 까닭은 퇴계 이황을 비롯한 동방 도학의 전통을 밝히면서 미수 허목이 그것의 적전(嫡傳)을 잇고 있다는 것을 고취시키려는 의도에서 비롯된 것으로 보인다. 그리고 윤희배의 〈황산별곡〉은 이관빈이 지은 〈황남별곡〉과는 상호텍스트성의 관계에 놓여 있다고 볼 수 있다. 왜냐하면 〈황산별곡〉은 이관빈이 지은 〈황남별곡〉을 전범으로 삼아 그것의 내용을 개작하고 있기 때문이다. 〈황산별곡〉은 앞서 지어진 〈황남별곡〉과 많은 부분에서 서로 일치하고 있다. 전체 302구 중에서 254구가 〈황남별곡〉의 어구와 내용에서 그대로 일치하거나 부합하고 있다. 말하자면 전체의 84퍼센트가 서로 일치하거나 부합하고 있는데, 일치하지 않는 곳은 동방 도학의 계통을 서술하는 부분이다.

〈황남별곡〉에서는 공자 이래로 주회에 이르는 중국 도학의 선례를 들면서 우리나라에서 퇴계 이황·회재 이언적·율곡 이이·우암 송시열의 선례를 들어 동방 도학의 인물들을 제시하고 있다. 반면에 〈황산별곡〉에서는 중국의 도학 계통에 대한 서술이 〈황남별곡〉과 같지만, 우라나라의 도학 전통에 대한 서술에 이르러서는 그것과 차이가 난다. 〈황산별곡〉에서는 〈황남별곡〉과 달리 동방 도학의 전통을 포은 정몽주에서 한훤당 김굉필과 일두 정여창으로, 여기에서 다시 정암 조광조와 퇴계 이황으로 고쳐잡고 있다. 이관빈의 〈황남별곡〉에서 동방 도학의 반열에 올랐던 이율곡과 송시열은 윤희배의 〈황산별곡〉에서 아예 제외되고 있다.

이것은 그들이 서로 다른 도학적 전통을 따르고 있었기 때문으로 보인다. 〈황남별곡〉을 지은 곡선(谷仙) 이관빈(李寬彬: 1759- ?)은 덕수(德水) 이씨로써 율곡의 아우였던 이우(李瑀)의 후손이다. 그는 율곡 이이로부터 우암 송시열로 이어지는 도학적 전통을 따르는 노론 계열에 속했지만, 영남사림과 기호사림을 망라하여 서술하고 있다. 반면에 윤희배는 퇴계 이황으로부터 한강 정구에서 미수 허목으로 이어지는 도학적 전통을 따르는 전형적인 남인 계열이었기 때문에 율곡과 우암을 제외했던 것으로 보인다.

윤희배가 〈황산별곡〉과 〈미강별곡〉을 지었지만, 전자가 그처럼 동방 도학의 전통을 밝힌 내용이라면, 후자는 그것을 잇고 있는 미수 허목에 대한 도학과 학문, 그리고 삶의 자세를 기리는 내용으로 요약된다.

Ⅲ. 〈미강별곡〉의 문예적 검토

1. 형태적 측면

〈미강별곡〉은 단형가사로써 모두 27절 54구에 지나지 않는다. 이 노래는 4음보로 되어 있고 3·4조와 4·4조라는 가사의 율격을 그대로 따르고 있다. 왜냐하면 전체의 98퍼센트는 3·4조(19구)와 4·4조(33구)가 차지하고 있고, 나머지 2·4조와 3·7조는 각각 1구씩에 지나지 않기 때문이다. 게다가 2·4조와 3·7조는 가사가 시작되고 끝나는 서사와 결사 부분에 사용되고 있다. 특히 결사에 사용되는 3·7조는 정격 양반가사에서 사용되는 시조의 종장 형식에 부합하고 있다. 따라서 이 노래는 3·4조와 4·4조가 주축을 이루는 양반가사이면서도 정격가사에 해당한다고 말할 수 있다.

〈미강별곡〉의 표기 형태는 국한자혼용(國漢字混用)인데, 한자 어구가 두드러지게 많다. 가사 작품의 국문 표기는 어법에 벗어난 글자들도 눈에 띈다. 그리고 이 작품의 표기법은 국어학적으로 18세개 말엽에서 19세기의 그것을 따르고 있는 것으로 보인다.

먼저 어법에 벗어난 글자로는 다음 예문의 줄친 부분들을 들 수 있다.

① 時節(시절)를 도라보니 花柳春風(화류춘풍) 三月(삼월)힐셰
② 일업시 놀닐면서 翫景(완경)닌딜 안니ᄒᆞ랴
③ 奇異(기이)ᄒᆞᆫ 이 江山(강산)예 億萬年(억만년) 妥灵所(타령소)라
　　夕陽(석양)예 가는 風帆(풍범) 商川舟楫(상천주즙) 想像(상상)
　　ᄒᆞ니

④ 峨媚山(아미산) 半輪影子(반륜영자) 寒水秋月(한수추월) <u>여</u>
<u>겨로다</u>

⑤ 八景(팔경)을 다 <u>보</u> 후의 遺風餘韻(유풍여운) 景仰(경앙)ᄒ니

예문 ①의 '힐셰'에서의 'ᄒ'은 ᄒ종성체언이 조사에 연철되어 나타
나는 것인데, '月(월)'은 본래 ᄒ종성체언이 아니다. 그렇다면 이것은
'月(월)'을 ᄒ종성체언인 것으로 착각한 잘못된 표기라고 말할 수 있
다. ②의 '안니ᄒ랴'는 '아니ᄒ랴'로 적는 것이 옳다. '안니'는 'ㄴㄴ'의
중자음 표기인데, 어느 시대의 어법에도 맞지 않는 표기로 보인다.
③의 '江山(강산)예'와 '夕陽(석양)예'는 각각 '江山(강산)에'와 '夕陽
(석양)에'로 적어야 옳은 표기이다. 본래 'ㅣ'로 끝나는 체언 뒤에서
'예'가 쓰이는데, 이들은 모두 그것에 이끌린 유추 현상으로 보인다.
④의 '여겨로다'는 '여기로다'가 옳다. 이것은 작자의 문법의식이 미숙
해서이거나 방언일 가능성이 있다. ⑤의 '보'는 '본'의 잘못된 표기가
분명하다. 이처럼 짧은 단형가사에서 표기의 착오가 나타나는 것은
작자의 국문 표기의 미숙함에서 비롯되었다고 볼 수 있지만, 다른 한
편으로 근대국어에서 현대국어로의 이행기에 나타난 혼란스러운 표
기 현상의 반영으로 볼 수도 있겠다.

다음으로는 작품의 표기법을 통해서 〈미강별곡〉의 창작 시기를
추정해 보기로 한다.

① 어와 벗임네야 嵋江山水(미강산수) <u>구경가싀</u>

② 時節(시절)를 도라보니 花柳春風(화류춘풍) <u>三月(삼월)힐셰</u>

③ 道德文章(도덕문장) 禮學經術(예학경술) 退陶淵源(퇴도연원)

이어계네

④ 濟濟(제제)ᄒ 靑矜(청긍)들은 禮儀(예의)도 彬彬(빈빈)홀사

⑤ 盞(잔)가득 붓지 마라 醉(취)할짜 져허ᄒ노라

①의 '벗임'은 '벗님'으로 적어야 옳은 표기인데, 18세기 후반에 발생한 두음법칙에 이끌리어 '임'으로 적은 것이다. 마찬가지로 '가싀'는 '가사이다'가 발달한 것이라는 역사적 사실을 고려하면 '가새'로 적혔어야 할 것이지만, 'ㆍ'와 'ㅏ'가 구별되지 않음에 따라 '새'를 '싀'로 적은 것이다. 'ㆍ'의 음가 소실이 18세기에 완성되었다는 사실을 참고할 필요가 있다. ②의 '힐셰'는 앞서 언급한 바, ㅎ종성체언인 것으로 착각하여 '일셰'를 그렇게 적은 것이다. '일셰'는 본래 '이로소이다'가 발달한 것으로서 종결어미 '-다'가 탈락한 것이다. 따라서 '이로쇠'로 적을 것이 예상되는데 '일셰'로 적은 것은 'ㅚ(18세기 말 이전에는 이중모음으로서 '오이'로 발음)'와 'ㅔ(18세기 말 이전에는 이중모음으로서 '어이'로 발음'가 모두 단모음화하여, 결국 'ㅚ'와 'ㅔ'의 발음이 유사해진 까닭에 서로 바꾸어 적을 수 있게 된 것이다. ③의 '이어계네'는 '-이' (바로) 여기네, -이 바로 여기로다'란 뜻일 가능성이 있다. '-이'는 주격조사로서 붙여 써야 할 것으로 보인다. ④의 '홀사'는 앞의 '거록홀ᄾ'와 달리 '사'로 적고 있다. 이것은 이 가사 작품이 19세기에의 표기법도 함께 사용하고 있다는 구체적인 사례를 입증할 수 있는 부분이다. 왜냐하면 'ㆍ'의 음가는 19세기에 소실된 것으로 확인되고 있기 때문이다. ⑤의 '할짜'는 18세기 이전이라면 '홀까, 홀짜'로 나타난다. 그리고 '져허'는 원래 '저허'인데 이것이 '져'로 나타나는 것은 근대 국어의 초기에 이미 나타나는 현상이다. 이상의 표기 현상에 따라 〈미강별곡〉은 적어도 18세

기 말~19세기의 언어를 반영하고 있는 것이라 판단할 수 있다.

2. 내용적 측면

〈미강별곡〉의 구성 형식은 '서사(序詞)·본사(本詞)1·본사(本詞)2
·결사(結詞)'라는 기승전결(起承轉結)의 4단으로 되어 있다. 이 노래
의 도입부에 해당하는 서사는 1-5행까지이다. 서사에서는 본사에서
형상화될 대상을 미리 암시하고 그것에 대한 단서를 제공하는 부분
이다. 여기 서사에서는 화류춘풍의 삼월이라는 계절과 징파강(경기
도 연천 일대의 임진강)에 자리 잡고 있는 미강서원의 일대라는 공간
을 제시하고 있다. 여기에서 화자가 주목하고 있는 것은 미강에 우뚝
솟아 있는 서원의 원우들이다. 왜냐하면 화자는 다음 본사에서 그것
을 통해 서원에서 배향되는 허목 선생에 대한 면모를 일깨우며 형상
화하고 있기 때문이다. 그것은 또한 화자가 춘삼월의 좋은 시절에 벗
들과 함께 산천경개 구경삼아 미강에 배를 띄운 것도 단순한 취흥이
나 유락을 즐기기 위해서가 아니라는 것을 의미하기도 한다. 다시 말
해서 서사 부분에서 초점이 모아지고 있는 서원의 원우들은 본사에
서 미수 허목선생을 기리며 주변에 있는 미강팔경이라는 자연물을
통해 그것에 남아 있는 선생의 유풍을 형상화하기 위한 의도적 장치
라고 말할 수 있다.

6-11행은 서사를 잇는 본사1로서 허목 선생을 기리고 칭송하는 내
용이다. 화자는 선생에 대한 면모를 기상과 정신, 학문과 도통, 삶의
자세나 태도 등으로 요약하여 형상화하고 있다. 구체적으로 말해서
여기에서는 선생의 출생, 기상과 정신, 그리고 선생의 도덕과 문장,

예학과 경학이 모두 퇴계선생에게 연원을 두고 있다는 것을 밝히고 있는 부분이다. 9행에서는 신야(莘野)에서 은거하여 밭을 갈던 이윤(伊尹)이 은나라 탕왕을 도와서 하(夏)나라 폭군이었던 걸왕(桀王)을 축출했고, 위수(渭水)에서 낚시를 하던 강태공이 주나라 무왕(武王)을 도와 은나라 폭군이었던 주왕(紂王)을 징벌하였던 역사적 고사를 들어서 허목선생이야말로 그들처럼 신야위수(莘野渭水)의 충신이었다는 것이다.

이어서 작자는 그처럼 나라를 위해 충성을 다했지만 때가 되자, 아무런 미련 없이 다시 초야로 돌아갔던 선생의 출처(出處) 정신을 부각시키고 있다. 그래서 마침내 그와 같은 면모로 말미암아 이 강산에서 후인들이 선생을 영원히 기리고 있다는 것을 강조하고 있다.

이어지는 12-23행은 본사2인데, 여기에서는 앞서 제시되었던 선생의 유풍들이 서원 주위에 자리를 잡고 있는 미강팔경의 자연물에 그대로 투영되어 남아 있다는 것을 묘사하는 부문이다. 그래서 우뚝 솟은 '십리창벽(十里蒼壁)'은 선생의 기상(氣像)을, '일대징담(一帶澄潭)'은 선생의 맑은 흉중을, '세우어정(細雨漁艇)'은 선생을 위수(渭水)에서 낚시질하는 강태공으로 비유하고 있다. '석양풍범(夕陽風帆)'에서는 상산(商山)의 신선 모습을 상상하고 있고, '아미반륜(峨媚半輪)'은 높고 깊은 도체(道體)가 담긴 〈무이도가〉의 한수추월(寒水秋月)로 비유하고 있다. '봉암천인(鳳岩千仞)'은 소소(簫韶)를 아홉 번 연주하니 봉황이 와서 춤을 추었다는 순임금의 고사를 원용해서 온 세상의 화락하고 편안한 모습을 비유하고 있다. '구포홍강(鷗浦紅錦)'은 주자가 학문에 정진하여 최상의 경지를 도달했던 것을 읊었던

〈무이구곡가〉의 공간인 무이산(武夷山)과 같다는 것을 말하고 있다. 그리고 이런 미강팔경을 구경하노라니 후학들의 고상하지 못한 더러움들이 모두 씻겨나가고 바른 마음이 저절로 일어난다고 일컫고 있다. 이처럼 자연물을 학문 수련의 과정이나 도학적 차원의 투영물로 결합시킨다는 것은 이퇴계의 〈도산십이곡〉이나 이이의 〈고산구곡가〉와 같은 도학가류의 시가 작품에서 확인할 수 있는 하나의 형상화 방식이기도 하다.

여기에서 작자가 미강팔경을 제시하는 표현 방식은 그것의 실체적인 자연경관보다는 그곳에 투영된 내재적 의미에 초점을 맞춰서 드러내려고 노력하고 있다. 그래서 작자는 미강팔경을 허목선생의 기상이나 도학 정신이 담겨 있는 공간으로 파악하고 있고, 이를 위해 강태공이나 순임금, 또는 주회와 관련된 역대 고사 등을 동원하여 그곳을 자연경관에서 인문경관으로 전환시키고 있다.

24-27행은 노래를 마무리하는 결사로서 작자로 보이는 화자가 허목선생을 본받아서 조촐하고 청빈한 처사적 삶을 영위하겠다고 다짐하는 부분이다. 여기에서 '이 居士(거사)'는 성씨를 가리키는 '니(李) 거사(居士)'가 아니고 지시어인 '이(此) 거사'이다. 'ㅎ라'은 'ㅎ려'가 맞을 것 같다. 그래서 '黃鶴山(황학산) 이 사람도 (허목)선생을 본받으려 하고'의 뜻으로 보인다. 이어서 화자는 '기수(沂水)에서 목욕하고 무우(舞雩)에서 바람 쐬고 노래하면서 돌아오겠다.'라는 『논어』「선진편」의 어구를 인용하여 자신이 세상의 부귀영화보다는 허목선생처럼 조촐하고 청빈한 삶을 분수로 알고 살겠다는 소망을 간접적으로 피력하는 내용이다. 그리고 마지막 구절의 '盞(잔)가득 붓지

마라 醉(취)할짜 져허ᄒ노라'에서처럼 화자는 방일한 풍류적 태도를 경계하며 절제적이고 근신하는 태도를 취하고 있다.

3. 문학사적 의의

가사 작품들 중에는 역사적 인물의 학문과 덕행을 흠모하거나 칭송하는 작품들이 있다. 서원섭은 이를 추모찬송(追慕讚頌)의 가사로 보았고, 여기에는 모현찬송(慕賢讚頌)과 목민관의 선정찬송(善政讚頌)이 있다고 보았다. 예로서 중종 때의 유학자 회재(晦齋) 이언적(李彦廸, 1491-1553)의 유적을 찾아서 사모의 심회를 읊은 노계(蘆溪) 박인로(朴仁老, 1561-1642)의 〈독락당(獨樂堂)〉이나 퇴계 이황의 덕행을 우러르는 조성신(趙星臣, 1765-1835)의 〈도산별곡(陶山別曲)〉 등은 전자에 해당하겠다.

반면에 김해부사 권복(權馥)의 선치를 칭송하고 이별을 아쉬워하는 내용을 담은 순조(1832) 때의 문도갑(文道甲)이 지은 〈금릉별곡(金陵別曲)〉은 후자에 해당한다. 그렇다면 미수 허목에 대한 학문과 덕행을 흠모하고 칭송하는 윤희배의 〈미강별곡〉은 바로 전자에 해당하는 작품이라 말할 수 있겠다.

이처럼 조선 중기의 유학자 미수 허목이라는 역사적 인물의 위업을 칭송하고 기리는 〈미강별곡〉은 도학가사의 부류이다. 그리고 이 작품은 〈황산별곡〉과 짝을 이룬다. 이들은 모두 고종조의 윤희배가 지은 것으로서 〈황산별곡〉에서는 공자 이래로 중국에서 계승된 도학의 적전(嫡傳)이 우리나라에 들어와서는 결국 퇴계 이황으로 영남 도학의 도통을 밝히고 있기 때문이다. 게다가 〈미강별곡〉에서는 미수 허목의 업적을 칭송하고 기리고 있는데, 이것은 〈황산별곡〉에서 서술하고 있는 그와 같은 동방 도학의 적전이 미수 허목으로 이어지고 있다는 게 결국 윤희배의 관점이었을 것이다.

이처럼 도학적 전통을 노래하면서 특정 인물의 도학적 위치를 부각시키려는 시도는 〈황산별곡〉이나 〈미강별곡〉에 앞서 권섭(1671-1759)의 〈도통가〉나 이관빈(1759-?)의 〈황남별곡〉과 같은 이전 시대의 가사 작품에 이미 존재하고 있었다. 18세기에 지어진 〈도통가〉는 송시열(1607-1689)과 권상하(1641-1721)의 도학자적 위치를 높이 부각시키려는 작품이다. 권섭의 〈도통가〉가 조선의 도학이 '이이→송시열→권상하'로 이어지고 있음을 밝힌 가사라면, 윤희배의 〈미강별곡〉은 '이황→정구→허목'으로 계승된다는 기호남인의 학통 의식이 투영된 작품으로 파악된다.

한편 〈미강별곡〉은 미강서원 일대의 미강팔경을 시적 대상으로 삼고 있다는 점에서 한국 팔경문학의 흐름에 서있는 가사 작품이기도 하다. 한시에서의 팔경시는 한·중·일 삼국에 두루 나타나는 현상으로 우리나라에서도 고려조 무신정권기에 이미 나타나는데, 그것은 고려말을 거쳐 조선조 말기까지 많은 작품들이 나왔다. 반면에 국문시가가 팔경문학과 맺는 관련성은 그리 많지 않은 편이다. 다만, 경기체가는 그 자체가 지닌 장르적 특성으로 말미암아 팔경시에 상응하는 유사성을 갖고 있었던 것으로 보인다. 가사가 팔경문학과 맺는 관계는 관동팔경의 유람과 소회를 그렸던 정철의 『관동별곡』에서 사례를 찾을 수 있을 정도이다. 이런 점에서 보자면 〈미강별곡〉은 비록 불완전하지만 징파강의 미강팔경을 허목의 덕행과 관련시켜 형상

화하고 있다는 점에서 넓은 의미의 한국 팔경문학의 흐름에 서있다
고 말할 수 있다.

Ⅳ. 맺음말

이번에 필자가 발굴하여 공개하는 〈미강별곡〉은 지금까지 학계
에 보고된 수많은 가사 작품의 어디에도 들어있지 않았던 새로운 작
품이다. 본고에서는 〈미강별곡〉이라는 새로운 가사 작품을 학계에
보고하는 형식으로 논의의 방향을 잡았다.

〈미강별곡〉은 이런저런 잡다한 내용들을 기록해놓은 접책 형태의
서책 속에 〈황산별곡〉과 함께 필사되어 있었다. 기록자는 서책에다
여러 내용들을 기록해 놓았는데, 여기에는 김삿갓의 〈작걸인(作乞
人)〉과 〈안경(眼鏡)〉이라는 한시 작품 2수가 필사되어 있었다. 그런
데 그 중에서 〈안경〉은 형태가 불완전하지만 기존의 작품과는 내용
이 전혀 다른 새로운 작품이었다.

〈미강별곡〉의 작자는 윤처사라는 사람이다. 본고에서는 〈미강별
곡〉의 작자인 윤처사를 고종 20년(1883) 10월에 미수 허목을 문묘에
배향해 달라고 장문의 상소를 올렸던 연사(蓮士) 윤희배(尹喜培, 1827
-1900)로 추정하였다. 그것은 필사된 가사 작품들의 내용이 당시에
올렸던 그의 상소문과 거의 그대로 일치하거나 부합하고 있기 때문
이다. 윤희배의 상소문에 쓰인 특정 어휘와 가사작품의 어휘가 그대
로 일치하기도 한다. 게다가 〈미강별곡〉의 표기 형태는 그가 살았던

시대와 거의 맞아떨어지고 있었다.

〈미강별곡〉에 대한 문예적 검토는 형태적 측면과 내용적 측면으로 살펴보았다. 〈미강별곡〉은 형태적으로 모두 27절 54구에 지나지 않는 단형가사로서 4음보에다 3·4조와 4·4조의 율격을 그대로 준수하고 있는 정격 양반가사의 범주에 드는 작품이었다. 표기 형태는 국한자 혼용인데, 그 중에서도 한자 어구를 많이 사용하였고, 어법을 벗어나는 국문 표기들도 있었다. 국어학적으로는 18세기 말엽에서 19세기의 표기법을 따르고 있는 것으로 보았다.

〈미강별곡〉의 구성은 '서사(序詞)·본사(本詞)1·본사(本詞)2·결사(結詞)'라는 기승전결(起承轉結)의 4단 형식으로 되어 있었다. 1-5행까지의 서사에서는 화류춘풍의 삼월이라는 시간과 미강서원의 일대라는 공간을 제시하고 있었다. 여기에서 초점이 모아지고 있는 서원의 원우들은 이어지는 본사에서 미수 허목선생을 기리고 주변에 있는 미강팔경이라는 자연물을 통해 그것에 남아 있는 선생의 유풍을 형상화하기 위한 의도적 장치로 보인다.

6-11행은 서사를 잇는 본사 1로서 허목 선생을 기리고 칭송하는 내용들이다. 화자는 선생에 대한 면모를 기상과 정신, 학문과 도통, 삶의 자세나 태도 등으로 요약하여 형상화하고 있었다. 이어지는 12-23행은 둘째 본사로써 앞서 제시되었던 선생의 유풍들이 서원 주위에 자리를 잡고 있는 미강팔경의 자연물에 그대로 투영되어 남아 있다는 것을 묘사하는 부분이었다. 24-27행은 노래를 마무리하는 결사로서 허목 선생을 본받아서 조촐하고 청빈한 처사적 삶을 살아가리라 다짐하는 부분이다. 특히 마지막 구절의 '盞(잔)가득 붓지마라

醉(취)할까 져허ᄒ노라'에서처럼 화자는 방일한 풍류적 태도를 경계하며 보다 절제적이고 근신하는 태도를 취하고 있다.

한 마디로 말해서 〈미강별곡〉은 조선 중기의 미수 허목에 대한 학문과 덕행을 흠모하고 칭송하는 도학가사의 일종이다. 이 작품은 동방의 도학이 '이황→정구→허목'으로 이어지고 있다는 기호남인의 학통의식이 깊게 투영된 작품으로 파악된다. 게다가 〈미강별곡〉은 문학사적으로도 미강서원의 일대에 널려있는 미강팔경을 시적 대상으로 삼고 있다는 점에서 한국 팔경문학의 흐름에 서있는 가사 작품이기도 하다.

감성의 빛남과 식별력(識別力)의 다양성
―허목, 그 사변성(思辨性)의 확장과 감동의 회복―

엄 창 섭
(가톨릭관동대학 명예교수, 월간 「모던포엠」 주간)

Ⅰ. 따뜻한 감성과 언어의 식별력(識別力)

오랜 날 고뇌와 망설임 끝에 특정한 개체의 정신적 생산물을 선집으로 묶어내는 작업은, 즉물적 물상에 관한 응시와 언어의 식별력을 인식한 결과로 일상의 감동을 회복할 뿐더러 삶의 교시를 충동적으로 안겨주기에 그만의 당위성을 지닌다. 모처럼 간행한 『허목 한시 선집』(연천향토문학발굴위원회, 2020)의 평설에 앞서, 일반 독자들의 이해를 일깨우는 차원에서, 보편적인 한시(漢詩)의 개념이라면 '시(詩)는 언지(言志)'를 뜻하고 시적 특이성은 운(韻)이 있는 글로서 운율을 지녀야 하는 까닭에, 형식적으로 구분되는 고체시(古體詩)나 근체시(近體詩)는 시행(詩行)의 끝에 운(韻)이 붙여져야 시로 가늠된다.

일단 미수(眉叟) 허목(許穆, 1596-1682)은 조선시대의 문신으로 유학자, 역사가이자 교육자, 정치인이며, 화가, 작가, 서예가, 사상가 등 전방위(全方位)로 활동한 인물이며, 본관은 양천(陽川), 자(字)는 문보(文甫), 그리고 시호는 문정(文正)이다. 그는 태어날 때 손바닥에 '문(文)'자가 새겨져 있어서 자(字)를 문보(文甫)라고 자처하였으며, 눈썹이 눈을 덮을 정도로 길어서 호를 '눈썹이 긴 늙은이'이라는 의미의 미수로 하였다. 또 당시 최고 벌열(閥閱) 가문의 후손으로 모친은 선조 당시에 유명한 시인인 임제(林悌, 1549-1587)의 여식이며, 임제는 동서분당(東西分黨)에 개탄하여 관직을 버리고 명산을 주유하다가 요절하였는데, 외조부의 이 같은 행적은 뒷날 허목이 학문과 글씨에 몰두하는 인자(因子)로 추론(推論)된다.

특히 정적 관계를 뛰어넘어 대쪽 같은 선비의 지조(志操)를 지켜낸 그 자신은 자존감이 뛰어난 진정한 선각자이다. 또 경신환국(庚申換局)의 격변(激變) 후에 비록 관직을 삭탈당하고 낙향하였으나, 누구보다 지략(智略)과 처세, 그리고 시대를 뛰어넘은 예지(叡智)로 불안한 시대상황을 긍정적으로 수락하고 탯줄을 묻은 향리(鄕里)에서 저술과 후진양성에 힘쓴 까닭에 격동의 시간대에서도 세속을 초탈한 지극선(至極善)으로 끝내 천수(天壽)를 누렸다. 한편 그는 어려서부터 글을 매우 좋아하여 아홉 살 무렵에 본격적으로 학습에 몸담았으나, 깨우침이 다소 늦어 스승에게 글을 배울 때에 기억력이 뒤쳐져 백 번을 읽어야 암기가 가능하였다. 그러나 이 또한 천재일우(千載一遇)랄까? 책 한 권을 다 배우자 글 뜻에 막힘이 없게 되고 비로소 성현의 언행과 학문에 뜻을 두는 확고한 심지(深智)를 갖추게 되었다.

각론하고「감성의 빛남과 식별력의 다양성-허목, 그 사변성의 확장과 감동의 회복」에 관한 심층적 탐색에 있어, 그 자신의 한시 선집은 독자적인 특이성을 지니기에 위대한 창조적 영혼은 투명하게 입증되는 당위성을 지닌다. 그 같은 맥락에서 송나라의 엄우(嚴羽)가「창랑시화(滄浪詩話)」에서 "시는 천기를 희롱하고 현조를 빼앗을 때, 경지에 이른다."는 천기론(天氣論)은 허균(許筠)의 '정(情)의 문학론'과도 그 맥이 잇닿아 있기에 갈등과 대립, 그리고 이분법에 의한 암울한 현재성에서도 말끔히 정제된 정신적 결과물로 높이 평가되기에, 평자의 소박한 주장이지만, 이분법에 의한 대립과 갈등이 팽배하여 문화인식의 확장이 한층 더 요청될 뿐더러 서정시의 자리매김이 힘겨운 시간대이지만, 새로운 현대시의 생성을 위해 활력이 넘쳐나는 창조적인 에너지(golden brain)를 지속적으로 추구할 일이다.

그 같은 측면에서 개념상 한시(漢詩)라 하면, 단순히 고체시(古體詩)를 지칭하는 것이 아닌 근체시(近體詩)를 뜻하고, 또 근체시는 오언(五言)이나 칠언(七言)의 절구(絶句)나 율(律)을 의미하는 것이다. 근체시에 배율(排律)도 있지만 보편적으로 한시는 오언(五言), 칠언(七言)의 절귀(絶句)와 율시(律詩)를 일컫는다. 따라서 삶의 일상에서 감동을 회복시켜주는 정신적 행위야말로 새로운 양식(樣式)으로 변모할 수 있는 멋진 일이지만 차지에 역사와 실존, 과거와 미래, 감각과 의지를 소통의 도구로 다소 이기주의와 위선으로 치닫는 무 개념의 관료들과 교분을 멈추고 자연을 벗 삼아 안빈낙도하며, 행운유수(行雲流水)하는 허목의 소소한 일상에서 다양한 심층적 이해와 접근은 새로운 의미로 확증되기에 정신작업의 통합·분할 또한 유념할 일이다.

II. 예언자적 교시(敎示)와 여백의 틈새 좁히기

어디까지나 공허한 자위나 도로(徒勞)일 수도 있지만, 21세기의 화두인 '더불어 함께'라는 공동체의식(inter-being)에서 비롯된 '미끄러짐의 시학'에 근거하여 현대시의 창작에 도움을 줄 수 있는 텍스트의 당위성이 절감되는 시간대이다. 따라서 허목의 한시 선집을 통해 전반적으로 즉물적 현상에 머뭇거림을 거부하고 진정한 목가적인 자유인으로 긍정적 사고를 지닌 실체의 확증은 더없이 자랑스러울 뿐더러, 그 누구나 스스럼없이 등을 기댈 수 있는 버팀목의 소임에 충직하며, 한 시대의 거목으로 자신의 자존감을 예술인의 기질로 고고히 지켜낸 허목의 역할분담은 못내 자랑스럽다.

　그 같은 시적 이미지의 형상화에 있어 "今我九十老 / 昏忘多慙愧 / 略擧湖海作 / 一二贈相示(지금의 나는 구십 된 늙은이 / 너무 혼망하여 부끄럽기 그지없다. / 호서 지역 일들을 대략 열거하여 / 하나 둘 간추려서 보내드리오.(古詩)"는 각주에서 밝혔듯이, 신유년(1681, 숙종 7) 경뢰절(驚雷節)에 이조판서 이관징(李觀徵)이 지난해 귀양에서 풀려나 동료들과 서해상(西海上: 호서(湖西)지역 연안)을 유람하며 지은 시가 서(序)까지 합쳐 11편으로, 해역(海域)의 풍토(風土)·요속(謠俗)·고사(古事) 등을 대략 기술하여 저 멀리 서해를 관망하며 고풍(古風) 18구(句)를 지어 사의(謝意)를 표한 고시이다. 가뜩이나 서정성이 빛나는 〈일 없이 우연히 한 수를 읊다〉, 〈우연히 절구(絶句)를 읊어 흥을 풀다〉, 〈수작을 삼가서 스스로 경계함〉 등의 시편에서 그만의 담백한 시격은 따뜻한 감성적 처리에 힘입어 한층 이채롭다.

　각론하고 어떤 연신(筵臣, 이정영(李正英)을 지칭함)이 임금에게 아뢰어 고문체(古文體)를 금하게 하였음에도 〈산(山) 밖의 일은 모름〉에서 다시금 확증되듯이 "墨葛寫蝌蚪(갈필에 먹 찍어 과두체를 쓰노라.)"의 수행자와 같이 세속을 초탈한 선비의 지조는 자존감이 빛날 뿐더러, 지극히 자연친화적이고 기행시초(紀行詩抄)에 해당하는 〈정축년 정월에 동해로 피란하면서 저천(猪遷)을 지나 통천(通川) 도중에서 짓다〉의 보기나 또는 〈강릉(江陵) 도중에서 설악산(雪嶽山)을 바라보며 감회를 쓰다〉에서 절감되는 시적 감회(感懷)는 〈벽탄역(碧呑驛)을 향하며 느낀 생각〉, 〈3월에 대관령 서쪽에 있으며 감회를 쓰다. 원주에 있을 때〉, 〈남해(南海)에서 감회 두 수를 짓다〉의 시편들은 마치 「숫타니파타(sutta-nipāta)」에서와도 같이 그 물망에 걸리지 않는 자유로운 바람의 영혼처럼 그의 시적 질료가 지나친 언희(pun)나 화려한 수사적 기교 없이, 제도적 장치나 고정관념에 결부되지 않는 여유로움으로 슬로 라이프(slow life)적인 '느림의 시학'과도 비견된다.

특히 소중한 인간관계에서 시의 종자를 발아(發芽)시켜낸 그의 시편에서 존재의 꽃으로 충동을 안겨주는 멋스러움은 〈웅연(熊淵)에서 뱃놀이하고 영숙(永叔)에게 보여주다〉의 보기거나 또는 (기언별집 제1권)의 〈경뢰절(驚雷節)에 우계(羽溪)에서 해돋이를 구경하며〉, 〈소문(召文)을 지나다 느낌이 있어서〉, 〈제천(堤川)의 가난한 여인〉 등에서와 같이 그 시상은 투명하게 정제되어 칙칙한 어둠의 그늘을 허락하지 않는다. 여기서 〈신포봉(神蒲峯) 지제(支題)는 천관산(天冠山)의 별명이니, 장흥(長興) 남쪽 경계에 있어 바다로 들어간다〉, 〈큰 강가의 장씨(蔣氏) 정자에서 취하여 쓰다〉, 〈느낌이 있어 장난삼아 쓰다〉와 같은 시편에서 파악되는 개작 시문(改作詩文,

parody)에 해당하는 시적 기교(craft)는 특이하고 다채로운 경향이다. 혹여 즉물적 현상을 통한 시적 발현(發顯)은 깊은 사유를 관통하지 아니하고 안이하게 풀어쓴 듯하지만, 그만의 '특이한 체취, 육성, 느낌에 의한 시적 수사와 자존감을 회복'시켜주는 놀라운 생의 구경(究竟)에 맞물려있다.

근간 허찬무가 『미수 허목』(진한 엠엔비, 2013)에서 논리적으로 확증하였듯, 당대의 그 누구도 넘볼 수 없는 대쪽 같은 선비정신을 켜켜이 지켜내어 조선조 중기 인물사의 한 페이지를 장식한 삶의 여적은 그 의미가 지대하다. 까닭에 화자인 그 자신의 경우, 고전적 가치에 관한 존중, 허명의 관직보다 역사 앞에 당당한 현자이기를 자처한 고매한 품격과 깊고 폭넓은 학문의 수준, 위민(爲民)에 관한 지대한 분별력 등도 그렇지만, 세계 제일의 전서체 대가, 시의 본말(本末)인 서정 시인으로 각별한 격조(格調)와 날(刃) 푸른 역사의식으로 전방위적으로 예술의 장르를 갈마든 한 시대를 앞서간 존재감 빛나는 예인(藝人)이다. 이 같은 동질성의 양상(樣相)에 비춰 허목의 학문적이고도 불투명한 예술적 가치의 합리적 해법은 그 의미가 지대하지만, 「연천향토문학발굴위원회」가 간행한 『허목 한시 선집』은 마치 수묵담채화의 기법으로 여백의 미를 영혼의 파동(波動)으로 순수 서정의 시세계를 칙칙한 어둠의 그늘이 없게 명증시켜주는 인자(因子)가 될 것임은 못내 자명하다.

그 뿐 아니라 17세기 조선조의 대표적 유학자인 허목은 이원익(李元翼)의 장남으로 병자호란 때 남한산성으로 인조(仁祖)를 호종(扈從)한 인물은 완선군 이의전(李義傳)의 사위이다. 그의 서첩에 수록

된 「완선군비(完善君碑)의 비」는 음기(陰記)의 초고본이다. 특이한 그만의 서체(書體)는, 고전체(古篆體)의 골격인 허목의 전서체인 미수전(眉叟篆)으로 가는 필획의 떨리는 특징을 지닌 연유로, 동시대의 어느 학자보다 일관성을 지니고 원유학(原儒學) 연구에 충실했음도 그렇지만 실험정신으로 문자와 체계적인 고전(古篆)연구를 통해 타인의 추종도 불허하고 획을 긋는 특이한 서체를 이루어냈음은 스키마(schema)로 기억에 담아둘 바다.

또 하나 이 계통의 체계적인 연구논문으로 평가되는 이우성의 「미수기언(眉叟記言) 해제(解題)」(기언의 편차와 미수의 정신)에서 기술하고 있듯이, 《기언》은 얼핏 보아 편집 체제가 복잡하지만 크게 나누어 원집(原集)·속집(續集)의 두 개로 되어 있다. 원집은 다시 상편(上篇)·중편(中篇)·하편(下篇)·잡편(雜篇)·내편(內篇)·외편(外篇)으로 나누어지고, 속집에는 산고(散稿)·습유(拾遺) 등이 들어 있기도 하다. 합해서 모두 67권이다. 그러나 《기언》 67권과는 달리 《기언별집》 26권이 따로 수록되어 있지만, 당대 숭고한 학자적 사명감을 소유한 허목이 자신의 중요한 경력과 시국에 관한 자신의 정치·사회적 견해를 열거해 놓은 일종의 자서전격인 「자서(自序)」는 각별한 관심을 지니고 손금을 보듯 응당 찬찬히 헤아려볼 삶의 잠언(箴言)이다.

비록 시간대는 달리하지만 그의 시편 〈조성지 순(趙誠之純)을 곡하다〉, 〈이 별검(李別檢)을 곡하다〉 등에서 종종 파악되어지듯, 자연에 칩거하며 유유자적(悠悠自適)한 삶의 처소에서도 항상 타자에 대한 지대한 관심사는 이처럼 만장(輓章)을 통한 애탄(哀歎)의 곡

(哭)으로 다감하여 눈물겹다. 비록 힘겨운 시대적 상황에 슬기롭게 감내하고 대응하지만 〈無題 1〉에서 "知是太平人(내 곧 태평한 사람이로다.)"의 보기에서 절제된 감정으로 읊조린 그의 시편은 비장감이 묻어난다.

> 分此陰陽畫(분차음양화)
> 以爲善惡人(이위선악인)
> 末流如是遠(말유여시원)
> 其故正由人(기고정유인)

> 음과 양이 나누어서
> 선인과 악인 만들었다.
> 음양의 갈라짐이 이렇듯 멀어가니
> 그 까닭 바로 사람으로 인함이로다.
>
> ― 〈진생현(陳生絢)의 인자시(人字詩)를 화답하다〉 전문

> 江水綠如染(강수록여염)
> 天涯又暮春(천애우모춘)
> 相逢偶一醉(상봉우일취)
> 皆是故鄕人(개시고향인)

> 강물은 물든 듯 짙푸른데
> 하늘가에 이 봄도 저물었네.
> 우연히 만나 서로 취하니
> 모두가 고향 사람이네.
>
> ― 〈장명보(蔣明輔)의 강사(江舍)에 쓰다〉 전문

위에 인용한 화자(persona)의 시편인 〈진생현(陳生絢)의 인자시(人字詩)를 화답하다〉, 〈장명보(蔣明輔)의 강사(江舍)에 쓰다〉의 결구에서 "그 까닭 바로 사람으로 인함이로다."나 또는 "모두가 고향 사람이네."를 통해 생명외경심이 휴머니티에 뿌리내린 그의 시심은 못내 지극선(至極善)이다. 이와 같이 꼬인 전통의 실타래를 풀어가며 항시 정신기후와 시적 토양을 알맞고 풍요롭게 조성하는 담백한 품격을 지닌 시인으로 시대적 요청에 부응하며 어느 만큼의 만족감을 감동으로 이행시켜온 그 자신이 시대를 거슬려 '현재를 선물'로 수용한 점은 못내 충격적이다.

Ⅲ. 사유(思惟)의 깊이와 의미망(網)의 확장

일반적으로 표현론자는 문학을 작가의 내면인식에서 꿈틀거리는 심리적 충동이나 상상력에 의해 이루어지는 것으로 이해하고 있다. 앞서 20세기 레바논 계 미국의 신비주의 예술가인 칼릴 지브란이 『예언자』에서 "사랑이 그대들 두 영혼의 기슭 사이에서 / 출렁이는 바다가 되게 하십시오. / 함께 서 있되 너무 가까이는 서있지 마십시오. / 사원의 기둥들도 떨어져 있고, / 참나무와 삼나무도 서로의 그늘 속에서는 / 자랄 수 없기 때문이다."라는 지적처럼 그의 담백한 시격에 맞물려있는, 경계 허물기는 그 자신이 집착한 결과물이다.

그렇다. 지극히 개아적(個我的)인 시적 행위는 소소한 삶의 일상이며 감정을 절제하는 방편에 견주어짐은 새삼 확인될 바나, 그 같은 점은 약속이나 한 듯 허목의 〈산일유(山日牖)〉에서 "書中對聖人(글

가운데 성인을 대하도다)"와 같은 결과물로 마침내 둥근 종지부를
찍는다.

前山山雪晴(전산산설청)
暖日長如春(난일장여춘)
담박천기정(담박천기정)
書中對聖人(서중대성인)

　앞산에 눈 개어
　따스한 날씨 봄 같네.
　산뜻한 빛깔 고요하고
　글 가운데 성인을 대하도다.

– 〈산일유(山日牖)〉 전문

　이와 같이 생각의 속도에 대비하여 그의 시편은 가끔 곰씹어 보아
야할 타당성을 지니기에, 지식과 정보가 광속으로 전파되는 다양한
후기산업사회에서 '슬로라이프(slow life)적인 삶의 비법'에 기인한
현대인의 창조적 사유도 이목(耳目)을 집중해야 비로소 치열한 시장
원리를 극복할 수 있다. 까닭에 총체적으로 우리가 직면한 위기적인
상황은 자긍심을 지니고 긍정적으로 대처해야 극복할 것이다. 이와
같이 인류의 역사는 격동 속에서도 발전을 거듭해왔기에, 민족의 어
른인 함석헌 옹이 "온 세상의 찬성보다도 / '아니' 하고 가만히 머리
흔들 그 한 얼굴 생각에 / 알뜰한 유혹을 물리치게 되는 / 그 사람을
그대는 가졌는가.(그 사람을 가졌는가)"라며 절대적 존재자로 가슴
설렘의 감동을 일깨워주었듯, 시대를 거슬려 바람처럼 살다간 허목

이 자신의 시편을 통한 교시(教示)는 그 의미가 지대하다.

　결론적으로 날(刃) 푸른 비판정신을 지닌 강직한 문사로서의 허목은 '언어의 심연을 위해 갈등구조가 내재된 삶의 시간대에서 천부적 재능을 시혼에 담아 일필휘지(一筆揮之)'로 펼쳐내었다. 그 같은 연고로 모든 강물이 합일하여 '생명의 본원'에 이르듯 일체의 대상을 포용하는 수성(水性)의 대의(大義)로, 눈부신 존재의 꽃을 발화시키는 '몸의 시학'은 영혼의 파동으로 큰 울림을 안겨줄 것이다. 차지에 『허목 한시 선집』의 간행을 통해 개아적인 서정성이 이채롭게 확증되었듯, 비열한 이기주의로 치닫는 후기 산업사회에 몸담고 있을지라도 정신작업의 종사자들은 홀로 아득한 사유를 합리적으로 수용하되 긴장의 끈을 결코 늦추지 말고, "창조자의 이름에 합당한 것, 신과 시인 말고는 없다."는 지론처럼 영감의 비의(秘義)를 해명하는 '서정시의 초병(哨兵)'으로서 시대적 소임을 엄격하게 수행할 것을 묵언으로 응시할 따름이다.

미수 허목 경기북부의 서경과 「미수기언」에 미 수록 된 풍광을 노래한 시향 6편 발굴

김 경 식
(시인. 평론가)

Ⅰ. 들어가며

미수 허목(1595년 12월 11일-1682년 4월 14일)의 자는 문보(文甫). 문부(文父). 호(號)는 미수(眉叟), 석호장인(石戶丈人)이며, 별호는 미로(眉老), 희화(熙和), 공암지세(孔巖之世), 승명(承明). 노년에 들어서는 태령노인(台領老人), 대령노인(臺領老人), 석호노인(石戶老人), 동교노인(東膠老人), 구주노인(九疇老人), 동서노인(東序老人), 이서포옹(二書圃翁), 석록노인(石鹿老人), 묵전사노인(嘿田社老人) 등을 사용했다. 본관은 양천(陽川). 창선방(彰善坊)에서 포천현감(抱川縣監) 사후 의정부 영의정(贈 領議政)에 추증된 교(喬)와 김만균의 외손녀이며, 정랑(正郞), 백호(白湖) 임제(林悌)의 딸 사이에 장남이다. 1614년 19세에 두 살 위인 전주 이씨(全州 李氏) 오리대감 이원익의 손녀(1597년 12월 5일-1653년 2월)와 혼인해 3남 2녀를 두었다.
1617년(광해군 9년) 거창현감에 임명된 아버지 임지인 거창(居昌)으로 따라 가서 23세에 종형 허후와 寒岡(한강) 鄭逑(정구) 선생을 찾아가 스승으로 모시며, 장광현 문하에 들었다. 1632년 아버지가 포천현감 제임 중 상을 당하고, 다음 해 마전 석록산 선영으로 모시고 초암에서 3년을 유하며, 42세 2월, 병자호란(丙子胡亂)으로 어머니를 모시고 강원도의 평강(平康)으로 피난해 난을 피한다. 다음 해 어머니의 상을 당하여 선영에 초막을 짓고 시묘 살이 하며, 제자백가의 덕담 50선을 가려내「문총」을 엮는다. 이어서 〈추회부(抽懷賦)〉와 관동유람기인 〈취병기(翠屛記)〉, 〈감유부(感遊賦)〉를 지었다.

조정의 부름이 있었으나 사양하고 학문을 연구하면서 조선팔도의 산수를 찾아 유람하며 풍류를 즐겼다. 55세 상례편(喪禮篇)을 완성, 후에는 육신의총비(六臣疑塚碑)와 강우삼절행전(江右三節行傳)을 지었다. 56세에 정능 참봉. 57세에 내시교관 참랑이 되나 1년 만에 사직하고 마전군 북면 횡산(비긴산, 비사 뫼) 아래 집으로 귀향한다.

62세 1월, 조지서(造紙署) 별제(別提). 7월에 공조좌랑에 승진되어 횡산으로 귀향하나, 용궁현감(龍宮縣監), 지평(持平) 등을 내리나 상소하여 사직하였다.

65세 1월, 장령이 되어 왕의 소명(召命)에 받들고 양주(楊州)까지 가서 진소(陳疏)하고 돌아왔고, 3월에는 옥궤명을 지어 올렸다. 효종 (孝宗)이 승하(昇遐)하자 상소하여 상례(喪禮)를 논하였으며, 12월에 상의원 정에 제배되었다. 66세 1월, 사은(謝恩)하고 경연에 입시해 왕과 소대(召對)하고, 2월에는 상소하여 상복도(喪服圖)를 지어 올리고, 상복의 잘못됨을 청하다가 그로 인해 9월에 외직인 강원도 삼척부사 (三陟府使)로 좌천되었다.

67세 1월, 향약(鄕約) 조목을 깨우치고, 오리 이상국의 연보를 완성하고 후에 동해송(東海頌)을 짓고, 이듬 해 척주동해비를 세우고, 가을에 파직되어 마전으로 돌아와서 천지변화(天地變化) 3편 및 지각설(知覺說)을 십팔훈(자식에게 훈계하는 18가지의 글)을 저술하였다.

69세 여름, 구언(求言)에 응해 상소하여 속히 세자를 세움을 청하였으며, 마전에 십청원기(十靑園記)를 지었다. 이듬 해 계성사설(啓聖祠說)과 진서체집(篆書體集)인 고문운율(古文韻律)을 완성하다.

72세에 윤휴(尹鑴, 1617년 10월 14일-1680년 5월 20일)가 요전(堯典), 중용(中庸), 홍범(洪範)의 교정을 논함에 편지로 답하고, 이듬해 금산사(金山寺)에 들어가 담평(談評), 석난(釋亂)을 짓고, 11월에는 미수「기언(記言)」서문을 완성하였다. 80세 1월, 입춘지계(立春之戒)를 쓰고, 2차 예송(禮訟) 때 경자년(庚子年)의 논례소(論禮疏)가 받아들여졌으며, 11월, 남인이 집권하자 대사헌(大司憲)에 특별히 제수되어 사은(謝恩) 후 어찌된 영문인지 한양 12방 중 창선방에 머물지 않고 처갓집인 건덕방(建德坊: 대학로 서울대학병원 정문 함춘회관 자리)에 살았다. 12월, 병이 들자 임금이 내의(內醫)를 보내서 약을 하사하였으며 중궁전복제의(中宮殿服制議)를 지어 올리다. 81세 1월, 상소하여 못된 폐단을 논하였으며, 3월에 요순우전수심법도(堯舜虞傳授心法圖)를, 4월에는 비국당상(備局堂上)과 귀후서(歸厚署) 제조(提調)를 겸하면서 대왕대비복제의(大王大妃服制議), 국휼사직용락의(國恤社稷用樂議)를 지어 올렸다. 5월에는 우참찬이 되어 경연(經筵)에 입시하고, 6월에는 좌참찬과 이조 판서를 거쳐 우의정이 되었다. 7월, 송시열의 처벌 문제를 논할 때는 온건하게 하자는 영의정 허적(許積)에 맞서서 가혹한 처벌을 주장하면서 허적 등 탁남(濁南)과 대립하여 청남(淸南)의 영수가 되었다.

이후 사복시(司僕寺) 제조를 겸하고, 11월에는 상차(上箚)하여 오가작통법(五家作統法), 지폐법 (紙牌法), 축성(築城)의 폐해를 논하여 이의 시정을 주청하였으며, 12월에 왕에게 지팡이를 하사받았다. 82세 누차 상차하여 물러가기를 청하여 횡산으로 돌아왔으며, 왕의 어머니 병환소식을 듣고 대궐로 나왔으며, 자신을 공박하던 이사(李泗)의 석방을 청하여 허락받았고, 10월에는 기로소의 당상을 겸하였다. 이듬 해 4월에는 상차하여 둔전(屯田)을 파하도록 청하고 이어서 호포(戶布)를 반대하는 상소를 올렸다. 84세 윤 3월, 체차(遞差)되어 판중추(判中樞)가 되어서 횡산으로 돌아온다. 10월에는 임금이 석록산 아래 지어준 은거당(恩居堂)이 완성되어 북면 강서리로 이사를 온다. 이듬 해 6월에는 영의정 허적(許積)을 상소를 올려 비난하고 강서리로 돌아왔다. 86세 5월, 시국이 변하고 서인들이 집권하니 삭탈관직 당해 죄인이 되어 은거당(恩居堂)에 머물 수 없어 횡산 옛집에 살며, 자서(自序)와 설공편년기사(雪公編年記事)와 산기(山氣) 9장 등을 완성한다. 이후에 한간문(汗簡文) 3편을 완성하고, 4월 27일 88세를 일기로 영면(永眠)에 들었다.

자신의 눈을 덮을 정도로 유달리 눈썹이 길어서 스스로 호를 미수라 하였다.

비록 57세에 벼슬길에 들어 3정승인 우의정의 지위와 84세에 판중추부사를 지내면서, 88세까지 장수한 대기만성(大器晩成)으로 수많은 저서를 남긴 시심을 탐미해 들어가면서.

II. 겨울로 가는 길에서 흥에 겨운들

주역, 풍수지리, 한의학, 예기에 서화, 서예에 일가를 이르며 사람의 마음을 휘어잡는 지도력은 사람과 사귈 때, 지성으로 교류 할 때

진정성이 우려 나온다 했다. 많은 기행문을 남겼지만 아래의 6편의 시심은 「미수기언」에 수록되지 않은 것을 지역 향토문학을 연구하는 필자가 발견해 대조해 보니 누락되었고, 그 작품이 고향 주변의 지명과 정경의 시심이기에 그 의미가 더 깊다고 할 수 있다.

秋興(추흥)·1

落葉肅肅點鬢絲(낙엽숙숙점빈사)
夔門風雨若爲期(기문풍우약위기)
千秋誰蘇湘君怨(천추수선상군원)
九辯長歌宋玉詞(구변장가송옥사)
巫峽濤聲飛似雨(무협도성비사우)
姉歸山色遠如眉(자귀산색원여미)
當年叱馭曾過此(당년질어증과차)
一到幷州重所思(일도병주중소사)

　　낙엽은 우수수 날리는데 귀밑머리 희끗하니
　　원하는 곳에 비바람 마치 기약이나 하는지
　　천 번의 가을도 누가 재상의 한을 풀어주리
　　말 잘하는 장가는 송옥의 말이라 하네

　　산 협곡의 물결은 비 소리되어 날리고
　　여인 돌아온 산 빛은 눈썹인 듯 아득하다
　　당시에 말을 달려 이곳을 지난 적 있었으리

함께 도달하면 잡생각만 늘어나는 것인데.

- 〈가을의 흥겨움 · 1〉 전문

사람은 정신력과 체력이 대결하는 각기 하나씩의 개체이기도 하다. 이 대결은 항상 반 비래의 관계에 놓아있다. 그리고 사람은 육체가 지닌 요소인 오욕은 물론 수면까지도 회생시켜 체력을 극소화로 정신력을 극대화 시킬 수가 있다.

산들바람에도 힘없이 날리는 것을 바라보다 떨어지는 낙엽에 인생 무상함에 귀밑머리 희끗하니 마음뿐인 노인의 발걸음 같이 멀기만 하니, 천 번의 가을이 와도 늘 그 자리인 것을 어찌 하리, 구변(九變) 긴 노래는 송옥의 말이라 하며 책임을 돌리지만 세치의 혀로서는 그 무엇인들 못할까마는 하늘만 보이는 산 협곡의 물소리는 비 소리가 되어 다가오지만, 음양이 어울려지는 산색은 같이 긴 눈썹인 듯하여 마음 돌려보니 말을 달려 지난 적 있는 곳이요, 함께 마을로 돌아가도 잡념을 어찌지 못함을 노래했다.

* 宋玉(기원전 3세기 시인): 굴원의 제자. 《한서예문지(漢書藝文志)》에는 16편의 작품이 있었다고 하나 지금은 14편이 전해진다.

秋興(추흥) · 2

講堂曾爲一橫經(강당증위일횡경)
堂上秋聲幾度螢(당상추성기도형)
客子慈憐頭欲白(객자자련두욕백)
故人常見眼偏靑(고인상견안편청)
行藏厭問君平卜(행장염문군평복)

菽慕還餘陽子亭(숙모환여양자정)
錦衣芙蓉開爛漫(금의부용개란만)
莫敎風雨歎飄零(막교풍우탄표령))

강당은 일찍이 공부하던 곳
마루 위 가을 소리에 몇 번의 반딧불이었던가
나그네는 서글픔에 머리가 하얗게 세려하고
옛 친구를 만나보니 반가운 눈빛이라
나아가고 물러남이 늘 염군평의 점에서 묻고
적막함이 도리어 양지운의 초현정보다 깊도다
비단옷 펼친 듯 연꽃이 흐드러지니
비바람 불어와 떨어져 버리지 않기를

- 〈가을의 흥겨움 · 2〉 전문

   어려서 공부하던 마루 위에 한 여름에는 반딧불 벗을 삼고 가을에는 사그랑 거리는 소리에 몇 번을 보내고 마중 했는지, 나그네는 서글픔에 머리가 하얗게 세려하지만 옛 친구를 만나보니 반가운 눈빛이라. 나아가고 물러남을 염군평의 철학으로 본의에 대한 직접적인 해석과 풀이보다는 '노자'를 통해 자신의 생각과 사상을 전개하는 데 중점을 두었다.

   적막함이 도리어 양지운의 초현정보다 깊도다 / 비단옷 펼친 듯 연꽃이 흐드러지니, 비바람 불어와도 떨어져 버리지 않기를 일찍 피어 일찍 지는 오류 근거로 삼은 당파의 희생양인 것은 '氣(기)'다. 이 기를 통해 군주와 백성이 유기적으로 연결된다는 것인데, 이는 당시

유행하며 현제까지 자연과학과 만물의 이치가 변하지 않는 상생과 상극의 진리인 음양과 오행을 수용한 결과로 볼 수 있고 유불선의 포괄한 심오함의 시심이다.

권희(權僖: 1319-1405)의 사촌누이인 권 황후가 기황후의 며느리로 1370년 5월 16일(음력) 원나라의 응창(應昌)이 함락될 때 9세의 아들 매적리팔라(買的里八剌)와 포로가 되었다. 1374년 9월 北元으로 돌아온다. 권희는 연천 구미리 강벼랑에 초가로 독서당을 삼아 처남 이제현과 수월정(水月亭)이라 명명했고 그 지명을 수월리(水月里)라 하여 당호(堂號)가 된 구미연리(龜尾淵里)이며(백학면 구미리 194번지)인 별업(別業)으로 구연(龜淵), 강벽(江壁)에 모정을 삼고 있었던 강정(江亭)이었다. 1895년(고종 32) 지방관제로 마전군 하신면에 편입, 1914년 행정구역 폐합에 의해 구미리로 개칭하였다. 1945년 해방으로 38선을 이북으로 분리 되 38이북이나 종전 후 1954년 11월 17일 「수복지구임시행정조치법」에 수복 되, 백학면 구연동(龜淵洞)으로 오늘에 이른다. 『여지도서』에는 조선 초 권근(權近: 1352-1409)과 동생인 권우(權遇: 1363~1419)의 출생지가 구연동임을 전한다. 『신증동국여지승람』에 적성현 산천조에는 권우가 쓴 고향을 그리는 시가 4수가 전하며, 이로서 정리하면 권문의 세거로 3백년 후에도 건재해 시심에 아롱진다.

조선 개국 후 태조는 은거한 공의 3子 충(衷)과 충주로 내려가 있는 4子 근(近) 가운데 평후공 충(衷)을 불러 새 왕조에 참여시키는데 성공했다. 권근과 권우로 다회(茶會)와 음수영월(吟水咏月)의 구미리는 자손의 출생과 유년을 보낸 곳이며, 수월루의 다향(茶香)과 농익은 시심을 음미하면서

秋興(추흥) · 3

七月關河九月秋(칠월관하구월추)
獐州纔適又嘉州(장주재과우가주)
曇華洗墨淩雲寺(담화세묵릉운사)
雲浪烹茶水月樓(운랑팽다수월루)
衣帶靑山江色遠(의대청산강색원)
舟牽碧樹雨聲幽(주견벽수우성유)
三峨一望渾如黛(삼아일망혼여대)
口筆重題意味休(구필중제의미휴)

　　　칠월에 요로의 강을 지나 구월에 들어
　　　장주에 다시 들어서니 아름다운 고을이고
　　　불법의 꽃에 죄를 씻고 구름높이 오른 절
　　　구름물결 아래서 차 달이는 수월루는
　　　청산이 옷인양 두르니 강 빛은 깊어
　　　푸른 나무에 배를 매고 빗소리 들으니
　　　삼아를 한 번 보니 온통 검푸르다
　　　붓을 적셔 거듭 적노라 뜻이 무한함을
　　　　　　　　　　　　　　- 〈가을의 흥겨움 · 3〉　전문

　　역사와 지역의 예향이 숨 쉬고 있는 수월정에서 마시는 차향에 피
어나는 가을 흥겨움이 삼복더위를 물리치고 만추에 고향을 돌아오니
그리움이 곰삭아서 마을마다 아름답고 연꽃에 창회하며 구름높이 오
른 가람의 감악산 절을 바라보며 임진강물에서 춤추는 정자에서 다
동(茶童)없이 차를 다리니 다관에서 수중기가 피어 구름이 되는 정자

푸른 산 옷인양 사방을 가리고 강심은 푸른 나무에 배를 잡아두고
비 소리에 젖어 산아를 보니 비구름이 몰려오는지 붓에 먹을 찍어
부끄러움을 적어보는 귀향길의 미묘함이여.

우두사는 고려 文臣이며, 文人인 척약재(惕若齋) 김구용(金九容:
1338-1384)의 아들 김명리(金明理: 1368-1438)가 아버지를 위해 세
운 정자라고 하였다. 정자를 지을 당시 이곳이 풍광이 소머리 형상과
같아서 우두연이며, 영평과 포천의 경계에 속한 유적지이다. 그 이름
을 우두정(牛頭亭)인데, 포천 안동 김씨의 외손인 봉래(蓬萊) 양사언
(楊士彦: 1517-1584)에게 넘어와서 정자의 주인이 된 봉래는 김씨의
'김(金)'과 우두연이 있는 창수면의 '수(水)'를 따서 '금수정'(창수면
오가리 547번지) 향토유적 제17호이며, 김구용 시, 양사언 시 음각된
암각문이 길손을 배웅하는 우두연에 아롱진 시심은,

秋興(추흥)·4

靑山袞袞牛頭寺(청산곤곤우두사)
十載登臨又復來(십재등림우복래)
蕭瑟不堪行役節(숙슬불감행역절)
艱危深愧濟時才(간위심괴제시재)
愷之圖書空餘壁(개지도서공여벽)
伯玉讀書尙有臺(백옥독서상유대)
落日西風倍惆儈(낙일서풍배추창)
冷猨飛鷺使人哀(냉원비노사인애)

청산에 굽이진 여울 위에 우두사에

십년 전 들렀는데 복이 있어 다시 올라
소슬한 소리에 계절 가는 것 바라보니
어렵고 위급함에 구할 재주 없어 부끄럽고
고요한 마음에 정경이 벽에 피어나니
재상의 문장을 벼랑 여백에 쓰니
낙조에 가을바람 더없이 슬슬함은
잔나비와 나는 백로에 관인은 애환

- 〈가을의 홍겨움·4〉 전문

우두사는 미수와는 인연이 깊은 곳이다. 아버지 허교(許喬: 1567년 8월 21일-1632년 12월 2일)가 포천군수이며, 처가의 별서가 있는 곳이다. 푸른 산이 굽어진 바위의 여울은 억년의 흐름에도 변함없는데, 여울을 건너 십년 전 오가던 것이 어제 같은데, 영면에 들지 않아 다시 올라 가을이 가는 길 바라보며 지난날을 부끄러워 하니, 관직을 벗고서 바라보는 정경들이 벽에서 피어나서 재상의 시를 벼랑에 쓴다. 떨어지는 해와 가을의 쓸쓸함을 원숭이와 백로의 애환. 험한 벼슬길 재주가 많아도 청렴해도 탈인 곳.

남양은 초서와 예서에 뛰어났지만 먼저 세상을 버린 막내 동생 허서가 살던 지역이라 인연이 있는 곳이기에 화자의 말년의 가을에 돌아보는 시점이 추정되어진다.

過南陽袁履善先生(과남양원이선선생)

十年傳經思不禁(십년전경사불금)
風塵何意此相尋(풍진하의차상심)
傷心募間投湘賦(상심모문투상부)

捉膝聊爲梁普吟(착슬료위양보음)
月下春華淸便好(월하춘화청편호)
隆中山色夜遠深(융중산색야원심)
悲歌檣酒灘爲別(비가증주탄위별)
才子從來摠隆沈(재자종래총융심)

　십년간 공부해도 잡념을 버리지 못하여
　풍진 세상 어찌 서로 따르게 되었는지
　상심하여 강에 들린 구실 묻지를 마소
　무릎 맞대고 다리위서 사내와 시 읊으니
　달빛 아래 봄꽃이 맑고 고웁구나
　큰 무리 산 빛은 밤이 되어 더욱 깊고
　슬픈 노래 동이에 술로 이별 어려운지
　재자들이 예로부터 다 쓰러져 가지만
　　　　　　　－〈南陽을 지나며 원이선 선생에게 드림〉 전문

　남양군(南陽郡)은 1914년까지 존재한 행정 구역이다. 현재의 화성
시 일부(남양읍)에 KBS중계국이 있는 전파의 요충에 해당한다.
　마음을 비우려 10년간 주유해도 사소한 잡념을 버리지 못하는 어
리석음으로 험하고 험한 세상과 어찌 하나가 되겠는가. 근심이 높아
강을 바라보고 선문답하고 무릎을 맞대고 다리위에서 벗과 시를 낭
독하니, 달빛 아래에는 꽃이 피어 봄을 알리고 큰 산 아래는 밤이 깊
어 이별가를, 술동이에 술도 헤어짐이 아쉬워 재주 있는 사람은 옛날
이나 지금이나 그 기세를 피우지 못함을 탄식한다.

過信陽訪同年河啓圖宗伯(과신양방동년하계도종백)

學士焚魚久開關(학사분어구개관)
卄年玄章幾回刪(입년현장기회산)
故人雪夜堪乘興(고인설야감승흥)
明圭雲脊定夜環(명규운척정야환)
湖海夢牽桐柏水(호해몽견동백수)
汝寧書到武夷山(여녕서도무이산)
赤知渥手多岐路(적지악수다기로)
落日靑茅好破顔(낙일청모호파안)

　　　학사가 숨어들어 오래도록 문을 닫으니
　　　이십년간 원고를 몇 번이나 고쳤던가
　　　옛 벗은 눈 오는 밤 홍에 겨워 찾아오고
　　　밝은 임금은 궁궐에서 사면을 내리도다
　　　바다호수 뜻은 꿈속에 동백수로 이끌고
　　　내 안녕의 글씨가 무이산에 이른다면
　　　알겠노라 악수하는 자리에 기로가 많아
　　　해질녘 초가집에서 한 번 크게 웃어본다.
　　　　　　　－〈信陽을 지나며 동년 하계도 사촌 큰형을 방문하고〉 전문

　　신양(연천군 동면 웃골)에 사는 사촌 큰형님 집을 방문해서 그동안
적적함을 토로하는 시심, 공부하는 사람이 오래도록 문을 닫고 수학
하며, 학문과 지혜가 부족해서 인과의 현실과 이상을 거리가 멀어지
면 옛 친구는 눈 오는 밤이 되면 홍이 올라 찾자오며, 현명한 군왕은
덕을 베풀어 사면령을 내리고 회해의 으뜸으로 갖는다. 참고를 삼으

면 취우옹 이진무가 동가숙 서가숙 하는 사돈이며 스승과 제자사이로 이웃사이다. 신양은 지도상에 사라졌지만, 전곡에 신양이란 상호는 다음과 같다

신양농원, 신양아파트 1차, 2차, 3차가 있고, 신양빌딩, 신양빌라 1차, 2차, 3차가 있다.

Ⅲ. 석록산서 미강을 바라보며

1663년 10월 기해날 무술 일에 소요산기에 사돈 이진무(李晉茂), 상당(上黨) 한균오(韓均吾), 외손자 이구(李綖)와 이진무의 세 아들 원기(遠紀), 정기(鼎紀), 현기(玄紀)와 함께 소요사에서 자고, 그 이튿날 같이 의상대 아래서 논 뒤에 등람(登覽)하고 날짜와 동행자의 이름을 적고 원효대 아래 폭포 옆 바위굴에 또 제명하고, 저녁에 소요산 아래에 있는 무경(茂卿)의 푸른 초가 별장에서 잤다. 그 이튿날 대탄진을 건너 10리를 가서 구절탄(九折灘)에 있는 이생(李甥)의 냇가(차탄천 추정) 별장에 당도하니, 옛 화암(花巖) 최유원(崔有源: 1561-1614)의 별장으로 산수가 가장 아름다웠다. 몇 벗들과 69세의 노구를 이끌고 가을의 절경인 소요산에 놀러 와서 산을 둘러보고 그 정경을 기록하듯 기(記)를 지으며 원효샘을 찬한 시심이다.

元曉井(원효정)

東隅觀瀑布(동우관폭포)
其上有石起立(기상유석기립)

臨壁五六丈(임벽오육장)
巖壁間石寶(암벽간석보)
石泉涓涓(석천연연)
元曉井也(원효정야)

동쪽 모퉁이서 바라보니 폭포가 있고
그 위에 큰 바위가 우뚝 서서 있는데
내려 보는 벼랑이 18미터가 더 되더라
암벽 틈 사이에 보배로운 석굴이 있고
굴속 바위샘에서 물이 졸졸 흐르는데
그 곳이 원효의 우물이더라.

– 〈원효의 우물(元曉井)〉 전문

위 시는 미수의 소요산기에 원효의 정신적 성찰로 다가오는 시심이며, 백운암에서 동쪽 모퉁이로 바라보니 폭포가 있고 옆에는 큰 석굴에 부처님 모셔져 있고, 그 뒤에 붉은 바위(赤巖)에 고인 석간수(石間水)을 마시러 가려면 사천왕 같은 백운봉의 큰 바위가 우뚝 서서 있었지만, 지금의 자재암은 여러 대에 걸쳐서 축대를 높이 쌓아서 현재에 이른다.

필자도 1980년 초만 해도 석굴 끝자락 샘에서 쪽박에 물을 떠서 목을 적시며 더위를 식히던 기억이 생생하다. 17세기만 하더라도 석굴이 폭포수가 떨어지는 소(沼)의 바닥이 수평과 같은 방화굴을 한 폭에 그림으로 전해지며, 소요사 석간수는 백병을 치료하는 약수인데 그 효과가 매년 봄인 음력 3월 3일은 물맛을 보려오는 사람들이

행렬이 늘어져 있었다고 기록되어 있다. 소요산은 양주읍 북쪽 40리에 자리하고 있다. 한탄강에서 20리가 채 되지 않고 왕방산 서쪽 기슭의 별산(別山)이다. 그곳의 골짜기 입구 안팎 산 아래에 살고 있는 사람들은 서로 "왕궁의 옛 터 두 곳이 있는데 무성하게 자란 잡초 속에 두어 층의 돌계단만이 남아 있었다는 태조대왕(이성계)이 머문 고려 행궁(行宮)이었다"고 매월당 시심으로 전해진다.

감악산은 4개의 시군으로 갈리지만 조선조에는 적성군 남쪽이며, 신암리, 어유지리, 황방리, 신산리, 간파리로 오르는 길이 피상적 사유로 은둔지요, 현실에 귀 막고 사는 은자들의 산이며, 고려의 오악의 영산인 감악산(紺岳山)은 검푸른 바위산이라는 뜻인데, 바위 사이로 검은빛과 푸른빛이 보인다는 유래였다고 한다. 고려와 현 주민들에게 감악산으로 불린다.

紺岳谷口(감악곡구)

落葉山逕微(낙엽산경미)
石苔筇音遲(석태공음지)
逢人不相語(봉인불상어)
正與聾者宜(정여롱자의)
　　떨어지는 나뭇잎 쌓여 산길 희미하고
　　돌 이끼에 지팡이 소리 무디어라
　　사람을 만나도 서로 말이 없으니
　　이곳이 바로 귀머거리 세상이어라.
　　　　　　　　　　　－〈감악 계곡어귀에서〉 전문

미수가 설마리 고개 넘어서 집으로 가는 길에 산에 오르려 입구에서 바라보니 '떨어지는 나뭇잎 쌓여 산길 희미하니' 만추의 가을 날 산행이 그려진다. 돌 이끼와 낙엽에 가려진 오솔길은 지팡이로 가름해 보지만 어둔 귀에 소리 또한 무디어서 사람을 만나도 서로 말이 없으니 이곳이 바로 귀머거리 세상이라 함은 당파의 논쟁이 없고 자연의 질서로 양보하며, 다투지 않으니 신선세계의 시심이다.

감악산은 1400년 10월 15일 태조가 신암사에서 아들 방석과 사위 홍안군 이재 등의 영가 천도를 했고, 1408년 까지 소요산 행궁에 머물다 회암사로 가고, 1416년 기양제(祈禳祭: 액을 쫓고 복을 비는) 의식과, 1422년 산신제를, 1452년(단종 1) 김유(金綏: 1491-1555)가 11월 초 2일-4일까지 운계사(雲溪寺)에서 법회를 베풀 것을 청하니, 왕실은 비단 2필과 공물로 보냈다고 실록에 있다. 1461년(세조 7) 기우제(祈雨祭)를 지낸 실록 등, 봉암사(鳳巖寺)와 운계사(雲溪寺) 및 신암사(神巖寺)는 고려 여지도서(輿地圖書)에 있으며, 격전지에 최전방이라 범륜사는 운계사 터에 창건되고, 1971년 중창불사 때 1655년(順治12年銘) 막새기와와 백자연봉 등이 출토되었다. 유일한 경기 비경인 운계폭포 위에 있는 것은 옛 운계사 터에 재창건된 것으로 추정되어진다.

雲溪寺贈法潤(운계사증법윤)

湄江學士般若碑(미강학사반약비)
禪宮象教潤公作(선궁상교윤공작)
鑿石開逕躡層巓(착석개경섭층전)

縹緲欖檻跨廖廓(표묘령함과료곽)
下有懸崖瀑布水(하유현애폭포수)
雷雨滿耳雲滿壑(뢰우만이운만학)

　　임진강 학사에 반듯한 비가 있는 것은
　　불교의 윤 스님과 여러 사람의 공덕이며
　　돌 쪼아 길을 열어 높은 봉우리에 오르니
　　기둥 난간은 아스라이 허공에 걸쳐 있었다
　　그 아래로 절벽에 폭포수가 있는데
　　귀에는 천둥소리 골짜기에는 구름이 피더라.
　　　　　　　　　　　　－〈운계사 법윤에게 주다〉 전문

　　징파강(미강: 이명) 학사는 마전군 마곡면 석녹산 하 798번지 은거
당 터이며, 사후 6년 뒤 복권되니 1691년(숙종 17)에 지방 유림들이
허목(許穆)의 학문과 덕행을 추모하기 위해 창건하여 위패를 모셨다.
1693년 '湄江(미강)서원'이라고 사액되어 선현배향과 지방교육의 장
이였다. 이곳은 지혜의 비가 내리는데 불교도인 윤공이 지었다고 시
심에 담았다. 정이 많으면 지붕에 구멍이 나서 집에 물이 센다고 한
다. 도교에서 들어와 자리 잡은 조상신인 칠성각은 우리 무속으로 사
찰에서 오순도순 어울리며 아무런 저항도 없이 동지로 산다.
　　지금은 임진강 수심에 묻히어서 석록산 정상에서 바라다 보이는
곳이다. 이곳은 미수의 사돈 이진무의 큰 딸의 집이며, 미수의 차남
함(안협 현감) 부인의 처가이며, 이진무(1608-1677)는 종형 허후의
제자이고 취우당이라는 정자를 지어놓고 취우웅이라 불리며 그의 호

가 용연주인이며, 미수의 집도 횡산에 있었기에 한양을 오갈 때마다 들리며 강 하류기에 쉽게 만날 수 있는 이웃이었다.

熊淵泛舟示永叔(웅연범주시영숙)

山下春江深不流(산하춘강심불류)
綠蘋風動浪花浮(록빈풍동랑화부)
靑草沙白汀洲晩(청초사백정주만)
捲釣移舟上頭(권조이주상두)

산 아래 봄 강이 물은 깊어 물 흐름이 없어
푸른 개구리밥 바람 일자 물결 위에 꽃이 된다
풀은 푸르고 흰 모래밭 물가에 해 저물어
낚시채비 걷고 배를 저어 나루로 올라간다.
　　　　　- 〈웅연에 배 띄워 영숙(권수: 權脩)에게 보이다〉 전문

　권수는 병조판서로 미수의 제자이며 미수와 시심을 주고받는 시우(詩友)로 스승의 유고작품을 심혈을 기울여 필사 편집하여 현존하는 명저 「미수기언」을 후세 전하는데 가장 큰 일 해낸 인물이다. 산 아래 우기의 물줄기가 휘돌아 만들어 낸 곰소란 횡산나루에서 배를 지어 내려오면 40리 물길로 30분이요, 고잔하리 마촌으로 지름길로 걸어서 가도 1시간이다. 고왕산 아래가 남쪽의 고잔하리 마촌이다. 중고잔 새말 고왕산(358m) 장경대(長景臺: 군사분계선 완충지대) 터이다. 현재에는 마촌까지 갈 수가 있고 나루의 옛 터는 남북의 사이만큼 아슬아슬한 필승교 출렁다리를 지탱하던 밧줄이 삭아내려 흔들리며,

이 산의 아픔을 안고 통곡하고 있다. 임진강 물살에 실려서 25리쯤 내려오다가 은거당 뒤 산(119m)을 지나 동쪽의 절벽아래는 마거천의 합수머리 고미포와 옥녀봉사이 물고기들이 암벽에 노니는 것을 위에서 바라보면 쉽게 볼 수 있었다. 봄이 무르익은 강은 수량이 적어서 백사장에 배 살을 길게 들어나며, 물이끼는 물에 파르르 움직이고 물결 위엔 벚꽃이며 살구꽃 꽃보라가 춤을 추웠을 것이다. 빗터거리(강 내리로 건너는 여울)는 세월에 쓸리고 땜이 생겨 수장되어 옛 명성을 잃은 웅연을 삼킨 미강은 물 비늘을 만들고 있다. 너무나 멀어서 그 물의 깊이는 알 수 없이 터를 지키며 덕담을 뛰운다. 상황을 표현한 것, 푸른 풀이 강변에 다북쑥이 핀 긴긴 봄날, 해 저물도록 낚시를 한 것은 강태공을 비유하는 건 아니지만, 미수는 물 쌀이 없는 곰의 연못에 배를 띄우고 낚시를 한 것이다. 현재를 사는 사람들은 괴미소로 되어 현재에 이른다.

Ⅳ. 나가면서

미수의 저서 '기언'에 화자의 집이 횡산이나, 창선방, 건덕방, 동대문 밖, 명례동, 창동, 임진나루 건너기 전 군남면 남계리, 석록산 (119m) 아래 석록암, 은거당이 기록되어 있고, 1680년 경신대출척으로 삭출(削黜: 벼슬에서 해고당해 쫓겨남)되어서 근신하면서 석록노인으로 살다가 1682년(숙종 8) 4월 27일에 경기도 마전군 은거당(恩居堂)에서 병환으로 사망하였다. 사망 당시 그의 나이 향년 88세였다. 1593년생 설을 취하면 89세가 된다. 그가 죽자 숙종은 슬퍼하며 일주

일간 조회를 파하였다. 그는 글씨도 잘 썼는데, 특히 전서를 잘 써서 이름이 있었으며, 동방의 제1인자라는 칭찬을 받았다. 그 밖에 그림과 문장에도 뛰어났다. 그러나 경신대출척 이후로 남인들은 대거 몰락하였으므로 그의 장례는 간소하게 치렀다.

은거당 근처의 야산에 임시로 매장했다가 사후 6년 후인 관작이 복구되니 1688년 마전군 마곡면 강서리 석록산(연천군 왕징면 강서리 산 90번지) 선영으로 이장하였다. 동생 허의(許懿)는 율(律)에 능통하며 인물화에 뛰어났다. 3남 허서(許舒)는 초서, 예서에 뛰어난 문장가 집안에, 외할아버지 백호 임제 선생은 시문과 풍류를 즐기는 선풍(仙風)이며. 山水를 벗 삼는 산림처사다.

화자는 윤휴, 윤선도와 율곡 이이는 불교 승려라고 주장하였었다. 허목은 시종일관 율곡 이이를 스님으로 규정. 율곡과 우계의 문묘종사 논쟁이 벌어질 때부터 허목은 이이를 유학자의 옷을 입은 승려라고 비판했다.

그 이유는 율곡은 유학자의 옷을 입은 승려에 불과한데 승려를 어떻게 문묘에 종사하느냐며 반대했다. 송시열이 윤휴를 사문난적의 딱지를 붙이자, 허목은 다시 율곡 이이는 불교의 승려라고 주장하여 서인이 학자가 아니라 승려 집단이라며 공격했다. 허목은 율곡 이이가 스님이라는 주장을 굽히지 않았고, 이는 송시열, 송준길과의 감정 대립의 하나의 이유가 되었다.

미강(임진강의 이명) 아롱 진의 시심을 감상하며 미수의 시심에서 여운을 한 짐 지고 걸어나온다.

구루암(傴僂庵)과 은거당(恩居堂)

忘 憂 齋

Ⅰ. 구루암(傴僂庵)

육신이 인간의 본영(本靈)인 정신의 겉모습이라고 한다면, 집은 그
안에 기거(起居)하고 있는 사람의 거상(居像)이라 할 수 있다. 이러한
구조물인 거상에 거처를 나타내기 위한 방편으로 주소지를 명기하고
문패를 내 거는 것이 상례요, 관습이다.

이러한 구조물은 그 규모에 따라 궁궐, 대궐, 저택, 잠저, 안가, 별저,
초가, 움막 등등 다양한 명칭으로 불려져 오다가 오늘날에는 빌딩,
아파트, 빌라, 단독주택 등등으로 일컬어지고 있다.

그런데 위와 같은 거처 구분이나 명칭과는 다른 이칭(異稱)도 있어
이에 대한 의미를 되새겨 보고자 한다. 즉 구루암이라는 집에 대해
알아보고자 한다.

구루암은 조선조의 명상이요, 경세가요, 대학자이시며, 동방전서체
(東方篆書體)의 제1 인자이신 미수 허목선생이 사시던 가옥명이다.
구루암에는 선생의 청렴, 강직, 고고한 기풍이 물씬 젖어 깃든 집이다.

먼저 구루란 의미를 살펴보자. 구루란 한자로 구루(傴僂), 구루(痀

瘻), 구루(佝僂) 등으로 표기되는데, 여기서는 '구루(傴僂)'로 적고 있다. 구루는 질병의 하나로 의학상 구배(傴背), 구루(佝僂), 루배(僂背), 척시(戚施), 타배(駝背), 융질(癃疾)이라 하는데, 이는 '곱사등이'를 지칭하는 것이다. "곱사등이 짐 지나마나 하다"는 말이 회자되어 올 정도로 우리 사회에 흔히 볼 수 있었던 신체적 장애자를 일컫던 명칭이다. 그런데 선생께서 사시던 집을 구루암이라 명명하고 이에 대한 변을 선생의 문집인 [기언(記言)]에 〈구루암〉에 대한 명을 아래와 같이 싣고 있다.

수염이 허연 늙은이가 녹봉(鹿峯) 아래 살았는데, 집이 낮고 좁았다. 여기에다 집 한 귀퉁이가 허물어져 기둥은 주저앉고 문지방은 뒤틀려졌다. 토담벽 창문 밑으로 사람이 기어 들어가면 능히 일어서지 못하고 항상 앉아 있거나, 누워 있어야 한다. 천장이 낮아 일어서기가 어려웠다. 일어서면 허리를 구부려야 하는데도 이 늙은이는 그래도 편안히 살고 있다.

마을의 늙은이들이 비웃으며 말하기를,

"집이 저렇게 좁으니 키가 큰 자의 근심거리이다. 항상 구부리고 지내니 누구를 위하여 경례를 하는 것인가? 허리가 마치 경쇠같이 굽었도다."

하였다.

늙은이가 그 말을 듣고 웃으며 말하기를,

"내가 스스로 이것을 좋아하는 것인데 근심될 것이 무엇이랴!"

하고 드디어 집 이름을 구루암이라고 했으니 구루는 병명이다.

구부리고 펴지 못하는 뜻을 취하여 스스로 희롱한 것이며, 또 한 늙은이가 집을 지을 줄 몰라서 남의 웃음거리가 되는 것을 달게 받는 것이기도 하다.

　그 벽에 다음과 같이 명한다.

　"낙타의 등이 굽어진 것이냐, 곡식 이삭이 머리를 숙인 것이냐?
　집의 높이가 이마에도 닿지 못하여 나로 하여금
　누워서 쉬고 구부리고 앉아서 즐기게 하니
　넓고 또한 큰 집이 무슨 소용이랴!"

Ⅱ. 은거당(恩居堂)

　구루암이 은거당이란 번듯한 집으로 바뀌게 된 것은 선생이 무오년(선생 84세 시) 정월 보름(1월 15일) 경연에 입시, 주강을 마치고 난 후 아뢰기를,

　"신의 정신이 혼미하고 의론드린 일이 실정과 멀어 오래 신을 머물게 하더라도 유익함이 없겠습니다."

　하니 상(上)이 말하기를,

　"경의 나이 80이 넘었으니 날마다 행공할 필요는 없다. 다만 내각에 누워서 도를 논하고 경연에 참여하면 된다."

　하였다.

　그러나 공이 아뢰기를, "덕은 사심 없이 행하는 것이 귀중하며, 사심이 없으면 공정함이 저절로 신장되는 법"이라는 취지의 차자(箚子)를 올리고 물러나야 할 세 가지 이유를 아래와 같이 아뢰었다.

　"노쇠하여 물러가지 않는 것이 첫 번째 죄요,

둘째로 자리만 차지하고 책무를 다 하지 않아 하나도 바로 잡지 못한 것이며,

셋째로 안일하게 특별한 대우를 받으면서 구차하게 자리만 차지하여 은덕을 탐한 것이 죄라."

하였다.

이후 여러 차례에 걸쳐 물러가기를 청하자 비로소 윤 3월에 체직을 윤허하므로 도성을 빠져 나왔다. 이후 판중추에 임명되니 물러나기를 거듭 아룀에, 상(上)이 말하기를,

"옛적부터 유현의 거취는 국가 안위가 달렸다. 오직 경은 산림의 지덕(耆德)이요, 사림의 영수로서 세상을 구제할 좋은 계책을 간직하고 경륜할 큰 재주를 가진 처지인데, 바야흐로 성취하여 주기를 바라는 때에 와서 갑자기 아주 가버릴 생각을 하니 암매한 과인의 허전함과 사림의 실망이 어찌 끝이 있겠는가? 경은 모름지기 나의 지극한 뜻을 알아 급히 멀리 갈 마음을 돌리도록 하라!"

하고 사관을 보내 전유(傳諭)하였다. 여러 차례의 전유와 본도에 명하여 쌀과 반찬을 계속 대주도록 하였으니, 극구 사양해 마지않았다.

전유하러 갔던 승지 정유악(鄭維岳)의 보고에 따라, 승지 이항(李沆)이 아뢰기를,

"판중추 허목(許穆)이 살던 두어 간 초가집이 전날에 실화되어 미처 다시 짓지 못하여 이번에 돌아가 촌가에서 임시로 산다 하니 예우하는 도리가 아니오니 마땅히 우대하는 특전이 있어야 하겠습니다."

그러면서 계속해 아뢰기를,

"고(故) 상신(相臣) 이원익(李元翼)이 자기 단속을 청렴 고결하게 하여 사는 집이 비바람을 가리지 못했는데, 인조대왕께서 그가 집이 없음을 진념하여 특별히 지어 주도록 하였습니다. 이번에도 조종조의 고사대로 해도의 감사로 하여금 두어 간의 집을 지어 주어 여름을 지낼 거처를 마련하게 함이 어떠하리까?"

하니, 상이 해도 감사에게 분부하여 지어주도록 하였다.

그러나 이 소식을 들은 공은 차자를 올려 극력 사양함에, 상이 비답하기를,

"집을 지어주라는 명은 옛 법제를 따른 것이며, 또한 예우하는 뜻에서 나온 것이다."

함에 잇달아 차자를 올려 사양하였으나 윤허하지 않았다.

이후 계속해 다섯 번에 걸쳐 사양하였다.

다섯 번째 올리는 차자(무오 숙종 4: 1678년)에 아뢰기를,

"생각하옵건대 큰 가뭄으로 흉년이 들어 기민(饑民)이 시급한데, 한 사람의 신하에게 사은을 베푸시느라고 농민에게 해됨을 생각하지 않으시니, 이 모두가 신의 죄인가 합니다."

잇달아 아뢰기를,

"감히 명을 받들 수 없는 이유가 셋이 있는데,

첫째 사은이 지나침은 군덕을 그르침이고,

둘째 우대하는 예를 가려서 하지 않음은 국례를 손상함이며,

셋째는 불가함을 알면서 사양하지 않음은 비례(非禮)를 저지르는 것입니다."

이상 세 가지는 치도에서 크게 금하는 것입니다. 옛날 안영이 진나

라에 사신 갔을 때, 경공이 그의 집을 다시 지었는데, 돌아오매 집이 벌써 완성되었으므로 안영은 경공에게 배례하고 바로 그 집을 헐어버리니 경공이 허락하였습니다.

이제 전하께서 신을 귀히 여기시고 아끼심은 경공이 안영에게 하였던 것보다 못하지 않으신데 신은 전하에 대한 보답은 안영에 미치지 못하는 자가 영과 사람이 헐어버린 그러한 집에 편히 산다면 유독 마음에 부끄러움이 없겠습니까?

신이 극력 사양하고 굳이 사양하여 이렇게 사양함이 5번째 이르도록 그치지 않는 것은 바로 이 때문입니다. 신의 죄 만번 죽어 마땅하오나 전하께서 살피심이 있으시기 바랍니다.

그러나 임금이 집을 지어주라는 명이 내려짐에, 미수공은 거듭해 명을 거둬달라고 하면서,

"집을 지으려면 민폐를 끼치지 않을 수 없는데다 재해가 잇달아 백성들의 기근이 심해 여력이 없습니다. 더더욱 때가 5~6월 농번기입니다. 일개 신하의 사정 때문에 백성을 동원하여 집을 짓게 함은 적절치 않으니 성명(聖明)을 거둬줄 것을 간곡하게 아뢰었다."

"그렇다면 농한기를 이용해 공사를 하도록 하라."

하여 결국 그 해 10월에 거택(居宅)이 완공되었다.

집의 규모는 안채와 사랑채 별묘 세 채로 꾸며졌고, 이전에 살고 있던 구루암 집에 대체되니, 선생이 그 당을 수고은거(壽考恩居)라 이름하고 은거시를 짓기까지 하였다.

그 서(序)의 대략에,

"노신이 늙기 때문에 전원으로 돌아가기를 청하니 상께서 집을 내

리는 명이 계시었다. 신이 끊임없이 극력 사양하기를 옛적에 안영이 진나라의 사신으로 갔을 때에 경공이 그의 집을 개조하여 영이 돌아오자 집이 완성되었는데, 영이 절하고 나서 헐어버렸다 합니다. 지금 성상께서 신이 귀히 여기고 총애하시기를 영에게 못지않게 하시는데 신은 전하께 보답함이 영에게 미치지 못합니다. 신은 지닌 것이 영에게 미치지 못하는 사람인데 헐어버려야 할 것을 편안히 여긴다면 홀로 마음에 부끄럽지 않겠습니까?"

하였으나, 상께서 끝내 윤허하지 않으셨다.

국초로부터 성상의 시대까지 3백 년 동안에 집을 하사받은 것이 세 사람인데, 세종 때의 정승 황익성공과 선조 때의 정승 이문충공이고, 이번에 노신이 나이 80에 특별히 발탁되는 후한 은총을 입어 한 해 동안에 다섯 번이나 관직이 승진되어 벼슬이 삼공에 이르렀으며, 은퇴하겠다고 아뢰자 범장(凡杖)을 내렸고, 전원으로 돌아오자 살 집을 지어주도록 명하셨다.

노신이 차례로 세 조정을 섬기며, 지금 84세가 되도록 임금의 은덕 속에서 살다가 늙어 죽게 되었다. 이래서 시가를 지어 성덕을 송축(頌祝)하게 된 것이니 곧 도당씨(陶唐氏) 때에 격양가(擊壤歌)의 유풍(遺風)이다.

시가에,

"낮이나 밤이나 조심하고 두려워하기를 천지신명 대한 듯이 하여
구석진 곳에서도 부끄러움 없어야 잘못과 허물 없으리라
아 성왕의 너그러움 노인 공경 앞세우시니
천하 사방 태평하여 천만토록 가리라."

이후 미수공을 찾아오는 경향각지의 인사들과 내방하는 친족들이 기거할 객사가 갖추어지면서 행랑채는 여섯 채로 늘어났다. 대지는 3천 평 가량 되었는데, 집 주변에는 수백 년 묵은 아름드리 은행나무, 잣나무 등과 높이가 두세 자 쯤 되는 차돌 석질의 일월석 수석이 멸묘(別廟) 한 가운데 있었다.

이 수석은 동해척주비와 같은 신비력이 있는 것으로 알려져 보물시 되었다. 은거당이 6.25전란 중 폭격으로 폐허화되는 가운데서도 일월석은 손상을 입지 않았는데, 이후 뜻있는 분들이 더 이상의 참화를 모면토록 하기 위해 별묘 한쪽 구석에 묻어두었다고 한다.

그 후 이 일대가 남북 간의 최전방지대화 되고 군용도로가 나는 등, 기존의 지형상태가 크게 달라지면서 일월석의 행방은 묘연해졌다. 아마도 남북통일 시에는 나타나지 않겠는가? 기대해 본다.

은거당 앞뜰 정면에는 괴석원이라는 120평 가량 되는 정원이 있었는데, 여기에 미수공이 생전에 수집한 크고 작은 괴상한 형태의 수석 30여 개가 있었고, 이들 수석의 배열은 우주만물천도원리에 의해 팔괘와 팔진법으로 되어 있었다. 여기에는 개, 고양이, 닭 같은 동물들이 들어가지 못하게 하였고, 중앙에 오래된 회양목 나무가 서 있었다.

은거당 뒤편으로는 150평 가량의 십청원(十靑園)에 소나무, 잣나무, 전나무, 맥문동 등 열가지 사시사철 늘 푸른 나무가 서 있었다.

이상과 같은 은거당의 모습은 오늘날 그 흔적을 찾아 볼 수 없고, 유일하게 소치(小痴) 허련(許鍊)이 그린 은거당도(恩居堂圖)와 근래에 세운 '은거당 유적(恩居堂 遺趾)'라는 표석만이 그 옛 모습을 몇 줄의 글로 전해주고 있을 뿐이다.

부록

作家年譜 및 作家文人錄

작가 연보

연 도	나이	왕 조	내 용
1595년	1세	선조 28년	12월 11일 한양 창선방에서 출생.
1603년	9세	선조 36년	입학. 책 한권을 마침에 글의 뜻을 이해함.
1604년	10세	선조 37년	교관(동몽교관)에게 학문을 익힘.
1609년	15세	광해군 1년	부친(의정공)을 따라 경기도 양성(현재 경기도 안성) 임지에 거처함.
1610년	16세	광해군 2년	부친을 따라 경상북도 고령임지에 거처함.
1613년	19세	광해군 5년	완선군 이의전의 딸이며 문충공 오리 이원익의 손녀와 혼인함.
1615년	21세	광해군 7년	4월, 장남 허원 출생함.
1617년	23세	광해군 9년	부친의 경상남도 거창 임지에 거처함. 종형 관설 선생과 함께 경상북도 성주에서 한강 정구 선생을 뵙고 스승으로 섬김.
1619년	25세	광해군 11년	부친을 따라 경상남도 산음 임지에 거처함.
1620년	26세	광해군 12년	1월, 한강 선생이 돌아가심에 스승을 위해 상복을 입고, 4월 장례식에 참석하고 애도사를 지어 바침.
1621년	27세	광해군 13년	1월, 장녀 출생. 윤승리에게 출가함.

1623년	29세	인조 1년	부친의 임지인 전라북도 임실에 거함.
1624년	30세	인조 2년	경기도 광주 우천(牛川)에 거함. 자봉산에서 경서를 읽음. 이곳에서 팔분, 고문, 전서체(한자의 고대 서체의 하나)를 익혀 격(格)이 이루어짐
1626년	32세	인조 4년	계운군의 상사가 있어 유신 박지계가 추존 의견을 내자, 임금에 영합, 예(禮)를 어지럽히는 짓이라 하여 그를 처벌, 유적에 기록하니 임금이 선생을 과거에 응시하지 못하도록 하였다. 후에 해제되고 나서도 일체 과거에 의시하지 않음.
1627년	33세	인조 5년 (정묘호란)	모친을 모시고 청나라 군사를 피하여 영서 지방인 평강(강원도 철원 북쪽으로 현재는 이북 지역)으로 피난함. 수습된 후에 구월산을 유람함.
1628년	34세	인조 6년	1월, 둘째 아들 허함 출생함.
1630년	36세	인조 8년	서울 창선방에 거처함.
1631년	37세	인조 9년	부친을 따라 황해도 금천 임지에 거처함. 10월 막내 딸 출생. 정기윤과 혼인함.
1632년	38세	인조 10년	의정공을 따라 경기도 포천 임지에 거처함. 12월 포천 임지에서 아버지의 상을 당함.
1633년	39세	인조 11년	의정공을 연천 선산으로 모심.
1635년	41세	인조 13년	이 문충공(오리 이원익)의 묘비를 씀. 12월 막내 아들 허도 출생.

1636년	42세	인조 14년	병자호란 때 영동으로 피난.
1637년	43세	인조 15년	영동에 머물다 2월 강릉으로 이주. 3월 원주 관설공 댁으로 감.
1638년	44세	인조 16년	경상남도 의령에 거주함. 2월, 글을 지어 여헌 장현광 선생에게 제사를 지냄.
1640년	46세	인조 18년	의령에 거주하며 제자백가의 말 50권을 뽑아 '문총'을 만듦. 귀산사 비문을 짓다. 지리산과 천관산을 유람함.
1642년	48세	인조 20년	경상남도 창원에 거주함. 1월, 동계 정온의 상사에 "하늘이 사문(斯文: 유학자, 유교의 도)을 망쳤으니 어찌 나라만 병들겠는가!" 한탄하며 글을 지어 애도함.
1645년	51세	인조 23년	2월, 연천으로 돌아와 성묘함.
1646년	52세	인조 24년	김해에 가서 수로왕 및 태후묘를 배알함. 이때 관찰사인 허적이 표석을 세우고 허목에게 후면의 글을 부탁하였음. 10월 의령에 계시다 12월 연천으로 돌아옴.
1647년	53세	인조 25년	어머니가 경상남도 의령에서 세상을 떠남. 상여를 모시고 조령을 넘어 아버지 묘소 서쪽에 장사함.
1649년	55세	인조 27년	관설공과 국상(國喪), 사상(私喪)의 예를 논의. 7월 어머니의 대상을 치르고 광주로 가서 장인 완선군 상사를 조의함. 인조 사망함.
1650	56세	효종 1년	1월, "박학능문(博學能文)하며 그 뜻이 고상(高尚)하다"는 천목(薦目)으로 추천되어 정릉 참봉(靖陵參奉)에 제수되자 부인은 "이상국(오리 이원익)께서 당신이 벼슬길에 나가는 것을 바라지

			않았으나 굳이 말리지는 않겠다"고 하자 선생도 수긍하고 1개월 만에 그만두었다.
1651년	57세	효종 2년	내시교관(임금이 글을 읽다가 의심나면 내시를 시켜 하문함)에 제수됨. 육신의총의 비문을 지음.
1652년	58세	효종 3년	병으로 사직하고 연천으로 돌아감.
1653년	59세	효종 4년	2월, 부인 이씨가 세상을 떠남. 4월, 연천에 장사. 동계 정온의 행장을 완성하고 목은 이색의 화상기를 지음.
1656년	62세	효종 7년	조봉대부 조지서 별좌에 제수됨. 7월에 공조좌랑으로 승진되었다가 바로 사직하고 연천으로 돌아옴. 7월에 용궁(현재의 경상북도 예천군) 현감에 제수되었으나 사양하고 부임하지 않음.
1657년	63세	효종 8년	공조정랑에 다시 제수되었다가 사헌부지평으로 전임됨. 소명이 내렸으나 나아가지 않음. 지평에 재배되고 소명이 내리매 두 차례 상소하여 사직하고자 하였으나 허락하지 않자 임금을 뵙고 거듭 사직 상소를 올리면서 겸하여 임금의 덕과 정사의 폐단을 아룀.
1658년	64세	효종 9년	품계가 봉정대부에 오르고 지평에 제수되었으나 사양하고 부임하지 않음.
1659년	65세	효종 10년	장령으로 승진되고 소명이 내리자, 양주로 와서 상소를 올리고 돌아가다. 또다시 장령으로 부르자 나아가 사직 상소를 올리고 따라서 군덕을 논하다. 옥계명을 올리고 상소하여 시사를 논하다. 부호군이 되었으나 10월에 연천으로 돌아오다. 품계가 중훈대부에 오르고 장악원 정에 제수되었으나 나아가지

			않다. 9월에 장령에 제수되어 부름에 나아갔으나 하루 만에 사직하고 연천으로 돌아옴. 12월에 상의원 정에 제배됨.
1660년	66세	효종 11년 현종 1년	1월, 사은하고 경연에 입시하다. 왕과 소대하고 소를 올려 기해년 상복의 잘못을 바로잡기를 청하다. 5월, 효종이 승하함. 그로 인해 9월, 외직인 삼척부사로 보임되어 10월, 부임함.
1661년	67세	현종 2년	향약을 조목으로 열거하여 부로들을 깨우치다. 2월, 관설선생의 상사(喪事)를 듣다. 3월, 경기도 남양에 있는 막내아우 영월공의 장사(葬事)에 가다. 오리 이상국(李想國: 이원익)의 연보를 완성함. 동해송을 짓고 척주동해비를 세우다.
1662년	68세	현종 3년	척주지를 완성하다. 죽서루기 및 서별당기를 지음. 가을에 벼슬을 그만두고 연천으로 귀향하다. 이후 10여 년간 독서와 저술에 힘씀.
1663년	69세	현종 4년	십팔훈(十八訓)을 지어 자손들을 훈계함.
1665년	71세	현종 6년	3월, 연천 강에서 뱃놀이를 하며 시를 지음. 동계(桐溪) 정온(鄭蘊)의 문집을 짓고, 망우당(忘憂堂) 곽재우(郭再祐)의 묘지명을 짓다. 백사(白沙) 이상국(李想國: 이항복)의 유사를 완성함.
1667년	73세	현종 8년	'동사(東史)'를 온성하다. 동고 이 충정공(이준경)의 유고 서문을 짓다. 오리 이문충공의 문집 서문을 짓다. 경설을 완성하다. 금산사로 들어가 글을 쓰다. '기언(記言)'의 서문을 지음. 장여헌 신도비를 짓다.

1668년	74세	현종 9년	조용주(조경)와 함께 가을에 백운산에 들어가다. 아우 송화공의 부고를 받음.
1669년	75세	현종 10년	용주(龍洲) 조경(趙絅)의 부고를 받다.
1670년	76세	현종 11년	관설선생(허후)의 행장과 묘비명을 짓다. 서애 유상국(柳相國: 유성룡)이 유사를 완성함.
1671년	77세	현종 12년	12월, 양천허씨족보 서문을 짓다.
1672년	78세	현종 13년	남명 조식(曺植) 신도비를 짓다.
1673년	79세	현종 14년	10월, 미강 적벽을 유람하다. 동강 김우옹의 문집 서문을 짓다. 여헌 장현광의 신도비문을 지음.
1674년	80세	현종 15년	고문지(古文誌)를 완성하다. 통정 품계를 받다. 2월, 미강에서 봄놀이를 하다. 5월, 한양에 나아가 사은하고 국상의 장례행렬에 참예하고 돌아오다. 7월, 임금이 경자년에 올린 예(禮)를 논한 상소를 찾도록 명하다. 11월에 대사헌에 제수되었으나 상소하여 사양하고 부임하지 않다. 상소가 올라가자 사관을 보내 올라오기를 청하였다. '속히 올라와 목마르게 기다리는 나의 소망에 부응하라'고 재차 명하였다. 서울 이원익 정승의 옛집에서 머물다. 병이 나자 어의를 보내 병을 간호하게 하고 약품을 내림. 인선황후 사망함.
1675년	81세	숙종 1년	상소하여 당시의 폐해를 아뢰다. 이조참판에 제수되자 상소하여 사양하다. 병으로 사직하였으나 임금이 허락하지 않다. 비소로 명을 받아들이고, 3월 임금에게 '심학도'를 지어 올리다. 5월 의정부 우참찬으로 임명되고 성균관 제주를 겸임케 함. 윤5월, 의정부 좌

			참찬으로 전임하여 경연에 입시하다. 이때 휴가를 청해 허락을 받았다. 상소하여 말과 얼굴 만으로 사람을 뽑는 일에 대해 논하다. 병으로 휴가를 청하였으나 허락하지 않고 어의를 보내 집에서 치료받도록 하다. 6월, 우의정으로 승진되매 상소하며 사양하다. 다섯 차례나 물러날 뜻을 밝혔으나 임금의 허락을 얻지 못했다. 임금이 경선당에 나아가자 허목이 앞으로 나아가 아뢰기를, 신이 늙고 둔하여 잘 잊어버리므로 종이에 기록한 것을 올린다고 하고 굻어앉아 글을 올리다. 8월 선생이 지덕사를 세울 것을 청하다, 임금이 그대로 따르다. 12월 차자를 올려 물러가기를 청하자 궤장을 내리라는 명이 있어 여러 번 사양하나 허락하지 않음. 승지가 궤장을 전해주어 궤장기 및 서록(序錄)을 지음.
1676년	82세	숙종 2년	거듭 상소를 올려 물러가기를 청하매, 임금이 "과인을 보필함에 겸양하지 말고 안석에 기대고 지팡이에 의지하여 힘을 다해 달라"고 말하다. 차자를 올려 당시의 폐단을 아룀. 천재로 인한 정사의 폐단을 아뢰고 다시 면직을 청함. 아들 허도가 천연두로 죽자, 임금이 승지를 보내 친히 조문하다. 특별히 기로소 당상을 겸임토록 명하니, 차자를 올려 극력 사양하였으나 허락 받지 못함.
1677년	83세	숙종 3년	휴가를 받다. '경설(經說)' 및 '동사(東事)'를 올리다. 재변으로 인해 차자를 올려서 자신을 탄핵하다. 차자를 올려서 정사의 폐단을 논하다. 내시의 부축을 받으며 궁전으로 올라오라는 명이 있었는데 차자를 올려 사양하다. 총산

			정우옹의 묘를 서호에 쓰고 비갈을 세움.
1678년	84세	숙종 4년	차자를 올려 임금의 덕을 날로 새로워지게 해야 한다는 잠계를 바치다. 경연에 입시하다. 차자를 올려 실정을 아뢰고 이어 경계를 진언하다. 체직(다른 벼슬)을 청하니 판중추를 제수하다. 차자를 올려 집을 지어 주라는 명을 거두기를 청함.
1679년	85세	숙종 5년	반역의 변을 듣고 소명에 따라 대궐로 나아가 명을 삼가 받다. 차자를 올려 역적을 잡는다고 억울한 사람을 잡게 됨을 말하다. 차자를 올려 군덕잠을 진달하다. 5월에 병이 나자 임금이 어의를 보내 떠나지 말고 병을 간호하게 하다. 상소를 올려 집정(권권)을 논란하다. 차자를 올리고 대죄하다가 연천으로 낙향함.
1680년	86세	숙종 6년	한강의 문집 서문을 짓다. 정암 조광조의 문집 서문을 완성하다. 경신대출척으로 삭출을 당함.
1681년	87세	숙종 7년	주계군 심원의 비문을 짓다. 의춘군 남이흥의 묘비문을 짓다. 서경의 묘기를 짓다. 관설공의 편년기사를 완성하다. 정개청의 〈우록록(愚得錄)〉 서문을 짓다. 충정공 권벌의 문집 서문을 짓다. 동명 김세렴의 묘비문을 짓다. 자평(自評)을 지음.
1682년	88세	숙종 8년	지산 조호익의 묘갈문을 짓다. 4월에 병이 나서 새벽과 저녁에 하던 가묘를 배알하지 못하다. 서제(庶弟) 달(達)을 시켜 손톱을 깎고 머리를 빗도록 하다. 4월 4일 인시에 세상을 떠남. 8월, 연천 구동 서향 언덕에 임시 매장을 함.

1683년		숙종 9년	관작을 복구하도록 했다가 중지함.
1688년		숙종 14년	미수의 관작을 복구하게 하다.
1689년		숙종 15년	예장을 하도록 명하고 특별히 제수를 내리고 승지를 보내 치세하다. 선영의 묘소 언덕에 정경부인 이씨와 합장하였다. 자손들을 관직에 서용하고 문집을 간행토록 명함. 기사환국으로 남인이 집권함.
1691년		숙종 17년	마전군에 사당을 세워 미강서원이라는 액호를 하사함.
1692년		숙종 18년	문정공(文正公)이라는 시호를 내림.
1693년		숙종 19년	나주에 사당을 세워 미천서원의 액호를 하사함.
1708년		숙종 34년	창원에 있는 한강 정문목공(정구)의 회원서원에 배향함.

작가 문인록

문 인 명	내 용
이산뢰(李山賚)	1603년(선조 36)
황협(黃悏)	1606년(선조 39) ~ 1680(숙종 6) 칠원
곽연(郭硏)	1609(광해군 1) 칠원
송정렴(宋挺濂)	1612년(광해군 4) ~ 1684년(숙종 10)
강달지(姜達志)	1611년(광해군 3) ~ 1694년(숙종 20)
강달립(姜達立)	1613년(광해군 5) ~ 1685년(숙종 11) 경남 삼가
백서우(白瑞羽)	1613년(광해군 5) ~ 1658년(효종 9)
홍극(洪克)	1613년(광해군 5) ~ 1679년(숙종 5) 봉화 법전
민희(閔熙)	1614년(광해군 6) ~ 1687년(숙종 13)
박형룡(朴亨龍)	1614년(광해군 6) ~ 1696년(숙종 13)
목래선(睦來善)	1617년(광해군 9) ~ 1704년(숙종 30)
주맹헌(周孟獻)	1617년(광해군 9) ~ 1703년(숙종 29)
이관징(李觀徵)	1618년(광해군 10) ~ 1695년(숙종 21)
곽세건(郭世楗)	1618년(광해군 10) ~ 1686년(숙종 12)
홍빙(洪凭)	1622년(광해군 14) ~ 1705년(숙종 22) 봉화 법전
변유기(卞惟幾)	1618년(광해군 10)
한은(韓垠)	1619년(광해군 11) ~ 1688년(숙종 14)
우덕남(禹德楠)	1620년(광해군 12) ~ 1704년(숙종 30) 영산(靈山)

김하정(金厦挺)	1621년(광해군 13) ~ 1677년(숙종 3)
이원정(李元禎)	1622년(광해군 13) ~ 1680년(숙종 6)
정홍현(鄭弘鉉)	1621년(광해군 13) ~ 1698년(숙종 24)
조위봉(趙威鳳)	1621년(광해군 13) ~ 1675년(숙종 1)
이희철(李希哲)	1622년(광해군 14) ~ 1693년(숙종 19) 예안
양도남(楊道南)	1624년(인조 2) ~ 1700년(숙종 26) 창녕
황이근(黃以根)	1625년(인조 3)
이복(李馥)	1626년(인조 4) ~ 1688년(숙종 14) 개령(開寧: 김천)
이하진(李夏鎭)	1628년(인조 6) ~ 1682년(숙종 8)
최동로(崔東老)	1628년(인조 6) ~ 1686년(숙종 12) 원주
박상진(朴尙眞)	1631년(인조 9) ~ 1700년(숙종 26)
강석빈(姜碩賓)	1641년(인조 9) ~ 1691년(숙종 17)
유하익(兪夏益)	1631년(인조 9) ~ 1699년(숙종 25)
정동악(鄭東岳)	1632년(인조 10)
이서우(李瑞雨)	1633년(인조 11) ~ ? 조선 후기의 문신
조원윤(趙元胤)	1633년(인조 11) ~ 1688년(숙종 14) 상주
조진윤(趙振胤)	1635년(인조 13) ~ 1709년(숙종 35)
구정래(具鼎來)	1634년(인조 12) ~ 거주지 임천(林川)
하해관(河海寬)	1634년(인조 12) ~ 1686년(숙종 12)
권태시(權泰時)	1635년(인조 13) ~ 1719년(숙종 45) 안동
이동열(李東英)	1635년(인조 13) ~ 1677년(현종 8) 울산(蔚山)

이상현(李象賢)	1635년(인조 13) ～ 1705년(숙종 31)
권환(權瑍)	1636년(인조 14) ～ 1716년(숙종 42)
안중경(安重卿)	1636년(인조 14)
남궁억(南宮億)	1639년(인조 17) 거주지 마전(麻田) 연천
이봉징(李鳳徵)	1640년(인조 18) ～ 1705년(숙종 31)
이옥(李沃)	1641년(인조 19) ～ 1698년(숙종 24)
권수경(權守經)	1641년(인조 19)
권두인(權斗寅)	1643년(인조 21) ～ 1719년(숙종 45)
권기(權頎)	1644년(인조 22) ～ 1730년(영조 6)
배정휘(裵正徽)	1645년(인조 23) ～ 1709년(숙종 35) 성주
안수일(安守一)	1645년(인조 23)
이구령(李龜齡)	1645년(인조 23) ～ 1715년(숙종 41)
장만원(張萬元)	1645년(인조 23) ～ 1689년(숙종 15) 인동
한숙(韓塾)	1646년(인조 24) ～ 1710년(숙종 36)
이담명(李聃明)	1646년(인조 24) ～ 1701년(숙종 27) 칠곡
오시만(吳始萬)	1647년(인조 25) ～ 1700년(숙종 26)
이현기(李玄紀)	1647년(인조 25) ～ 1714년(숙종 40)
이동완(李棟完)	1651년(효종 2) ～ 1726년(영조 2) 봉화 법전
이만원(李萬元)	1651년(효종 2) ～ 1708년(숙종 34)
김석구(金錫龜)	1653년(효종 4) ～ 1718년(숙종 44) 무안(務安)

조구로(趙九輅)	1654년(효종 5) ~ 1727년(영조 3)
이만부(李萬敷)	1664년(현종 5) ~ 1732년(영조 8) 상주
이협(李浹)	1663년(현종 4) 거주지 서울
정동익(鄭東益)	1619년(광해군 11)
정동직(鄭東稷)	1623년(광해군 15) 거주지 서울
정동설(鄭東卨)	1625년(인조 3) 거주지 서울
정동석(鄭東奭)	미수 선생 사위
이택(李澤)	1649년(인조 27)
심사명(沈思溟)	1638년(인조 16)
허수(許穗)	1620년(광해군 12)
오상옥(吳相玉)	1634년(인조 12) 거주지 무장(茂長)
노사제(盧思齊)	1642년(인조 20) 거주지 충주(忠州)
이익구(李益龜)	1634년(인조 12) 거주지 서울
권성중(權聖中)	1644년(인조 22)
한오규(韓五奎)	1621년(광해군 13) ~ 1652년(효종 3) 추정
한오상(韓五相)	1620년(광해군 12) ~ 1656년(효종 7)
이익(李瀷)	1681년(숙종 7) ~ 1763년(영조 39)
강박(姜樸)	1690년(숙종 16) ~ 1742년(영조 18)
채제공(蔡濟恭)	1720년(숙종 46) ~ 1799년(정조 23)

이형(李瀅)	허집(許埃)	성대경(成大經)
허시형(許時亨)	황유(黃孺)	박경지(朴景智)
이경익(李景益)	이언형(李彦馨)	이영후(李永厚)
정렴(鄭濂)	홍경길(洪景吉)	김익견(金益堅)
김형덕(金亨德)	김하옥(金夏玉)	조형(曹炯)
박필운(朴必運)	김석구(金錫龜)	이선(李楦)
유필(柳泌)	김여정(金汝淨)	정헌(鄭瓛)
정중분(鄭重賁)	김석견(金碩堅)	박세도(朴世道)
한홍지(韓弘祉)	심달하(沈達河)	전기국(田耆國)
옥지온(玉之溫)	이당규(李堂揆)	채명윤(蔡明胤)
권유(權愈)	유명천(柳命天)	권수(權修)
오광운(吳光運)	이존도(李存道)	이인복(李仁復)
이해뢰(李海䝴)	곽반(郭盤)	곽노(郭磑)

연천향토문학발굴위원회 명단

◇ 고문

김진희: 소설가. 국제펜 이사. 한국문인협회 자문위원. 한맥문학발행인

◇ 위원장

연규석: 수필가. 한국예총연천지부 상임부회장 역임. 연천문인협회고문

◇ 자문위원

최동호: 시인. 고려대학교 교수역임. 명예교수

채수영: 문학비평가. 한국문학비평가협회 회장 역임

엄창섭: 시인. 가톨릭관동대학교 명예교수. 김동명학회 회장

홍성암: 소설가. 덕성여자대학교 국문학과 교수 역임. 명예교수

허형만: 시인. 목포대학교 국문학과 교수역임. 명예교수

채규판: 시인. 원광대학교 국문학과 교수 역임

박혜숙: 건국대학교 국문학과 교수

임영천: 평론가. 목포대학교 교수역임. 명예교수. 한국문협 평론분과 회장 역임

정종명: 소설가. 한국문인협회 이사장 역임

김 준: 시조시인. 서울여자대학교 교수역임. 명예교수

김용재: 시인. 국제펜 한국본부 이사장. 대전대학교 교수 역임

◇ 편집위원

이창년: 시인. 한국문인협회 이사. 국제펜 한국본부 이사. 편집위원장

김경식: 시인. 평론가. 한국문인협회 문학사료발굴위원

황성운: 시인. 소설가. 한맥문학동인회 회원. 편집위원

윤여일: 시인. 한국문인협회 국제펜클럽 한국본부 회원. 교열위원

이재성: 시인. 한국문인협회 회원. 연천문인협회 부회장 역임. 편집위원

최현수: 시인. 홍선문학회장. 간사

허목한시선집

망향에 서정을 노래하다

초판 인쇄 2020년 7월 1일
초판 발행 2020년 7월 10일

엮은이 : 편집위원
펴낸이 : 연규석
펴낸데 : 연천향토문학발굴위원회
경기도 연천군 연천읍 연신로 530
전화 / (031)834-2368

되박은데 : 도서출판 고글
등록 : 1990년 11월 7일(제302-000049호)
전화 / (02)794-4490

값 15,000 원

※ 경기문화재단 문예지원금을 일부 받았음.